U0950343

大鱼

有爱的青春陪伴者

chunfeng zhaqi

有风乍起
阿回卅
著
花山文艺出版社
河北·石家庄

图书在版编目（CIP）数据

春风乍起 / 阿回卅著. -- 石家庄 ： 花山文艺出版社，2021.6
ISBN 978-7-5511-5570-0

Ⅰ. ①春… Ⅱ. ①阿… Ⅲ. ①长篇小说－中国－当代 Ⅳ. ①I247.5

中国版本图书馆CIP数据核字(2021)第037613号

书　　名：春风乍起
CHUNFENG ZHA QI
著　　者：阿回卅

统筹策划：张采鑫
特约编辑：欧雅婷
责任编辑：郝卫国　张凤奇
美术编辑：胡彤亮
责任校对：于怀新
装帧设计：刘　艳　西　楼
封面绘制：LIN
出版发行：花山文艺出版社（邮政编码：050061）
（河北省石家庄市友谊北大街330号）
销售热线：0311-88643221/29/35/26
传　　真：0311-88643225
印　　刷：长沙鸿发印务实业有限公司
经　　销：新华书店
开　　本：880×1230　　1/32
印　　张：9.5
字　　数：295千字
版　　次：2021年6月第1版
2021年6月第1次印刷
书　　号：ISBN 978-7-5511-5570-0
定　　价：39.80元

目录 / contents /

目录 / contents /

纵使相逢应不识

Chapter 01

盛川市中心医院是 M 省最大的综合性三甲医院，无论何时走进端庄气派的门诊大楼，永远是人山人海的繁忙景象。

初夏柔和的阳光将鹅黄色大理石铺就的精神科候诊大厅照耀得一派光明。

荆喆攥紧了右手中新建档的病历本和挂号条，寻到靠近角落的一个空位，缓缓坐了下来。

窗外碧空如洗，对面住院部楼顶高高竖起的“盛川市中心医院”几个大字被湛蓝的天色映衬得巍峨峻拔，鲜红的颜色格外惹人注目。

荆喆盯着“盛川”二字怔怔看了许久，看到眼中一阵酸涩。

七年前，她满身潇洒地挥别这片土地时，也是同样风和日丽的一天。

她揉了揉隐隐泛酸的双眼，彻底收回目光，不再看，也不再想。

眼见电子屏幕上显示的就诊号码离她还远，荆喆索性将病历本与挂号条收进背包，掏出手机打起游戏来。

可时间依旧流淌得缓慢，慢到每一分、每一秒都如同煎熬。

经过不知多久的漫长等待后，分诊台上方的喇叭里终于传来了荆喆挂号条上的号码——

“请 10 号荆女士前往第 14 诊室就诊。”

她连忙退出游戏，确认过姓氏无误后，起身向着诊室走去。

穿过人满为患的走廊，14 号诊室的门大敞着，里面密密麻麻排了好几层人，荆喆一时竟然没能透过这些有如铜墙铁壁的背影定位到医生的存在。

“医生，我这个药应该早饭还是晚饭后吃？”

“刘主任，我女儿这个状态还能不能继续上课？”

……

这些争先恐后、七嘴八舌的问题暗示着这五六位根本不是同一拨人。

“你这个每天早上吃一片，千万不能多吃。”

“小姑娘问题不算严重，不至于影响学业，但是不能擅自停药。”

男医生沉着从容地回应，倒是游刃有余，像是对这样的阵势早已司空见惯。

荆喆却隐隐打起了退堂鼓——看病本应是件非常隐私的事，更何况是在精神科。若不是心中负累着难以承受之重，谁愿意走进这里撕裂伤痕，主动诉说着自己如何异于常人。

默默等待了片刻，见这些人喋喋不休似乎毫无休止之意，她只得微微提高声音，语气算不上友好：“抱歉，我是 10 号，听到外面在叫我。”

诊室立竿见影地安静下来。

人墙迅速闪出一条缝隙，可眼前的景象只让荆喆更加如芒在背——甚至，穿着白大褂坐在长桌后面的，也不止一个人。

位居正中的中年男人合上手中前一位病人的病历本，一边递还给家属，一边瞥了一眼左手边的电脑屏幕，和蔼地开口：“荆……喆是吧？第一次来对吗？”

这位慈眉善目的刘主任两侧正襟危坐着不苟言笑的一男一女，斜后方还有另一位浓眉大眼的方脸小伙。三个年轻医生投向荆喆的目光都带着求知若渴的探寻，十之八九是主任的学生。

第五个白大褂坐在女医生另一侧靠近角落的台式电脑前——或许说“坐”并不准确，因为这位爷正坦然地趴在桌上酣畅淋漓地梦会周公，睡到后脑勺的头发明目张胆翘起几绺。

荆喆不免心灰意冷，看来不仅不会拥有隐私，还不巧碰上了这样不敬业的医生。她努力克制住将“不信任”三个字表露在脸上的冲动，恭恭敬敬递上自己空白的病历本：“是，刘主任好。”

“那我们需要先了解了解你的情况。”刘主任抬头看了看荆喆，向着身边的女学生点点头，“小吴，你听听荆小姐的主诉，记一下病历，先叫下一个病人过来吧。”

“好。荆小姐，请跟我来吧。”女医生爽快地站了起来，微笑示意荆喆跟上，经过那几位还在流连忘返的病人和家属时，她扬声批评道，“你们没别的问题就走吧，都愣在这儿干什么呢？”

挂了主任的号，却是学生来问诊？

微弱的愤怒在某一瞬间充斥心房，跟着女医生走出诊室时，荆喆几乎放弃了希望——她只想顺利开到美国医生建议服用的药，然后迅速离开这个多半对治病毫无助益的地方。

女医生将荆喆带到走廊尽头一块布制屏风后的长椅上坐了下来，拿出荆喆的病历本，又掏出一支签字笔，温和地开口：“那咱们先聊聊。你叫……荆喆是吧？今年多大了？”

荆喆默默看了一眼显然并不隔音的屏风，淡淡回答：“二十三岁。”

“看着不像，我还以为刚上大学呢。”女医生在册子上认真记录着，“那现在是工作了还是在读书？”

“读书。”荆喆的右手在椅边触到了一小片行将脱落的漆料，拇指和食指不由自主地捻了上去。锐利的边角刺向指腹，她却木然没有感知到一丝疼痛。

“在哪里，读什么科目呢？”女医生耐心地引导着话题继续。

“美国，”荆喆惜字如金，“读统计。”

“超羡慕你们这些留学生。”女医生微笑，“那你在那边多少年了？在哪个学校？”

“七年。”虽然不确定这样的问题与看病是否相关，但荆喆犹豫了片刻，还是诚实地开口，“哈佛。”

“哈佛！”女医生足足花了两秒才消化完这条信息，艳羡之情溢于言表，“我还是第一次见到活的哈佛学生，你真的太厉害了……”

气氛忽然欢快，可荆喆无论如何都难以牵动嘴角——这两个字固然是骄傲的资本，但在这样的情境中提起，无疑只带着难以言喻的尴尬。

“你在美国这么久，应该不是适应上的问题，”女医生又将荆喆从头到脚细细“欣赏”了片刻，才想到回归正题，“所以，是遇到什么困难了？”

“大四开始逐渐有这样的感觉，没什么动力完成作业，也总是看不进去书……”荆喆语气万分平静，不轻不响的机械语调像是在谈论和自己毫不相关的陌生人，“后来开始读博，情况不断恶化，好像对自己所学的东西和周遭的环境产生了强烈的抵触。”

“有些什么具体表现呢？这样的情况持续了多久？”女医生没有评论，只是在本子上飞快落笔，“发生这样的情况后有没有寻求帮助？”

“最严重的时候，不想走出家门，不想和人说话，不回信息，不查邮件，逃避一切社交与责任，感觉任何空间中只剩自己时才是安全的。”荆喆平静回溯起过去几个月几乎与世隔绝的封闭状态，“大概持续了两三个月，后来觉得这样下去真的不行，最终还是看了心理医生和精神科医生。”

“除了想要逃离之外，产生过伤害自己或是结束一切的念头吗？”女医生柔声问道，“你说有看过医生，他们对你的情况有怎样的判断？”

“有过，但因为每天都陷在自我谴责和自我怀疑的内耗里，连付诸行动的气力都没有。”荆喆自嘲地哂笑一下，语气依旧平淡如水，

“医生诊断我有ADD①，呃，注意力缺失症，并且因为这个问题引发的抑郁和焦虑。所以我休学了一年，想要回国调整状态。”

“那么，”女医生的笔从始至终没有停过，眼下已经密密麻麻写满一整页纸，“那边的医生提出了什么样的建议或治疗方案呢？”

“精神科医生针对ADD的问题开过阿德拉，也开了抗焦虑和抑郁的米氮平。她建议我回国系统性治疗时可以试试安非他酮，”荆喆对这些药品的名称如数家珍，从包中拿出一摞报告，“我带了之前的诊断书，如果你们需要参考的话。”

女医生又认真地询问了几个其他相关问题后才重新提笔抬起头来，目光真诚：“我肯定你的病情是受控的，咱们回去听听刘主任有什么建议。能上哈佛，你的意志力一定值得信任。”

回到诊室，驱离了无关的闲杂人员，女医生将病历本交还给刘主任，又对着男人耳语了几句才悄然坐定。闻言，刘主任目光复杂地看了荆喆一眼，像是忽然联想到了什么，同样压低声音，板起脸来对着女医生说了句话。

可荆喆听得一清二楚，刘主任的语气充满恨铁不成钢的愠怒——

“你给我把他叫醒。”

刘主任又瞪了那位趴在桌上酣然入梦的白大褂一眼，这才低头打开病历本，和早已凑上前的两个男学生一起认真翻看了起来。

女医生秀眉微蹙，试探地伸手，轻轻推了推身旁似乎睡到不省人事的男人。见对方毫无反应，她只好加重了力道，同时略带嫌弃地附赠叫醒广播一句：“喂！起来了！”

熟睡的男人毫无防备间被推得一阵轻晃，终于动了动。

先是枕在手臂上的脑袋微微偏转了角度，似乎依旧在贪恋其上残留的温度，凌乱翘起的几缕黑发随之塌了下去，柔顺地贴回头顶。

接着才露出小半张侧脸。额前稀疏的碎发之下，眉骨，鼻梁，与唇瓣串连成一条流畅而优美的弧线，惺忪的睡眼半开半阖间轻眨

① 全称Attention Deficit Disorder，是注意缺陷多动障碍（Attention Deficit and Hyperactivity Disorder）的一种。

了两下，似是在努力适应骤然降临的光明。

又反应了片刻，他才彻底睁开眼睛，慵懒地直起身来，坐正之前低头揉了揉右眼，带着几分沙哑小声嘟囔了一句“抱歉”，语气却听不出半分歉疚或悔意。

见专心研读病历的四人根本无人关注自己，男人带着几分玩世不恭的视线只好漫不经心扫过坐在对面的荆喆——

如果说刚刚的“醒”只是从睡梦状态切换而出，那这一秒，他像是遭遇了雷轰电掣般挺直了脊背，难以置信地微微睁大双眼，骤然如炬的目光再看不出一丝游离与困倦，原本随意搭在桌面的左手微攥成拳，薄唇紧抿成线。

像是有人将一支飞镖狠毒且精准地直插心脏，左侧胸口传来一阵混杂着尴尬与酸楚的尖利刺痛，片刻的失焦后，荆喆讷讷无言，脸瞬间苍白了半分。

记忆不甚可靠，也经不起推敲。

八年不过弹指一挥间，但那些隐绰模糊的片段闪回交错后，唯独滤出了那张初见时曾惊艳过时光的脸。

荆喆记得，也是夏天。

高一新生报到的那天，荆喆到得很早，前后左右的位置上全部空无一人。已经在教室中就座的同学全是男生，三两一组兴高采烈聊得正欢。

荆喆所在的盛川四中是M省历史最悠久，师资最强大，升学率最恐怖的超级中学，垄断了远近几市所有顶尖初中生源，学霸扎堆也造就了四中令所有新生闻风丧胆的魔鬼分班考试。

而分班考试总成绩排在全校前十的荆喆毫无异议进入了第一实验班，班里几乎都是本校直升的竞赛生。这群绝顶聪明又绝顶勤奋的“霸中霸”在同舟共济了三年后早已熟若亲人，像荆喆这样从外校考入的几乎算是异数中的异数。

或许，若是初中没有随父母去上海，她原本也应该是其中的一员。

荆喆不是自来熟的类型，也无意加入一群男生没边没际的对话，只得孤坐原地，暗暗期待着同桌或前后座的出现。

正在荆喆百无聊赖地研究着黑板上的座次表时，背后猛然传来一阵恐怖的巨响与一声凄厉的惨叫，整个教室顷刻间安静下来。

荆喆应声回头，原来是旁边那组的最后一个同学连人带椅子向左后方翻倒在地。

见事态并不严重，不怀好意的哄笑声和叫好声四起，重新打破了刚刚有些瘆人的鸦雀无声。

只见惨案主角大剌剌赖在原地，惨兮兮地伸出双手，不依不饶地抓住身旁似乎是始作俑者的脚踝，闭着眼装腔作势嚷嚷道：“羿予珩！八抬大轿和医药费账单你选吧！”

一声短促的轻笑之后，带些戏谑的回应斩钉截铁：“八抬大轿。”

内容刺耳，但这声音温润清冷，倒是意外好听。

荆喆顺着那双一尘不染的白色球鞋向上看去——

卡其色休闲长裤，白色素面T恤，随意搭在右边肩膀的黑色帆布背包。

熹微的晨光钻过窗外茂盛的梧桐树叶，在身材颀长的男生身上投射下零碎而柔和的光斑。

视线再向上——

好一副剑眉星目的端正面孔，丝毫不被刚刚略显黏腻的回应拘泥了英气，清隽的眉宇间埋着一丝恰到好处的浅淡疏傲。若是换上一袭白色长袍，便是从古文中走出的“翩翩浊世佳公子”无疑。

有些人，只消默然站在那里，便站出了一幅岁月静好的工笔画来。

这无疑是荆喆在现实生活中见过的，最好看的少年。

回忆只行进到这里便可以悄然而止。

但偏偏，眼前这张已然褪尽青涩的英俊的脸上，剑眉上扬的角度、双眼皮褶皱的宽度、嘴角抿出的弧度，甚至右侧脸颊上一颗不起眼的痣的位置，都与遥远的记忆中毫厘不差。

荆喆慌忙抽回目光，微微低下头。

如果拥有先知先觉的超能力，她绝不会挂这位刘主任的号，也绝不会在今天踏进这间诊室。

如果注定要在这间诊室里面，以病人的身份见到某位旧识，羿予珩百分百是她的最后选择。

之后与刘主任的对话，如坐针毡的荆喆全程心不在焉，视线再没敢放到羿予珩身上一瞬。

但荆喆知道，全程面无表情且只字未言的羿予珩接过了她的病历本，又接过了她的 ADD 诊断报告。

在羿予珩主动从女医生手中拿过这两样东西时，其余四位医生纷纷露出些许讶然，似乎羿予珩这样的举动，昭示着太阳西升东落，月亮再无圆缺。

可荆喆的希望恰恰相反。

那些深陷泥沼的困顿、绝望、放纵、消沉，她宁愿独自在心中捂烂，也不愿让多年前那些积极明朗、乐观向上的假象在曾经的同学面前倾颓颠覆。

尤其是他。

“荆喆，你之前还没做过抑郁和焦虑测试对吧？”刘医生轻声唤回了女生神游天外的注意力，“那你先去交费，然后到对面实验室把这些测试做一下，带着结果回来，我们再商量具体的治疗方案。”

“好。”伸手欲接处方单时，荆喆才发现，右手拇指在无意间被自己抠出了一道细长的伤口，此刻汩汩淌着殷红的鲜血，开始隐隐作痛。

从小到大，每每感到紧张或惊惧时，她总会下意识撕扯手指甲两侧的皮，这是父母曾经想尽办法都没能纠正的坏习惯。长年累月之下，一双原本白皙细嫩的手，十指指尖处都已微微变形。

见几个医生的目光都集中于此，她慌忙不好意思地将右手藏到桌下，转以左手接过：“谢谢您。”

刘主任欲言又止地叹了口气，女医生的目光溢满心疼，另外两个年轻小伙也面露不忍。

荆喆依旧没往羿予珩所在的方向瞥上一眼，几乎算是落荒而逃。

病人的数量远比荆喆预想中更多，每项测试都排起了长队。

将缴费单交给不同实验室的负责人员，得知最快的一项也要等二十分钟后，荆喆找了个相对僻静的角落，在一排空旷的椅子上坐了下来。

在人多的地方或是话说多时会隐隐头疼，荆喆放下背包，伸手按了按太阳穴，缓缓闭上眼。

手机却不依不饶地响了起来，妈妈的微信："一切顺利吗？看到速回。"

荆喆将"很顺利"三个字翻来覆去输入又删除了好几回，最终还是按下了发送键。

可其实算不上顺利。

从踏进这条走廊，到走入那间诊室，再到被医生问诊，都算不上顺利。

而意外见到最不该见到的那个人，就更是大写加粗的不顺利。

但报喜不报忧的习惯早已在反复的操练中融入骨血，逐渐成了反噬荆喆的性格弊端。

学不会坦诚，哪怕是对自己。明知道笑着说"很顺利"并不会使任何事情真正顺利起来，荆喆还是会这样不屈不挠地说下去，好像多说几遍就会成真一样。

荆喆深吸了一口气，重新打开了那个在一切最黑暗时曾救她一命的手机游戏——在全神贯注刷副本时，那些不时跳出来支配大脑的恐怖念头便能得到充分的抑制。

她正和别人组队清怪时，面前忽地掠过一缕飘逸的白。

一袭白衣的身影在身旁悄然落座的瞬间，卷起一阵似乎夹带福尔马林味道的微风，温度令人微醺。

人来人往的楼道中雀喧鸠聚，遮盖住了这排陈旧座椅随之发出的吱呀声响，也遮盖住了荆喆被骤然放大，有如擂鼓鸣金的心跳声。

她的手微微一抖，难以置信地转过头。

不再是少年，但目不斜视的羿予珩依旧清俊如许，侧影翩然。

这一刻，荆喆本能地想要逃离，却又不知向何处去。

似乎时间在这漫长的沉默中停驻于永恒。

七年未见的老同学，最合适的问候理应是这句简单的“你好吗”，但这三个字如鲠在喉，谁都说不出口。

如果羿予珩会这样开口，荆喆的回答多半会是“还好”，然而这无疑是个悖论——任谁都知道，会出现在这种地方寻医问药的人，境况通常只坏不好，这样的问候更像是冒犯。

荆喆想，羿予珩的情况多半也算不上好——那个她印象中的天之骄子羿神，即便会在课堂上开小差睡大觉，也永远只会收获师长近乎溺爱的纵容，而方才刘主任看他的眸光中只有确凿无疑的不满。

离开了高中的象牙塔，在残酷的成人世界里，各人终将面对各人的难，这不足为奇。

荒谬而讽刺的是，即便此刻二人的身份对调，还是无法替对方想出一句合情合理的寒暄。

荆喆原本大亮的手机屏幕幽幽暗了下去。

旁边几个诊室内的病人进进出出了好几轮。

就在荆喆终于鼓起勇气，准备将“好久不见”这四个字说出口时，羿予珩开口了。

“加个好友吧。”羿予珩的目光自始至终放在对面鹅黄色的墙壁上，声音比高中时厚重了几分，语气倒是和多年前一样的淡然，惯用的祈使句式依旧言简意赅，“你刚打开的游戏，我也玩。”

这样出人意料的开场让荆喆一愣。

羿予珩从白大褂口袋中掏出手机，动作迅速地登进游戏，将屏幕对着荆喆晃了晃，才又补充道：“你在哪个区？ID 是什么？”

荆喆只是攥紧了手中的手机，用力到骨节开始隐隐泛白。

羿予珩也不催促，轻点屏幕，收集完溢出的体力后，进入了刚刚荆喆在打的副本开始对战。

又是半晌。

“不是有组队探索的加成奖励吗，”羿予珩一边娴熟地操纵着按键，一边风轻云淡地开口说道，“我之前的固定好友出号弃坑了，你休学在家的话，有时间帮我双开吧。”

学医使人热情开朗吗？荆喆不知道。

但当她意识到自己还是回应了些什么之后，一个好友申请已然出现在游戏界面。

金光闪闪的氪金头像框中是系统的默认头像，名字是 P-sym 四个字母。曾经学过物理竞赛并且正经八百拥有物理学学士学位的荆喆却瞬间领会了其中含义——Parity Symmetry，中文译为宇称守恒。

倒是偷懒而直白的取法——宇恒，予珩。

还没来得及点击“同意”，不远处的实验室忽然传来一声穿透力极强的高喊：“荆喆，轮到你了！”

“好。”荆喆下意识地将手机收回裤兜，微微抬高声音，向着那位从门框里探出半个脑袋的医生挥了挥手，“就来。”

羿予珩似乎专心致志沉浸在游戏中，微微低着头，修长的手指在屏幕上灵活翻飞，不仅对于荆喆的起身毫无反应，更是完全无视了几位碰巧经过的路人对他无故旷班投来的怀疑眼神。

“那，我先去了。”迟疑了片刻，荆喆在离开之前轻声补充了一句，“你好好工作。”

只迈出不到五步。

“荆喆。”

这声荆喆低沉而坚定，叫得她心中幽幽一颤。

她顿住脚步，静静回头，居高不下的心跳频率几乎令全身都在微微发抖。

羿予珩已经收起手机默默站了起来，双手随意插进白大衣的口袋。窗外葳蕤的树叶随风而动，在他利落合身的白大褂上拓印出动态的斑驳暗影。

微微逆光，因此辨不清表情，唯见那双过目难忘的深邃眸中星光明灭。

“和你有同样问题的人里，有人选择自暴自弃，彻底抛弃这个世界，有人选择依赖药物，停药就会反复发作，也有人选择坦然接受，学会与之和平共处。有一句话说，‘pain is inevitable; suffering is optional’[②]（楚痛难以避免，而磨难可以选择），选择在你。”羿予珩波澜不惊的声音放轻了半分，却字字锥心，“还有，如果你从心底就不信任你的医生，我们永远也没办法提供你所需要的帮助。”

---

② 引自村上春树《当我谈跑步时，我谈些什么》。

鱼沉雁杳天涯路

Chapter 02

做完所有的测试已经是午后，荆喆拿着厚厚的一摞报告，万分忐忑地重回诊室时，女医生和另外两位男学生依旧端坐在刘主任身旁，羿予珩却已不见影踪。

大松一口气的庆幸之余，也掺杂着隐约的失望——人的本质果然不会改变，所谓添加好友，势必只是他为了化解尴尬，然后引出最后那句“需要信任医生”的托词而已。

羿予珩还是跟以前一样的犀利，一眼就看穿她眼中的犹疑与防备，也一样的冷淡，那番“选择在你”之前难得一见的长篇大论，恐怕已经是能出自他之口最动听的安慰。

她也不该奢求更多。

能被羿神时隔七年认出来，叫出名字，甚至跟出诊室献上关心，不知多少女生求之不得，并不枉费高一那年她铆足了精力刻苦学习的认真。

想到这里，荆喆的心又是微微一疼——被病状所折磨的这段时间以来，她几乎全然忘记了，自己也曾有过那样心无旁骛的辉煌过往。

“你的主要问题还是面对学业的急性焦虑，中度抑郁，吃些药的确会有很大的帮助。”在仔细翻阅了所有测试结果后，刘主任笃定地开口，“我们这里没有安非他酮，咱们先试试舍曲林。刚开始的几天可能会有嗜睡、心悸，或者头晕的问题，都算正常反应，但如果还有其他问题一定要记录下来，一周之后再来复诊。”

随着刘主任得出结论，女医生尽职尽责地在荆喆的病历本上记录着什么。

“刘主任，”当医生在键盘上敲击处方的时候，荆喆轻声询问，“下周四我可能有别的事情，请问您还有其他时间出门诊吗？”

荆喆不确定羿予珩是否会在固定时间随刘主任一起坐诊，只想将与他再次碰面的可能降到最低。

“我周三也在，还有周五上午在特需门诊。”刘主任接过了女学生从打印机里递来的处方单，麻利地在角落盖了签名章，“随你，但下周务必要来复查。”

“嗯。”荆喆礼貌地接过了病历本和处方，“谢谢您。”

“你直接到楼下药房交钱取药就好。”女医生在一旁露出一个友好而鼓励的微笑。

“也谢谢你们。”荆喆也向着主任身边的三个年轻人分别点了点头。

走出诊室，止步四望，熙攘的楼道中果然再定位不到那个颀长挺拔的白衣身影。

回程路上，荆喆心乱如麻，目光颓然定格在地铁隧道漆黑静默的最远点。

刚刚的一切像是一场瑰丽而魔幻的梦境。

二十三岁的羿予珩，竟然还是会让她心跳加速，手足无措。

而曾经让荆喆产生过同样悸动的人，只有十六岁的羿予珩。

斯人若彩虹，遇上方知有——后来结识的男生里，聪明优秀的有之，高大帅气的有之，但与记忆中的羿神相比，无不黯然失色。

她本以为七年时光已经足够长到让她忘掉这个人、这张脸，以及这段注定无疾而终的暗恋，可一切欲盖弥彰的粉饰终归难抵重逢时惊鸿一瞥的瞬间。

荆喆忍不住拿出手机，点进游戏中羿予珩的个人主页，将空间里的每一条留言细细看了一遍。

诸多“求大佬回踩”“膜拜大神”中，有一个名为 Filigree 的女生每天都会按时出现，只留数字或是一个波浪号。可留言越是简单隐晦，越是带着引人遐思的暧昧。

再点进这个头像是位明眸皓齿的小姐姐的玩家空间，只见照片墙上挂满了各种名媛风美照，留言板设为仅好友可见，因此荆喆看不到她与任何人的互动。

将女生的几张照片反复研究了半天，她越看越觉得这张阳光自信、妆容精致的明媚笑颜万分刺眼。

如果这个漂亮小姐姐就是他的女朋友呢？

这正是荆喆没从班级微信群里加羿予珩好友的原因——虽然高中时羿神对于女生的青睐目光永远冷然相对，但他总归会有喜欢的人，总归会有大秀恩爱的那一天，而她恰好不想看到这样的画面。

想到这里，原本想要同意那条好友申请的食指默默缩了回来。

有些人，注定只是生命中的过客，远观便已足够美好。

只是，这个意外重逢的烂俗戏码上演得猝不及防，而这一次，已然这般狼狈的她恐怕不会有机会像七年前一样，郑重地和羿予珩道个别。

想来那应该是她有生以来，最勇敢的一天——

“时间不早了，要不然咱们撤退吧？”

虽然已经没人再对着麦克风嘶吼，但灯影昏沉的 KTV 包房中依旧飘荡着周华健的《朋友》。的确没有任何旋律比这句“朋友一生一起走，那些日子不再有”更适合为这一晚略带伤感的喧闹作结。

屋子里的男生纷纷将目光聚焦在绝对主角荆喆身上，争先恐后地开口：

“吉吉姐，今天这场告别宴你满意否？大声告诉我们，能不能感动一辈子？”

“到了之后务必要把 14 班精神发扬光大。”

“这还有什么不放心的？咱们吉吉姐出马，那必须一个顶仨，仅凭智商，全给碾压。”

“吉吉姐，后天一路顺利！”

班主任充满遗憾地宣布荆喆要出国念书的那天，高一下期的期末考试排名刚刚出炉，年级布告栏红榜上那行醒目的“第一名，高一（14）班，荆喆”墨迹未干。

这个消息有如一枚重磅炸弹，在班里引发了一片哗然。

能让四中第一实验班这群万里挑一的优秀少年心甘情愿尊称一声“姐”，是因为荆喆确实厉害——高一的四次大考，她和羿神平分了第一名，即便是屈居第二的那两次，两人的分差也不超过五分，远远甩开第三名一大截。

而羿神何许人也？

一般意义上的学霸，是指脑子好使又勤奋努力的好学生，但这依旧是属于人类范畴的褒扬，因此对他并不适用。

羿予珩的脑子好使到初二便破格获得了去盛川大学数学系旁听的资格，初三同时参加数学和物理两个高中联赛，轻松斩获一个国家级一等奖和一个省级一等奖。甚至，如果不是多位老师先后委婉暗示“应该给别人留一些机会”将他从信息学竞赛劝退，没有人怀疑当时刚满十五岁的他会捧回第三个一等奖。

在同龄人纷纷对着高一课本里函数的定义域和值域抓耳挠腮时，羿予珩的笔记上已然出现了诸如“勒贝格控制收敛定理”这样凶残的字样。

对于这种非人类，能够充分表达敬畏与膜拜之情的，似乎只有“神仙”二字。

因此，得以与羿神一战的荆喆，自然也是众人心服口服、顶礼膜拜的对象。

“谢谢大家。”刚刚被拉着 K 歌 K 到嗓子沙哑的荆喆笑着从座位上站了起来，几乎是用喊的才勉强让声音扩散，“我发誓，今晚我会永生铭记。”

“所以，你是在暗示之前这一年的美好时光你不会永生铭记吗？”脑袋转速足够快的男生一多，杠精就绝不会少。

“那你看我这么说行不行，”荆喆扬起嘴角，不慌不忙地改口，“有你在的每一天我都终生铭记。”

“吉吉姐，”杠精一号热泪盈眶，作势伸出双手，不远万里直“扑”了过来，“我可真是太感动了，求抱抱！”

可还没迈出两步，便被杠精二号毫不客气地拎住了领子：“哎，想占女神便宜是吧？”

“就是，”杠精三号顺势牢牢攫住了一号的左臂，狠狠一拧，“经过投票了吗？谁同意了？”

“噗——有病吧你们，”荆喆身边的几个女生忍俊不禁，优哉游哉地吃起了瓜，“还投票。”

“来来来，让你们见识见识什么叫民主。”杠精四号迅速拽住一号小可怜的右手，高高举起，声如洪钟，“同意这孙子抱我们吉吉姐的举手。”

伴随着整齐划一的“吁”，只闻摩拳擦掌声，却无举手响应之人，女生们见状纷纷笑出声来。

“啧，我明明只是想替你们开个路，”杠精一号趁机发力，猛然甩开三号和四号的钳制，大义凛然地为自己辩解，“在这临别之际，同意在座的每个人都对吉吉姐献上爱的抱抱的请举手。”

磨刀霍霍应声而止——

“哎，这个可以！”

“对，咱们都来沾沾女神的仙气，好在未来齐心协力把羿予珩踢出红榜。”

“吉吉姐，只要你同意，我们都准备好了。”

气氛热络归热络，任谁都没有当真——虽然14班同学关系融洽，班上仅有的九位女生也被人多势众的雄性势力顺理成章地同化成了好哥们，但毕竟是在对“男女有别”这四个字最为敏感的年纪上，即便心中坦荡，任何肢体接触都难免会带些别扭且禁忌的味道。

荆喆的本能反应自然也是“开什么玩笑”，可在这句话脱口而出之前，她的目光刚好扫过静静站在房间最幽暗一角的羿予珩。

这个双手插兜的笔挺站姿一如既往地英英玉立，也一如既往地置身事外。

男生的纯白T恤在五颜六色的镭光灯下呈现出浅蓝的荧光色，脸部却是一团模糊的漆黑，荆喆甚至不能确定他有没有在看向自己。

一阵难以名状的复杂情绪蓦然涌上——尽管名字在红榜上焦不离孟，但她与他之间的距离却是咫尺天涯，而这一面之后，恐怕就是永别。

之前无数次未能鼓起的勇气蠢蠢欲动了片刻，忽而星火燎原——虽然折戟沉沙在羿神的拒绝与无视之下的女生无数，但在这样的时刻，面对在场所有人都要遵守的“游戏规则”，他应该不会说“不”吧？

如果是和每个人拥抱，就一定会轮到羿予珩。

“行啊，”荆喆扬起一个故作镇定的微笑，若无其事地开口，“那……你们谁先来？”

荆喆坦然的回应惊呆了原本嬉皮笑脸的男生，众人你看看我，我看看你，反而忸怩了起来。

还是几个女生挺身而出拯救了这群雷声大雨点小的少年，轮番走到荆喆面前，献上了最温暖的拥抱和最真挚的祝愿。

可荆喆和所有姐妹讲完了悄悄话后，男生们还在推三阻四地谦让着——

“老张，别尿，上！”

“彬彬，平时明明是你叫女神叫得最欢，怎么现在躲得反而最远？”

“你离吉吉姐最近，你先请。”

又是一番嘀嘀咕咕的讨论之后，男生们终于口径一致得出了结论——

“吉吉姐，你这么看着我们真的害羞。不然你把眼睛闭上，玩个‘猜猜我是谁’的游戏？”

在所有女生的嘲笑声中，荆喆同样轻笑了一下，然后点点头，配合地闭上了眼。

耳边除了周华健的悠扬歌声忽然再无半点响动。

可她毫无惧色，会首当其冲献上拥抱的，显然只可能是与她熟悉的同桌或者前后座，而这几位老铁，即便闭着眼睛她也绝不会认错。

屏息凝神的静悄悄持续了片刻。

“第一位勇士已经乘风破浪而来，吉吉姐，做好准备啊！”

在一片故弄玄虚的窃笑中，荆喆轻松开口：“勇士和乘风破浪是什么鬼？我是海怪吗？”

话音未落，荆喆被小心揽入一个散发着雨后草地清香的怀抱——对方足够绅士，为了确保两人之间留有足够的空隙，微微弯下腰，只以右臂虚搭住她的肩膀，向前轻轻一带。

可额头与男生温热的下颚悄然贴合的瞬间，像是有一记重锤落在荆喆心口，砸出了地动山摇的轰烈，砸出了江翻海沸的浩荡。

荆喆下意识微微睁了下眼，顺着漂亮的下颌线向下看去，的确是那件白色 T 恤的领口。

幸而光线朦胧，没人留意她的无心作弊，也没人看得到瞬间席卷她整张小脸的嫣红。

除去骤然失控的鼓噪心跳声，荆喆彻底宕机的脑中唯有茫然失措——

怎么可能会是羿予珩？

“来吧，猜猜这是谁？”好事者已经迫不及待地叫嚷出声。

男生身上温暖却不炽烈的温度将荆喆牢牢包覆，醉醺醺醉意之下，她的双腿竟然有些发软。

荆喆不敢动，也不舍得动，微微颤抖着报出了另一位高个男生的名字：“杨琪航？”

“老杨你什么情况？”观众们油然而生的嫉妒心使得站在一边的杨琪航瞬间被口水淹没，“凭什么第一个猜你？”

无辜中箭的少年只得为自己喊冤抱屈：“吉吉姐，真不是我啊……”

众人兴师问罪时，荆喆感到，羿予珩轻揽她肩膀的右臂微微一紧，令她战栗。

“那是……”荆喆假意思考了片刻，拖长了声音，迟疑回应道，

“松灏？”

震耳欲聋的否认难掩遗憾，可遗憾之下又带着计谋得逞的兴奋——

“不对不对。”

“才不是老严。”

“再猜！”

荆喆越发离谱地连续猜错了五次，羿予珩的手臂也如她所愿，不依不饶收紧了五次。

倒也越发像个货真价实的拥抱。

她偷偷靠他更近，坏心地微扬起嘴角，想不到向来视众星捧月为无物的高冷羿神也会因为惨遭遗忘而心有不甘。

虽然贪恋男生的怀抱，可荆喆决定玩笑开到这里便好，于是偷吸一口似乎沾染着他身上味道的空气，朗声询问道：“真的好难，能不能让他说句话？”

围观群众瞬间分化成了“让他说话那不一下就猜到了”以及“要是不给提示他俩怕是得抱到天荒地老”这样水火难容的两派，嘴炮刚进入白热化阶段——

“真猜不出来吗？”低低绽开在耳边的声音，大约是离得太近，太轻，隐隐混杂着呼吸时产生的热气，带着几分不甚真切的缱绻。

女生的心脏几欲冲破躯干的束缚，左半边脸颊立竿见影烧了起来，温度滚烫。

“荆喆……”羿予珩似乎轻叹了口气，将声音压得更轻，更低。

“就说让羿神第一个上绝对猜不到吧！”

不知从哪个角落同时传来一声得意忘形中无意泄露了谜底的高呼，瞬间中止了两派人马的辩论，也瞬间中止了那个几乎长达一整分钟的宁谧“拥抱”。

那一晚后来发生的事依旧历历在目。

荆喆记得她慌张逃离了羿予珩，迅速用手背冰了冰依旧发热的双颊，装作困扰的样子提出“这种玩法真的太夸张，我还是按顺序抱抱大家算了”，然后和在场的男生逐一友好而短暂地拥抱了片刻，收获了无数句真挚的“吉吉姐，加油”。

她也记得和所有人拥抱结束再回头时，羿予珩已经消失在那间昏暗吵闹的包厢中。

地铁即将到站，荆喆静静走到车门前站定，心中却是难以平息的燥闷与不甘。

这几年来，她一直以为自己和羿予珩的告别已经算得上了无遗憾，可重新推敲起每一个细节，荆喆才恍然意识到，她唯独忘记去探寻——那时的羿予珩，在那声几乎微不可辨的“荆喆”之后，原本想要说些什么。

“羿太子，你刚刚说什么？”

中心医院的食堂里，一声惊呼几乎掀翻了屋顶，幸亏用餐高峰时段已过，只在小范围内引起了一片侧目。说话的是个尖嘴猴腮的瘦长脸，此刻他瞠目结舌看着坐在自己对面的羿予珩，像是活见鬼。

“他说，”羿予珩身边眉清目秀斯斯文文的金丝边眼镜男微笑着接口，“等下要去图书馆。”

“怎么着，”瘦长脸男匆忙扒拉了两口饭，不怀好意的目光定格在羿予珩毫无表情的脸上，“今天在门诊睡太香，被刘主任状告到你父王头上，不得不面壁思过了？”

“说过多少遍，”羿予珩眸中闪过一丝愠意，端起盘子从座位上站了起来，“别叫我太子。先走了。”

“老林，今天他怎么了？”看了眼那个在视线中不断缩小的颀长背影，瘦长脸男莫名其妙地挠挠头，转向一直默然不语低头吃饭的第四个人，“又被什么花痴女病人缠上了吗？”

“这倒没有，但确实有个女病人……”开口的是白天诊室里坐在刘主任后面的那位浓眉大眼的男医生林彦然，此刻他终于撂下筷子，“反正白天见到那个妹子之后，他这一下午就心事重重。”

“有故事。”其余二人纷纷来了兴致，一唱一和进入了捧哏的角色。

“好像是他高中同学吧，”林彦然微微加重了语气，皱了皱眉，“哈佛回来的，可惜在美国待了七年，待成了抑郁症。小姑娘把自己手抠得，鲜血淋漓，真的挺惨。”

“哈佛！是我听说过的那个哈佛吗？”瘦长脸男直接呛了口饭，疯狂献上膝盖之后，话锋突然一转，“不过说实话，羿予珩这些年瞎胡混，要是不提他还有这么牛的高中同学，我都快忘了他曾经是状元了。”

“我也搞不懂，你说在精神科不好好干就算了，之前在那些大科他也敢胡来，是真不把选科选博导当回事。今天刘主任是真急了，直跟媛媛姐瞪眼，”林彦然也摇摇头，语气夸张地模仿道，“‘你给我把他叫醒’，那凶残的语气吓出我一身冷汗。”

“你清醒一点好吧，人家可有当院长的爸爸，”瘦长脸男被刚刚生动逼真的模仿秀逗乐，“想去哪个富帅科室不是一句话的事……”

“哎，你刚说今天这妹子是他高中同学？”一直若有所思的金丝边眼镜男忽然带着恍悟插嘴，“在美国待了七年？”

“是啊。”林彦然莫名其妙地点点头。

“好看吗？”金丝边眼镜男慢条斯理喝了口可乐。

“怎么，一听是哈佛女孩，动心了？”瘦长脸男忍不住调戏道，“要狠心抛弃自己妹子了？”

“滚蛋！”金丝边眼镜男嫌弃地瞪了瘦长脸一眼，“那后来他还有没有哪里比较反常的？”

“你这么一说，”林彦然努力回想了片刻，诚实回答，“好像是一直在瞄手机。”

“你们还记得大二考完生化，所有人都喝高了那个晚上吗？”金丝边眼镜男气定神闲推了推眼镜，“大家逼问羿予珩情史的时候，他提到的那个姑娘吗？”

瘦长脸男呆若木鸡地反应了片刻，眼里迸发出一束精光：“不是吧！”

“高二就去了美国，非常聪明，非常特立独行，被班里一半的男生暗恋。”金丝边眼镜男将早已不甚清晰的记忆缓缓拼凑完整，“一个能让羿予珩这种变态觉得聪明的萌妹子，上哈佛不奇怪对吧？”

“啧，难道说，这么多年，”瘦长脸男装模作样地捋了捋并不存在的胡须，“他冷着张臭脸让那么多妹子吃闭门羹吃到被怀疑性取向，是因为还偷偷摸摸惦记着这颗朱砂痣呢？”

“胡沛琛，你接着装，”金丝边眼镜男抄起易拉罐的拉环，往瘦长脸男的方向一扔，“哪怕是当初和三理一化死磕的时候，你见过羿予珩去图书馆吗？”

“失敬失敬，”林彦然也愣了片刻，“我就记得是个特别安静，特别客气，气场多少有点生人勿近的妹子，瘦瘦小小的，真没仔细看脸。”

在 Pubmed 上打开了无数篇有关注意力缺失症的论文，羿予珩却连一段摘要都没看进去。

上午荆喆做完所有测试回到诊室时，他正在卫生间，全然顾不上为沉沉睡去的失态而懊恼，脑中混沌一片，机械性地洗脸。

水龙头的凉水直接浇在脸上，剜心刺骨的冷，但羿予珩反复洗了很多遍，直到硬生生洗出了心前区压榨性疼痛。最终停下来也并不是因为确信一切终于真实，而是害怕急性心梗。

一个在最后的印象中笑意盎然和所有人热情相拥，活蹦乱跳的人，再见面时，连有人在身边落座都如同惊弓之鸟，潜意识害怕到微微颤抖。

那双有如受惊的小鹿一般澄澈却茫然的翦水秋瞳中，唯独写满惊惧。

那只曾经手握粉笔信心满满上台讲解物理题的右手，如今血肉模糊。

不知道这些年时间在其中扮演了怎样的混账角色。

即便全世界 99.99% 的人都患有注意力缺失症，荆喆也不该乱入其中。但那份她带回来的全英文报告里，几乎所有指标都高于95%的被试人群。

有这个问题的人，思维分散跳脱，无法有效制定并执行计划，对于不感兴趣的事情极度缺乏耐心与毅力，面对困难永远倾向拖延与逃避。

如果统计不是荆喆真正喜欢的科目，如果她所学的知识难度极高，在没能确诊之前，不怪她一步步放纵自己到无法继续学业的地步。

焦虑与抑郁因它而起，可它又因何而起。

怎么没人早些察觉呢。

羿予珩心烦意乱地拿起手机，点进游戏，但上午发出的好友申请依旧没有收到任何回应。

“大神！快四个月了，你终于上线了！”

“老哥，什么风把你吹回坑了？”

“呜呜呜大腿你竟然在线！撒泼打滚求带！”

“是本人吗？没卖号吧？”

倒是游戏中的好友一个接一个欣喜若狂地跳了出来，一条接一条的问候振出了普天同庆的欢腾。

前些年上专业课的时候，羿予珩几乎没怎么花心思学习，而是投入了大量时间和金钱在这个游戏上——似乎从小到大被完美压制的所有叛逆在高考后如数爆发，他自知无法扭转成为医生的宿命，只好在一切能够激怒父母的小事上不遗余力做到极致。

而对于羿予珩这样从小便被一纸智商测试认证的“天才”，但凡他有心去做的事，断然没有失败的可能。

当初竞赛获奖拥有保送北大的机会时，因为医学不在可选择的院系范围之内，父母强势出现在校长办公室，以“予珩是要学医的”以及“我们儿子不怕参加高考”为由，婉拒了从天而降的橄榄枝。

羿予珩果然不负众望夺得了省状元。

但在填报志愿的入口关闭前的最后一分钟，他擅自将第一志愿中的北京协和医学院改成了盛川大学医学院，不留余地，不容转圜，在学校和家里引发了两场至今令他心有余悸的海啸山崩。

然后，羿予珩如愿开始了在父母眼皮底下的不务正业，或就是明目张胆地报复。

本博连读的八年制临床医学被戏称为“永恒的高四”，前几年的课程设置对于绝大多数学生都是噩梦，需要学习背诵的知识繁多而庞杂。

但对于羿予珩，想要维持“不挂科，凑合过”实在轻而易举。他一边玩游戏，一边在某字幕组翻译美剧，同时糊弄着实验和科研，日子过得颓废且快乐。

开始实习轮转之后，虽然已经有所收敛，可在所有曾对羿予珩寄予厚望的主任或带教老师眼中，这位从小便在全院上下声名远扬的神童，无论是工作态度还是知识水平都令人失望透顶。

尽管羿予珩依旧会在夜班后的工作时间我行我素地补觉，但毕竟人命关天，看诊不是儿戏，随着工作日渐忙碌，能够用来玩游戏的时间被不断挤压，直到终于在某天累到没来得及登录。然后发现游戏并非生活中不可或缺的一部分，索性就再也没有登录。

“是本人，没卖号。”

“回坑了，但是工作忙，不会常在线。”

羿予珩简短地回复了几个相对熟悉的朋友，随手拒绝掉源源不断的组队邀请，微微闭上眼，烦躁地揉了揉眉心。

这七年，虽然全然没有联系，但荆喆走过的每一步路，他都曾道听途说过。

包括她本科去了宾大，也包括她去了哈佛读博。

却也从来没想过与她再见。

毕竟，那是宾大与哈佛——曾经的五分之差，被荏苒的时光与他的自甘堕落拓宽成一条难以逾越的鸿沟，少年时的朦胧情愫埋葬其间，不念不想，不闻不问。

记忆的存档终会更迭，他也终会按部就班娶妻生子，日后偶然听说她的成就与幸福时，衷心祝她一生平顺。

但再见到荆喆，心中的荒芜忽然抽枝吐芽，那些本以为早已忘却的旧事与愿望随之破土而出，挣脱记忆的牢笼，忽而蔽日参天。

早上冲动之下追出诊室，不仅仅是因为那番以“健康所系，性命相托”为开头的动听誓词。

这些年来，再没有任何一个同龄女生能让他产生同样的惺惺相惜，而羿予珩遍寻拙劣不堪的借口，始终不肯对自己承认——

高二必须在数学和物理两个奥林匹克竞赛的国家集训队二选一时毅然放弃成绩更好的数学，不是因为更喜欢物理，而是因为一个人最终没能参加物理联赛，所以想要替她将遗憾补全。

当初会和父母就学不学医这件破事互不相让地争执了两年，不是因为非要学物理或是真的讨厌医学，而是因为想要追随一个人的脚步去美国留学，所以认定学医的八年太长。

对着手机发了不知多久的呆，终于回过神时，屏幕上的对话框中赫然多了一行小字。

“马尔可夫的猫成了你的新好友，你们可以开始聊天啦！”

羿予珩难得莽撞地碰掉了肘边的矿泉水，颇具分量的水瓶狠狠砸在脚背上。一天之内，第二次摧心剖肝的疼，疼到一切狂喜还来不及酝酿蒸腾便彻底消散于无形。

却又顾不上脚下传来的剧痛，他慌忙查看起荆喆通过好友申请的时间，三分钟前。

惴惴不安地等待了片刻，见荆喆毫无攀谈之意，羿予珩的脑中闪过所有可能的开场白，最终从中筛选出了自认万无一失的一句——

“你要组队刷副本吗？”

仿佛他依旧是那个故作骄矜，每每在她面前板起脸来的十六岁少年。

万语千言不忍谈

Chapter 03

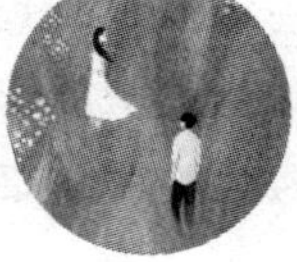

明明可以自动组队战斗，自动收取奖励的副本，却被两人玩成了耗时耗力的全手动模式。

荆喆思来想去，只能将羿予珩不厌其烦地手动邀请理解为他有些需要慎重措辞的话想讲，内容关乎她的病症，不希望她挂机走人。

想必羿予珩未来的病人会万分幸福。

性格固然冷淡了些，但这个人做事的认真负责程度，荆喆早在高一时就深有领教——无论是作为班长组织策划活动，还是作为大神为人讲解难题，羿予珩永远极具耐心，一丝不苟。

尽管不想被怜悯同情，但无论他想要表达的这番话将会是站在医生立场的叮嘱，还是站在旧识立场的安慰，在犹豫不定外加心神不宁了一整天后，荆喆终于说服自己要勇敢面对。

如荆喆所料，良久的沉默之后，屏幕上终于显示了来自羿予珩的第一句话：“药吃了吗？”

荆喆对答如流：“嗯，吃过了，谢谢关心。”

羿予珩这才将游戏切换进自动模式，同样迅速地回复道：“有不良反应吗？”

荆喆犹豫了片刻，习惯性避重就轻地回答道：“没事，就是有点困。”

其实药效比预想中还要猛烈——口干舌燥与头晕虚乏之下，强烈的心悸与反胃让她觉得五脏六腑都卷入了一场永无止境的激烈鏖战，脑中却是带着钝感的空白。

“如果还有其他问题，你要诚实地讲出来。”

这句话被小心翼翼地遣词造句了五六个版本，可羿予珩最终还是将它从对话框里删除。

在他轮转到第一个科室，第一次查房结束后，科主任说的第一句话是——

“并不是所有病人都能够或愿意准确描述出自己的感受。无法依赖客观检测结果的部分，需要你们先行判断对方究竟是在试图夸张还是隐瞒，这是做一切诊疗决策前最为重要的前提。”

羿予珩可以断定，荆喆属于后者——但凡会将两分疼痛夸大为八分折磨，四处呼救以寻求解脱的人，几乎不可能患上抑郁症。更何况，她眼中的抗拒与排斥被当时坐在诊室里的所有人看得一清二楚。

舍曲林饱经临床检验，副作用的相关研究也非常完善。初次服药的不良反应因人而异，除去消化、循环、神经甚至运动系统发生障碍，重者会有抑郁情绪骤然加重甚至出现自杀倾向的可能。

他无法判断荆喆有没有出现上述问题，却可以理解她说谎的动机。建立医患关系中的信任感，通常需要时间，而严格意义上讲，他甚至算不上她的医生。

羿予珩只是有些无能为力的挫败与心疼——被抑郁这张魔鬼之网缠身的人，无论对外再怎样强颜欢笑，内心都是狼藉一片。而他束手束脚，不知该如何迈向她心中的断壁残垣。

荆喆勉强打起精神，耐心等待了将近五分钟之后，羿予珩的回复才姗姗来迟。

“多喝热水，好好休息。”

这常年雄踞“尬聊神句”榜首的八个大字，几乎让她以为药物的副作用还包括“出现幻觉”——这般不解风情的问候虽然聊胜于无，却让羿予珩的白衣天使光芒瞬间黯淡，也让他圣洁伟岸的男神形象轰然垮塌。

随后，荆喆忽然想到，类似这样令人啼笑皆非的对话，似乎曾经也上演过一回。

那是高一时十一月底，秋末初冬的某一天，作为班长和团支书的两人被班主任老何留下谈工作谈到很晚，终于得以走出教学楼时，已是暮色昏沉。

在这个“不穿羽绒服可能会冷，穿羽绒服可能会热”的尴尬季节，身为女生，荆喆自然也选择成为“美丽冻人族”的光荣一员。

经过中心花园的风口时，一阵来势汹汹的妖风掠过，她不得不将并不抗风的羊毛大衣裹了裹，随口感叹了一句：“好冷。”

走在她半步开外的羿予珩维持着双手插在羽绒服口袋的酷炫姿态，步伐平稳，目不斜视地淡淡回应道：“我觉得还好。”

语气一本正经到可以直接用于新闻播报。

长达三秒的沉默令人窒息，荆喆抬头看了面无波澜的男生一眼，过于强烈的反差让她“扑哧”一声轻笑出来——这精致的侧脸是代入任何一部偶像剧男主都毫无违和感的好看，可惜不知羿神哪根筋搭错，竟然惟妙惟肖演起了屌丝男 N 号的注孤生剧本。

虽然她不会自诩女一号，生活也远非偶像剧，然而毕竟，如果是称职的男主角，或者会立即脱下大衣附赠一句“我不允许你着凉”，或者会将女主一把搂进怀中霸气示爱“体温和命都给你”，或者会义无反顾挡在身前高调宣誓“余生为你挡风遮雨”，再不济也应该低调献上诸如“天凉了，多穿点衣服”这种程度的体贴关怀。

可万万没想到，羿予珩竟然是这样的羿神。

未满十六岁的荆喆憋笑憋到内伤，可二十三岁的荆喆想到这里，只觉有一方磐石重重压在心口。

回想到的越多，能记起的也就越多。

高中时羿神的万千迷妹中，有人迷恋他玉树临风的外表，有人迷恋他闪闪发光的成绩，有人迷恋他高岭之花的性格。也正是这层层滤镜之下的完美无瑕，将他推离得更加遥不可及。

荆喆喜欢上羿予珩，却是因为那一晚他低头看她掩面偷笑时，因尴尬懊恼而微微愣神的瞬间，无比真实而鲜活的少年烟火气。

然而，能记起的细节越是丰富翔实，便越是应了那句歌词的酸涩苦楚——

“时间无尽隧道 / 只能向前长跑 / 旧梦几度缥缈 / 醒来已经不堪寻找……”③

毕竟一切物是人非。

荆喆恍惚了片刻，才醍醐灌顶般意识到羿予珩发来那八个字或许正是为了结束对话，一边狠命敲了敲好似被药锈住，疼到炸裂的脑袋，一边在对话框中输入了“谢谢”二字准备发送。

可点击发送前，她又觉得应该礼尚往来，象征性献上对等的问候，便客客气气多加了几个字：“你工作很忙吧。”

她将接下来会发生的对话提前预演了一遍——

他回：嗯。

她再回：那注意休息，别太辛苦。

无论羿予珩会不会继续回复，都算是为这一天的奇遇“完美”作结。

只想好好睡个觉的荆喆没再犹豫，当机立断按下了“发送”键。

“舍曲林的副作用可能包括食欲减退和呕吐腹泻，程度严重会导致低血糖和脱水，需要及时补充水分、电解质和葡萄糖。可以用 500cc 蒸馏水加 4.5g 食盐和 25g 葡萄糖配成溶液口服，怕麻烦的话来医院找我，给你拿几袋葡萄糖氯化钠注射液，打开直接喝就行。”

恰巧与“谢谢，你工作很忙吧”同时出现在屏幕上的，是一大段完美承接上文，正经严肃的医嘱。

③ 那英《相爱恨早》。

于情于理都应该立刻表达感激的荆喆却彻底傻眼。

问题不在于她是否该为自己刚刚的“以小人之心度君子之腹”感到惭愧，而是在于——

她的回复，不幸显示在了羿予珩这番话的下面。

因此，她那句话可以被逻辑通顺地理解为——

谢谢你的好意，我很想去医院找你帮忙，但如果你不方便的话就不打扰了。

而这样的解释背后，隐含的信息无疑是——

我现在的确上吐下泻痛苦得要死要活！你真是火眼金睛的华佗再世！

荆喆绝望地扑到床上，用被子蒙住倏然发烫的小脸，想要立刻离开人世的愿望当即直达顶峰。

羿神，一次性把话说完不好吗？为什么偏偏要来这么个大喘气？

“不忙。我明天在病房，新楼十二层1区。你到了打我电话，×××××××××××。”

收到这一条回复时，荆喆觉得还来得及再补救一下，手忙脚乱地欲将“我没事”“本来是想回复你之前那条‘多喝热水’的”“我自己去药店买葡萄糖粉就好”“多谢你”依次输进对话框中。

可羿予珩已经神速发来了第二条。

“只要你肯配合医生的工作，一定会好起来，明早按时吃药。”

等一下！这样的“工作”恕她不能配合。

荆喆加快了打字速度，慌乱之下却将“葡萄糖粉”打成了“葡萄粉”，不得不重新返工。手机的屏幕原本就小，外加药物作用下不受控制地手抖，点了半天愣是没能将光标拖到正确的位置上。

眼看“糖”字的拼音只差个“g”，屏幕上又出现了第三行字。

“我昨晚夜班，没怎么休息，先下线了。”

荆喆只能眼睁睁看着羿予珩的游戏头像幽幽暗了下去，前功尽弃地颓然瘫回床上——

七年过去，那个曾经拿错剧本的少年显然已经悬崖勒马，这几句谜之霸总的“吩咐”没给她预留任何拒绝的余地。

果然一切物是人非。

羿予珩回到宿舍时已经接近午夜。

中心医院的学生宿舍楼建于三十多年前，虽然由专人定期粉刷维护，却无法改变其基础设施陈旧落后的凄惨事实。与盛川大学医学院新建成的宿舍相比，说这里是破瓦寒窑都算是含蓄客气。

“这什么年代的破木板床？这五斗橱怎么和我奶奶家的一模一样？”

“虽说上有协北复交，可咱们盛医至少能和华西湘雅一战吧，但是！先不比别的，看看这糟心医院给学生住的是什么鬼地方？”

“没工资就算了，被人呼来喝去做牛做马就算了，三十二个小时连抽转也就算了，连觉都不让人睡踏实到底是几个意思？实习生的人权呢？”

以上是初来乍到时胡沛琛愤愤不平的哀号，包括羿予珩在内的其他三人虽然没有跟风抱怨，却默默为这样的直言不讳点了好几百个赞。

宿舍沟壑纵横的破旧门板摇摇欲坠，开闭之间更是会吱呀作响，堪比鬼片的音效永远令人胆战心惊。

“哟，珩珩学成归来了？”

“珩珩！眼看春天到了，外面鲜花盛开，你竟然还肯回来？”

“我们刚还在打赌你会不会一鼓作气通个宵。”

刺耳的推门声引得屋里的三个人纷纷从文献中抬起头——八年制本博连读虽然比常规医学生的五年本科、三年硕士生外加三年博士节省不少时间，但临床和科研双线并行的压力无疑更加巨大。

“白天在科里卖命，晚上实验室烧脑，休息是白日做梦”正是他们无比凄惨的生活写照。

见羿予珩不为所动地往自己的书桌前一坐，胡沛琛索性凑了上来，挤眉弄眼地开口：“兄弟，汇报汇报进展？”

“什么进展？”羿予珩暂停本欲打开笔记本电脑的动作，无比坦然地微微挑眉。

“老林可都说了啊，”胡沛琛也不落下风地挑眉，“今早门诊来了个小美人。”

“听说是哈佛回来的，”金丝边眼镜男唯恐天下不乱地接口，“我们非常好奇。”

羿予珩无奈地轻嗤了一声：“陈湃，你跟着胡沛琛凑什么热闹。高中同学，有问题吗？”

“笼统。不真诚。”林彦然也趁机放下工作，活动了下筋骨后正式加入闲聊。

“反正我肯定不会平白无故为一个认不出脸叫不出名字的高中同学泡图书馆。”陈湃慢条斯理地推了推那副书卷气十足的眼镜，露出了一个与形象严重不符的邪恶笑容。

“其一，我们都是班委，一起学过物理竞赛，所以我认得出脸，也叫得出名字。”羿予珩将胡沛琛充满探寻，眼看越凑越近的脸无情推走，语气波澜不惊，“其二，她是挂过号的病人，不是‘平白无故’地出现；其三，学精神病的时候，她的问题书里只是一笔带过，老师也没仔细讲，算是知识盲区。这样解释足够清楚吗？”

“羿予珩，别人不了解你，我们还不了解你吗？”陈湃眯起眼睛，夸张地摇了摇头。

“就你这副永远‘事不关己高高挂起’，不是‘关我屁事’就是‘关你屁事’的欠抽嘴脸，就算陈湃得了莫吉隆斯症都懒得抬头的人，”胡沛琛也高深莫测地扬起嘴角，“无事殷勤，你说你心里没鬼，鬼都要揭竿起义好嘛。”

“你才莫吉隆斯，你还普洛提斯症呢，”闻言揭竿而起的却是陈湃，“你个颅骨增生……”

“如果是你们碰巧在门诊里遇到一位老同学，”羿予珩连眼睛都没多眨一下，从容不迫地反问，“你们会怎么做？”

“有病治病，能帮则帮。”屋内唯一的老实人林同学不假思索地耿直开口。

“所以，我也只是尽到‘有病治病，能帮则帮’的责任而已。”

羿予珩轻轻点头，气定神闲地看向陈湃和胡沛琛，不紧不慢的语气带着不易觉察的愉快，“话题结束，学习。”

胡沛琛吹胡子瞪眼地指了指林彦然的脑袋，恶狠狠比了一个“抹脖”的动作，又和陈湃交换了一个意味深长的眼神——

同窗五年，他们还从未在这位空有煊赫声名却不曾爱惜羽毛的高考状元眼中，见到过方才提起“学习”二字时转瞬即逝的倨傲。

中心医院的精神科病房占据两个不同的楼层。十二楼是与其他科室几乎没有差异的开放式病房，住的是对外界没有潜在威胁或病情完全受控的轻度患者，重症患者则归属顶楼的封闭式病房管理治疗。

电梯停在其他的楼层时，开门的瞬间永远是扑面而来的喧沸，可随着电梯工一声干脆利落的“十二楼到了”，门外的寂寥与肃穆让荆喆呆愣了片刻才想到迈步。

大多数精神病人需要安静而稳定的低刺激环境，前来探病的家属也好，步履匆匆的医护人员也好，纷纷自觉放轻了脚步，似乎连空气都沾染了几分小心翼翼。

荆喆在大厅里的椅子上缓缓坐了下来，通向 1 区病房的玻璃门就在几步之遥的右手边，可以隐约看到护士站内有身形各异的白大褂进进出出。

与其说荆喆是自愿走进医院，不如说是被妈妈“逼”出了家门。

心理医生说，荆喆会患抑郁症的原因之一是凡事习惯独自面对，不愿将心中所想与他人倾诉，哪怕是对至亲的父母。

久而久之，当无处宣泄的消极情绪累积到她自身难以负荷的程度，无法在沉默中灭亡时，唯有在沉默中爆发。正如弗洛伊德所说：“未表达的情绪永远不会消亡，它们只是被活埋，并将在未来以更加丑陋的方式涌现出来。”

改变现状的第一步，必须从“学会沟通”开始。

于是，荆喆昨天回家后将看病的经历一五一十对父母讲了出来，包括意外遇到了一位在医院工作的高中同学。

这位同学自然成了叶女士眼中的“救命稻草”。

被女儿初次服药后的强烈反应吓到不知所措的叶女士直接向公司请了一天假，自荆喆起床之后，一刻也不停歇，心焦如焚地念叨着——

“怎么感觉吃了药比不吃还难过？你快问问你同学。”

“到底是不是这样的吃法，你没记错吧？要不要问问你同学？”

“这么受罪可怎么好啊？你再去找你同学看看吧？”

源源不断的“同学”二字有如魔音洗脑，忍无可忍之下，荆喆只得无奈回应道：“问过了，都是正常反应。他说如果实在严重可以找他开药，可我现在真的没事。”

早晨第二次服药后的感觉已经缓和了很多，荆喆甚至想好了一套完美的说辞，准备给羿予珩发条短信，正式拒绝他昨晚的好意。

“那太好了，你赶快去找他再看看。”叶女士却完完全全抓错了重点，“我看网上说了，抑郁症患者千万不能整天闷在家里，要多晒晒太阳，多和人群接触接触才好。”

荆喆理解妈妈的担忧与好意，也理解妈妈对“抑郁”二字的不理解——若是在想要走出家门，需要接触人群时，便能够轻轻松松走出家门，欢欢喜喜接触人群，就不需要四处求医问药，更不会有人因它放弃生命了。

而抑郁的感受就像是存在着密不透风的无形枷锁，将身体的每一部分都禁锢得动弹不得。这种“起身需要积攒勇气，抬手需要积攒勇气，做每一件微不足道的小事都需要积攒勇气”的绝望感，旁人永远无法感同身受。

但为了避免和已然为她心力交瘁的叶女士产生冲突，荆喆还是打起精神，磨磨蹭蹭走出了家门。

真正进到医院，不过是另一轮煎熬与挣扎的开端——

羿予珩的手机号码没变，时隔七年她依旧烂熟于心。

手机就握在手里，却唯独缺少了那份按下通话键的勇气。

“予珩，我好像看见你那个昨天到门诊来的同学了，就坐在大厅椅子上，是在等你吗？”

医生办公室的门被轻轻推开，昨天问荆喆病史的女医生闪了进来。她机敏地环顾四周后，见没有住院医师以上级别的“老人”坐镇，悄悄松了一口气，一边朗声通报一边向着座位走去。

虽说住宿条件一言难尽，但中心医院的工作环境无可挑剔，偌大的办公室为实习生、研究生和规培生分别预留了足够宽敞的办公区域。

在座的几人早已见怪不怪，默默摇摇头便重新投入对于病历、医嘱，或是文献的撰写和研读中。

自从几天前这位论长相可以直接出道的冷面帅哥来到精神科轮转，这扇门就没消停过——有无事也要找事请教的年轻护士，有赖在病房不愿移步的花痴家属，甚至有从他之前待过的其他科室执着寻来的女病人。

羿予珩看了眼并没有显示任何未接来电的手机，条件反射般站了起来。

“我要去心内办事，你们有需要送过去的会诊单吗？”

眼看在身边落座歇脚的人换了一批又一批，荆喆默默盯着手机屏幕上的一排数字，一边忍受着头疼与心悸，一边为自己的怯懦唉声叹气。

“来了怎么不打电话？”

在空寂大厅中毫无预警响起的磁性声音吓得荆喆一抖。

羿予珩右手抱着一个灰色文件夹，左手插兜，不疾不徐地跨过玻璃门从病房走了出来，白大褂穿出了男模走秀时的板正笔挺。英俊的脸上神色如常，看不出半分意外或惊喜。

荆喆连忙站了起来，不知为何有些不敢直视男人的眼睛：“我也刚到。不好意思，麻烦你了。”

“不麻烦，我正要去楼下跑腿。”羿予珩的目光扫过荆喆多少带了几分苍白的小脸，淡淡开口，“你感觉好些了吗？”

荆喆还没来得及开口，面前忽地刮过一阵飘散着劣质香水味道的旋风，只见一个人影从尚未闭合的玻璃门中不管不顾地冲了过来。

“今天早上为什么不来看我？”这温柔娇媚的语气楚楚可怜。

羿予珩反应迅捷地往左后方退了一步，却还是没能幸免于这波猛烈而热情的突袭。

荆喆没见过这样的阵势，同样吓得后退半步。她目瞪口呆地看向依偎在羿予珩怀中，紧紧拽住男人右臂不肯撒手的娇小身影，不由得又是一愣。

女人身材矮矮胖胖，厚重妆容下，隐约能分辨出一张徐娘半老的瘦长脸。

“王阿姨，”羿予珩没有试图反抗或是推开女人，只是面不改色地将文件夹换到了相对自由的左手，语气难得耐心轻柔，“白大褂很脏的。”

“干吗要叫阿姨？”女人抬头看着男人的脸，含情脉脉撒娇道，“你为什么要故意躲我？”

“没有故意躲你，只是工作忙。”羿予珩好言好语地低头问，“是不是又偷偷停药了？”

“停药”两个字像是一枚炸弹，女人瞬间松开了手背到身后，像个自知犯了大错的孩子一般羞愧地低头嗫嚅着：“我没有，没有。就是你总不来看我，总是躲着我，我必须得问问清楚。”

“我现在还有别的工作，”羿予珩趁机退回至安全距离，语气中的温和不减，“等下就过去看你。”

“那你不能骗人，一定要来。”女人似乎在评估羿予珩的信用，又依依不舍地看了男人一眼，才终于肯转身向病房走去，“我等着你。”

“她今年四十九岁，精神分裂外加钟情妄想，”羿予珩仔细整理了一下被熊抱过后隐隐泛起褶皱的白大褂，又将插在左胸前口袋里的几支笔重新码放整齐，才平静解释道，“觉得科里所有男医生都爱她，估计是擅自停药才会突然发作。你稍等。”说罢，他一边微微偏头示意荆喆跟上，一边在走进楼梯间后拿出手机拨通了一个电话，听内容像是在和王阿姨的主治医生沟通情况。

直到羿予珩挂断电话，荆喆还是震撼到一个字都说不出来——刚刚猝不及防发生的那一幕，莫名离奇滑稽，却也莫名让人心酸。

“吓到了吗？”见荆喆默然不语，羿予珩放慢脚步回头看了她一眼，确认一切无虞才继续补充道，“她的问题还不算严重。前几天有个有被害妄想的狂躁症病人，办完入住第一次查房时，抓起水杯就要往刘主任头上砸，威胁说如果继续囚禁他，就要血洗整间医院。”

“这样的人，不需要去全封闭的重症病房吗？”荆喆反应了片刻，声音似乎在微微颤抖。

“封闭病房里的情况，我还是不和你讲的好。”羿予珩似乎轻笑了一下，停顿了片刻，默默在一节台阶之下顿住了脚步，彻底转过身回头，“那些人的故事，远比你能想象的要‘精彩’得多。”

尽管站在一级台阶之上，荆喆依旧需要微微仰头才能对上羿予珩的视线。

“那些人里，有人是被几个壮汉五花大绑拖进的医院，有人是戴着手铐被警察押进的医院，还有人是被亲生父母灌了迷药背进的医院，”羿予珩看着荆喆的眼睛，一字一句敦肃开口，“与这些人相比，抑郁或是焦虑症的病人至少能堂堂正正自己走进来。”

“医生可以理解你们内心承受的绝望，想要求得帮助与解脱又无从启齿的痛苦。但是当一个人过度陷于对‘自我’的关注，完全屏蔽掉外界的声响时，往往意识不到世界上其实还有更深的苦难，”男人依旧平淡如水的声音低沉了半分，墨色的瞳仁微敛，“站在医生的角度，如果说那些拒绝承认自己有病的重度精分患者不幸得了癌症，抑郁不过是一场精神感冒而已。”

“感冒的确有轻重之分，也的确有致死的可能，但相比癌症已经‘友好’太多，”羿予珩重新放轻了语气，“荆喆，说这些是想告诉你，其实一切并没有那么糟糕。”

荆喆怔怔凝视着这张不过二十来厘米开外的脸，心如擂鼓，讷讷不能言。

这双如古井般深幽的眸中，似是氤氲着泻落的万丈银河，气充志定，波光粼粼。

眉目的搭配惊艳如昨，可竟然也有浅淡细纹隐约攀上眼角。

时光沁润下，少年发荣滋长，终成顶天立地的男人。默然站定时，在周遭圈出一方隔绝万物的宁谧空间，但凡置身其中，任凭苍天疾风骤雨，诸事尽数安妥宴然。

然后，荆喆才想到嫉妒，嫉妒到整个心脏都在翻搅着刺痛，喉咙有某个瞬间的窒涩——这温暖而牢靠的胸膛，或许可以短暂归属他的病人，却最终要完整归还于某位天选之人。

"呃，你……"为了规避继续对视下去的危险，她慌忙撇开头，万分突兀地转移了话题，"为什么会学精神科？"

所以她不曾看到，羿予珩焕然如炬的坚定眸光中，层层叠叠的温柔暗涌。

"实习轮转，基本要去到所有的科室，"羿予珩重新迈步，走完最后几级台阶，为荆喆拉开了通向八层心血管中心的门，"刚好这两周在精神科而已。"

"所以病房和门诊都要负责吗？"荆喆点点头表示感谢，偷偷夹带一点私心询问道。

"实习生离独立出门诊还很遥远，只是有一天的观摩机会，刚好在昨……"

话还没讲完，摩肩接踵的八层大厅中，两人被一个衣着光鲜的年轻女人拦了下来："哎哎！这位医生！导管室要怎么走？"

女子默默打量了羿予珩一眼，双眼一亮。

"地下二层。"羿予珩淡淡回答道。

"能不能带我过去啊？这么大的医院，实在太容易迷路了……"

羿予珩这才低头瞥了女子一眼，面色冷峻地加快脚步，没再多说一个字，与刚刚面对王阿姨的温和耐心判若两人。

"哎！稍等一下！你是心内科还是心外科的医生啊？"

羿予珩娴熟地摘下胸卡，刷开 2 区的门禁，再将胸卡重新别回口袋，动作一气呵成，充耳不闻地领着荆喆大步流星走进了病房。

荆喆小跑几步才跟上男人的健步如飞，忍不住回头看了一眼被拦在门外，执着地朝他们跳脚比画着什么的女人。

“我没有义务回答她那些问题，”注意到荆喆的动作，羿予珩带着几分讥诮解释道，“要是所有医生都在走廊里带路，病不看了吗。”

荆喆没有开口，只觉得高中时那个常驻南极的羿神瞬间归来。

原本散漫坐在护士站里聊天的几个护士见到羿予珩，纷纷挺起胸来坐正——帅当然只是一方面，院长家的公子她们无论如何怠慢不得。

“予珩，好久不见！现在转到哪个科了？”

“实习什么时候结束？快放假了吧？”

“明年来我们科呗，我们特别需要帅哥养养眼提提神。”

“我来交会诊单。”羿予珩和几人一一打过招呼，将文件夹中的几张单子递了过去，简单明了地直入主题，“徐主任在吗？”

“求我们办事还不客气点，”其中年纪稍长些的那位一边接过单子，一边对他笑了笑，“不过看在你帅的分上，徐主任应该就在办公室。”

“多谢。”羿予珩对于“帅哥”二字完全免疫，回头对着靠在走廊墙面上的荆喆轻声开口，“来。”

羿予珩敲了敲隔壁医生办公室的门，推开门左右张望了少顷，扬声叫了句“徐叔叔”。

不出片刻，一个满脸严肃的高瘦中年男人快步走了出来，白大褂显得飘逸无比，脖子上一副锃亮的听诊器在荆喆看来更是威风凛凛。

“稀客。”走到二人面前，徐主任随手带上门，低下头在有些臃肿的白大褂口袋里努力掏了片刻，竟然掏出来两个皱巴巴的橘子，微笑着递向羿予珩，“科里刚发的，他们都说酸到倒牙，你尝尝？”

语气中呼之欲出的不怀好意瞬间颠覆了荆喆对于主任医师不苟言笑的刻板印象。

没等羿予珩有所回应，徐主任迅速打量了荆喆一眼，笑意扩大了半分:“滋润呀年轻人，带着小女朋友公然翘班，等着被投诉呢？”又对着荆喆自来熟地正色道，“这橘子真的酸，你别碰，让他吃。”

荆喆尚未从“橘子”中缓过神来就又被说得一愣，尴尬还没来得及酝酿——

“您别开玩笑了。荆喆，高中同学，”羿予珩已经接过橘子放进口袋，淡定接口，“人家有男朋友。”

“我没有，”老实人荆喆下意识轻声反驳道，然后恭敬对着橘子……啊不，对着徐主任点了点头，“您好。”

荆喆说完隐隐感觉似乎哪里不对，不过两个人高马大的白大褂倒是神色如常——

“名字真好听。”徐主任和蔼地朝荆喆点点头，才敛起笑意重新看向羿予珩，“说吧，什么事不敢找你妈，拐弯抹角找我来了？”

“没有，我来送会诊单。”羿予珩还是那副泰山崩于前而面不改色的淡然，头向着荆喆撇了撇，“她急性肠胃炎，顺便带她来要几袋糖盐水。”

“你小子之前在科里不好好干活，查房的时候躲到最后一问三不知，乞讨的时候想起徐叔叔了？”

调侃归调侃，徐主任还是示意两人跟上自己，向着配药室走去。

荆喆没想到羿予珩说的拿药不是常规意义上的“开药”，而是真正字面意义上的“拿药”。

从他对徐主任的称呼和两人的对话来看，这位叔叔像是和羿予珩母亲相熟的朋友。荆喆这才想起他的父母也是医生——显然，羿予珩此番动用的并不是“实习医生”，而是“医生家属”的特权。

感动之余，荆喆悄悄戳了戳羿予珩的胳膊，压低声音问道:“那我要怎么付钱？”

倒是徐主任闻言回头，再次扬起了一个与年龄严重不符的顽劣笑容：“这你不用担心。羿予珩既然自觉主动送上门来，我正好考考他。答对了算我账上，答错了算他的。”

不容荆喆开口，话题突然向着她一个字也听不懂的方向急转弯——什么“病窦的心电图表现”和“阿托品实验”，什么“动脉粥样斑块破裂”和“冠状动脉栓塞”，什么“二尖瓣狭窄”和“硝酸异山梨酯”。

问答之间，重回严肃的徐主任瞬间匡正了荆喆对于“主任”二字的认知，而偷偷抹了把额角冷汗，难得慌乱的羿予珩让荆喆在愧疚之余，忽然有一丝忍俊不禁。

有关替奈普酶的话题随着三人走进配药室而终结，可徐主任刚把药柜打开便被一个年轻医生追了进来：“主任，24 床预激合并房颤，胺碘酮效果不理想，家属不同意射频……”

徐主任闻言皱了皱眉，当机立断示意羿予珩自便，随着年轻医生飘出配药室之前，匆匆留下一句毫无玩笑之意的评论：“当时谁是你带教来着？择吉日我得找他谈谈。”

第一次见到羿神被人批评“学艺不精”，荆喆在隐隐有些尴尬的静默中小心翼翼瞄了男人一眼。

羿予珩看上去倒是神色如常，一边从柜子上拿下注射液，一边问道：“几袋够用？”

“呃……”荆喆愣了片刻，难以置信地微微瞪大眼睛，小声开口，“好像你才是医生。”

羿予珩动作一停，微微侧过头，两人的视线坦然相接。

午后的阳光甚好，眼前娇小的身影终于被映照出几分记忆中的灵动鲜活。

平心而论，这算不上一张美到惊艳绝伦的脸，外加为病魔所困，皮肤不见光彩照人的透亮，只算羸弱病态的苍白。然而，高中时期的婴儿肥褪尽，此刻呈现出标准小巧的瓜子形状，清雅的五官排布极好，三庭五眼，螓首蛾眉，气质更是永远不露锋芒的柔和娴静，令人心旷神怡的舒适。

患有注意力缺失症的人，若从小不加以治疗矫正，与先天能力相近的人相比，更容易“堕落”为学业和生活中的低成就者。想来荆喆能一路走到今天，那份测试报告上高达135的韦氏全量表智商功不可没——这个数字已经高于全世界99%的人，而如果当初她用中文答题，分数一定还会更高。

可就是这样一个聪明绝顶的人，每每露出诸如此刻这般迷糊无辜的呆萌表情时，像极了憨态可掬的啮齿类动物，让人情不自禁想要捧在掌心轻柔顺毛的可爱。

一个聪明好看、温柔可人的女孩子，并不奇怪会在当初虏获大半个班的暗恋者。

但是——

尽管刚刚被毫不留情地点名批评，羿予珩的心情却无比晴朗——那些曾经的暗恋者也好，已经分手的前任也罢，半点都不重要。

既然这只小可爱目前单身，他会有办法将自己的姓名填进她的男友那栏。

“那就以你能搬动的上限为准。”

看荆喆隐约露出“你真的不是师从莆田系吗”的怀疑与惊恐，却还是乖乖撑开肩上的托特包，羿予珩强忍住笑意，继续将注射液源源不断向她递去，大有搬空药柜之势。

塞到第八袋时，背包已然满满当当，而四公斤多的重量让她单薄的右肩不堪负累。荆喆只好轻托住包的底部，又将背带向上拽了拽。

见状，羿予珩好心提醒道：“你可以抱在胸前。”

荆喆恍然大悟地听取了建议，改以双手稳稳兜住鼓鼓囊囊的帆布包，顺从地看着男人将第九袋和第十袋也插空塞入其中。

包里不再有第十一袋的容身之处，羿予珩也终于不再需要忍耐，万分愉快地朝她微扬起嘴角：“真准备这么回去？”

脑袋被药糊得一片混沌的荆喆这才瞬间清醒——等一下！她是被戏耍了吗？

清醒的同时，心跳速率也瞬间飙高——这个戏耍她的人，竟然是羿予珩？

这张在她记忆中极少显现多余表情的英俊的脸，在展颜微笑时，冷峻与距离感消弭无形，唯见“阳春布德泽，万物生光辉”的暖。

神魂未定的荆喆默默得出结论——学医显然使人热情开朗，平易近人。

糟糕的是，这个忽然热情开朗、平易近人的羿神，无疑更加迷人。不知这过去的七年间，她浩浩荡荡的情敌队伍扩充壮大到了怎样骇人的程度。

“理论上服药三四天后不该再有严重的副作用，”羿予珩心满意足地看她追悔莫及地愣在原地，这才将多余的注射液从包中取出，一一放回药柜整齐码好，“先拿四袋，不够再来。”

不够再来？荆喆回想起昨晚的惨痛经历，微微一哆嗦——上天保佑她可以迅速转好，从此远离医院。

确认柜门已经关好，羿予珩问道：“拿不拿得动？”

“没问题。”荆喆重新将包背好，受宠若惊，“谢谢你。”

“不谢，”羿予珩深深打量了她一眼，严肃评估起她的健康状况，“你现在感觉怎么样？”

“没事。”荆喆忽然觉得，如果做病人就能得到羿神无微不至的关照，像这样病一辈子然后赖在医院也不坏，“谢谢你……”

“不谢。”羿予珩将双手插回白大褂的口袋，“如果还有什么问题，你随时找我。”

“呃，好，谢……”

“不谢。”她的感激表达得有多郑重其事，他的回答便有多么义正词严。

因此，荆喆想，在说出第三遍“不谢”时，羿予珩眼底的戏谑笑意一定是舍曲林使她产生的幻觉。

大约是白大褂加持下的羿予珩和蔼可亲出了几分温柔和煦，在两人并肩走出配药室时，一直萦绕在荆喆心间的疑问自然而然脱口而出：“不过，你怎么会来学医呢？”

男人平稳的步伐微微一顿。

见羿予珩若有所思地沉默不语，又回想到这两天发生的一切，荆喆忐忑补充道：“呃……只是感觉你好像没有很喜欢现在在做的事……”

一阵清脆的电话铃声猝不及防打断了荆喆的问题——

“抱歉，我先接个电话。”羿予珩半刻没敢耽误地掏出手机放到耳边，“喂？”

再下一秒，男人的双眸微微一凛：“好，知道了。”

通话仅持续了不到几秒的时间，但挂断电话后，羿予珩肃然的神色让荆喆心中一惊。

“急诊要转来一个病人，”羿予珩放回手机前扫了眼屏幕上的时间，“我得马上过去一趟。”

“你忙。”荆喆有点愧疚，不知道他陪她拿这一趟药究竟耽误了多少工作。

“抱歉，那你回去路上小心。”羿予珩朝她点点头，从口袋里变出一个口罩，边戴边迈开两条修长的腿，比刚刚徐主任还要匆忙地消失在病房门口。

曾是惊鸿照影来

Chapter 04

夜深人静，繁星点点，蝉鸣阵阵。

一天的繁忙工作告捷，从淋浴间回到宿舍的胡沛琛神清气爽地打开话匣。

“今天中午收了个急性胆囊炎，再三叮嘱要禁食，结果也就一刻钟的工夫，只见一大包肯德基外卖从天而降，满病房的炸鸡……”吐槽还没开始，胡沛琛骤然惊异地提高了嗓门，“我去！羿予珩，你是在翻《内科》吗？”

“你是馋的吧？”羿予珩的注意力显然还集中在厚如板砖的绿皮书上，连眼睛都没眨一下。

“这不是巧了嘛。”陈湃趴在床上一边刷手机一边添油加醋开口，“刚才我和老林也发出了一模一样的感叹。别问，问就是珩珩追妹路上多坎坷。”

“追妹还得通读内外妇儿？”胡沛琛不由得哆嗦了一下，“真硬核。”

“据说是被心内徐主任痛批一顿，”陈湃放下手机，挤眉弄眼压低声音，“当着妹子的面。”

“徐行徐主任？”胡沛琛难以置信地瞪大双眼，充满同情地拍了拍正在一目十行浏览课本的羿予珩的肩膀，“能挨全院上下脾气最好的主任的批，兄弟，你课上那些觉果然没白睡。”

“手拿开。”羿予珩终于抬起头来，以嫌弃的口吻完美掩饰了一切尴尬，“其一，没有人要通读内外妇儿，我只是复习一下心血管这一章。其二，没有人要追……”

陈湃瞬间探出脑袋，眼镜片幽光一闪，语重心长地插话道：“讲真，你这样追妹很让人担心啊。和我们这些知道你要干吗的都这么藏着掖着，只怕会藏得人家妹子根本察觉不了你那点猥琐的小心思。”

原本准备推门出去洗澡的林彦然也忽然站定，万分严肃耿直地加入对话：“我看昨天在诊室里，妹子怕你怕到全程拒绝和你对视，你不是在年轻的时候给人家造成过什么心灵创伤吧？”

“噗——”胡沛琛瞬间乐出声来，唯恐天下不乱地接口，“你别说，以他对女生丧心病狂的‘你是谁’‘不记得’‘让一下’三连，我怀疑还真有可能。”

“哈，这总结真神了。”陈湃险些失足从床上滚下来，“我忽然想起来竹昀本科时那群闺密对老羿的评价，怎么说来着？远看一眼是想要一起生猴子的人，认识之后觉得……”

“知道你有妹子且妹子有一群闺密了。”羿予珩自知今日份的复习只能到此为止，默默记下页数后索性合上了书。

“珩珩啊，那我就以过来人的身份劝你两句。”陈湃一个鲤鱼打挺坐了起来，精神抖擞，“你看，这般良宵，你不去缠着妹子说雨谈云，反而自己在这里闷头补课，这种行为也太迷惑了吧。”

“就算你今晚把内外妇儿通读一遍铭记在心，妹子会知道这感天动地的壮举吗？不会。”胡沛琛则往床上一瘫，苦口婆心，“就算妹子知道了，她会在乎吗？不会。”

“我妹子一个学药的都对替奈普酶和阿替普酶的区别没什么兴趣，”林彦然也煞有介事地点点头，诚恳提议，“你复习这些肯定没帮助。”

“没错，就连老林都知道下班第一件事是给远在家乡的女友发微信献上关爱，”陈湃将一唱一和进行到底，“请问你是在等什么？”

毫无触动的扑克脸下，羿予珩莫名有些心惊肉跳——

他还没加荆喆微信这件事，绝对不能被眼前这三位识破。

虽然决意要屏蔽几位损友的冷嘲热讽，羿予珩还是不由自主地拿起了手机。

“抱歉，今天事出紧急，没来得及听你说完。”

登录游戏，确认荆喆在线后，羿予珩果断发送了上述文字作为寒暄。

“该说抱歉的是我，耽误你工作了吧？病人没事就好。”

荆喆的回复比预想中要快，这显然是个积极的信号——相比她病情最严重时不愿回任何人消息的与世隔绝，像这样慢慢敞开心扉已然是种巨大的进步。

羿予珩短暂思考了片刻，不露痕迹试探着。

“不太好。”

“是个重度抑郁跳楼轻生的大学生，本意是想从校园里最偏僻的高楼上悄无声息地自我了断，可还是意外砸到了一个正在施工的工人。”

“他本人福大命大，在精神科后续治疗，预后不算太糟，但那个工人脊髓休克，颈脊椎和肋骨多处棘突骨折，终身高位截瘫。”

犹豫了足足两分钟后，荆喆才有所回应。

“很抱歉听到这些。”

对话框中显示荆喆还在输入些什么，但羿予珩意有所指的回复抢先一步。

“代价太大了。”

光标再次闪烁片刻后，彻底归于沉寂，显然是荆喆将之前已经码好的内容全部删除。

又是几乎让羿予珩的心悬停在喉咙的，长达两分钟的沉默。

“放心，即便是在状态最糟糕的那段时间，我也从来没有真的想要寻死。”

“羿神，谢谢你。”

他默默松一口气的同时，还有某种货真价实的欣慰——和聪明人说话，向来可以点到为止，至于这个过于沉重的话题，理应就此画上句点。

羿予珩迟疑了片刻，转而解答起荆喆白天的疑问。

“我学医倒也不是因为什么悬壶济世的崇高理想，只是父母之命难以违抗。”

荆喆没有对突兀转换的话题或是这样的坦诚表示讶异，只顺着羿予珩的话回复。

“我记得你当初是想学物理来着吧？”

“挺可惜的，世界上少了一个一定会大有作为的物理学家。”

诸如此类的称赞他少年时曾听到耳朵起茧，但或许因为这句话出自荆喆之口，又或许因为“我记得”这三个字在屏幕上排列组合得意外赏心悦目，羿予珩受用地笑了。

毕竟，对于任何人而言，横跨七年时光记住一位无足轻重的路人甲随口提过的一个无关紧要的梦想，着实是件太过奢侈的事。

羿予珩恰好也记得。

记得那段对话的始末与所有细节，记得她当时每一分表情变化，记得那是于他而言，弥足珍贵的开端——

十一月中旬的某节体育课，羿予珩被班主任何老师临时叫到办公室交代艺术节的报名事项。喋喋不休的中年男人归还他自由时，四十五分钟的课程时间早已过半。

堆积成山的竞赛题，外加体育老师整队时不怀好意的“期中考试刚结束，不如测个 1500 米放松一下”让他没有丝毫犹豫地选择翘课回班。

推开紧闭的班门时，羿予珩的步伐微微一顿。

本应空无一人的教室里竟然还有另一个清瘦的身影。画面算不上安稳静好，因为影子的主人正在焦头烂额地翻箱倒柜，几乎翻出了气吞山河的豪迈壮阔。

女生微微佝偻着脊背，全神贯注地低头在桌洞里搜寻着什么，边找边随手将里面的课本、练习册，甚至小说与漫画书不断挪移到桌面，堆得满满当当。

而这个公然翘课，桌上明目张胆摞着各种闲杂书籍的女生，竟然是在期中考试里将他挤下第一名的荆喆。

纵使羿予珩向来对异性视若无睹，但此刻荆喆与平日文静乖巧的好学生人设截然相反的“放浪形骸”引起了他的强烈好奇：“你没去上体育课？”

女生着实吓得一惊，慌乱之时，手肘将桌上杂乱堆叠的书本噼里啪啦扫落一地。

四目相对的瞬间，羿予珩眼前闪过一个网络上广为流传的动态表情包——一只正津津有味享用瓜子的仓鼠，因为受到惊吓骤然松开紧握美食的前爪，无比呆萌地僵立原地。

傻得……莫名可爱。

当他发现自己竟然在鬼使神差间走到了那摊狼藉前时，荆喆的声音已经近在咫尺。

“呃，只要我们不互相揭发，就同时安全对不对？”

回过神来的女生手疾眼快将一本《当我谈跑步时，我谈些什么》从地上拯救起来，小心翼翼地抖了抖灰尘，仔细确认了没有折页或破损才重新抬头。

微微泛红的小脸的确透着做坏事被抓现行的慌张与尴尬，可这番反应神速的威胁与这个阿谀逢迎的笑容又清晰传达出“无所畏惧”四个大字。

半点不傻，但……无辜的眼神像是求饶，软糯的语调像是撒娇，还带着可爱。

慌张瞬间易主。

羿予珩当机立断弯腰拾起一本《名侦探柯南》，故作镇定地翻看起来。偏偏流年不利，随手翻开的，竟然是伦敦大本钟前，少年牢牢扣住少女的手腕，红着脸坚定告白的画面。

做贼心虚地合上漫画，再像丢弃烫手山芋一般将书迅速放回女生的桌面，羿予珩索性蹲下身，装模作样整理起散落地面的其他书本。

这般古道心肠的大包大揽让荆喆一时无从插手，只好柔声说了句“不好意思，谢谢你”。

羿予珩耳根莫名发热，码放书本的动作微微一停，多少有些生硬地开口：“你在找什么？”

“化学实验报告。”荆喆的声音这才真切泄露出几分焦急与懊恼，“我忘了今天课上要交，还没写，但是又不记得把它放到哪里去了……”

“还没写？”羿予珩再顾不上心中持续大作的警铃，难以置信地抬头看向女生——化学实验是发生在一周前的事，究竟得在一个什么级别的拖延症患者身上才能看到这种程度的临时抱佛脚？

荆喆不好意思地嘟了嘟嘴，沮丧的语气微弱了几分：“我想着交之前补一补肯定来得及。”

这副苟且偷安，得过且过的样子哪里像个正经学霸。

果然还是傻……且可爱。

羿予珩冷静了片刻，只憋出两个字：“找吧……”

彻底将竞赛题抛之脑后的羿予珩在荆喆一个过道之隔的空位上默默落座，自愿承包了一半的搜查工作——数学作业本、《且听风吟》、英语书、语文摘抄本、化学练习册、《舞！舞！舞！》……

“你很喜欢村上春树？”羿予珩逐页翻着女生的数学书，淡淡开口。

“嗯。”女生则专心查看起书包的每一个夹层，“他的文字有种非常平易近人的哲思。”

对于村上春树的全部印象仅肤浅停留在《挪威的森林》这个书名的男生竟然一时词穷——一定是他平时和女生接触得太少，哲思这种虚头巴脑的东西，是这个年纪的女孩子会感兴趣的吗？

“而且，村上这个人蛮神奇的，”所幸荆喆并没有期待他有所回应，一边继续寻找那张宛若故意隐身的实验报告一边说道，“除去小说家的身份，还是个马拉松运动员。”

“马拉松运动员？”羿予珩诧异重复道。

“他三十三岁才开始练习跑步。”书包里显然一无所获，荆喆只好效仿男生，一页一页仔细翻看起眼前的每一本书来，“但是练出了能参加全马比赛的身体素质，一跑就是三十多年，真的非常厉害。”

女生提及作家时无限仰慕的神态不知为何格外刺眼，羿予珩语调平板，不以为意：“像这种只需要持之以恒就能达成的目标……”

话音未落，一张空白的化学实验报告毫无预警出现在眼前的历史书中——纸张恰巧与书的边角对齐得严丝合缝，难怪要这种程度的彻查才肯现身。

羿予珩的胸腔蓦然一紧。

偷瞄了正低头翻书的荆喆一眼，确认了她不会突然转头后，男生若无其事合上手中的课本，神不知鬼不觉将它置换到所有待查书本的最底端，然后淡定将话讲完：“任何有心人都可以做到。”

闻言，荆喆抬起头，自嘲地笑了笑，面色坦然：“一定有人做不到，比如我。”

“为什么？”男生伸向下一本书的手一停，丝毫没有意识到自己语气中的兴味盎然。

“虽然我在上海读的初中，但是回盛川参加的中考，”荆喆重新埋头翻书，轻松开口，“听说，我的总分比那位状元同学低两分。”

状元同学本人默不作声等待着故事的后续。

“低在哪里呢？”认命的打趣口吻，“体育。可笑吧，800 米无论我怎么跑，至多只能拿 8 分。”

羿予珩不由得一愣。

“所以，像我这种辛苦训练了一整年还是跑不来 800 米的人，马拉松还是下辈子再想吧。”荆喆拿起桌上最后一本物理练习册朝男生晃了晃，随口感叹道，“比起长跑，还是物理题比较友好。”

羿予珩自认遇到了有生以来的首个难题——当一个女孩子这样说时，正确的回应应该是献上安慰？表达遗憾？出言鼓励？还是附和观点？

最终，一番隐藏在高冷与深沉之下的纠结过后，保险起见，男生谨慎选择了……更换话题。

“所以，你选择学物理竞赛？”

荆喆的注意力显然高度集中在手中的练习册上，不仅完全忽略了话题的转折之生硬，男生的回应之奇葩，反而乖乖点头表示肯定：“嗯，比起数学，物理所呈现出的秩序之美更加平易近人一些。”

羿予珩忍不住看向女生被各种杂物堆积得乱七八糟，毫无秩序可言的桌面，再看一眼满脸正经，大言不惭的荆喆，默默在“傻”这个评价后画了一个正字，“可爱”后面……两个。

看着看着，不知为什么，羿予珩就彻底停下了翻书的动作：“你大学也想学物理吗？”

“这个问题好遥远，我没想过哎。”荆喆闷头寻找实验报告，心不在焉敷衍道，“你想学什么？”

羿予珩其实也从未思考过这个问题，但他听到自己的声音这样莫名其妙地响起：“物理。”

“啊？”荆喆这才带着几分讶异与探寻地抬起头来，“我以为你会说数学的。”

羿予珩努力动用了所有与“文学素养”相关的脑细胞，搜罗了一圈“平易近人”的同义词，若无其事地回答道：“我也觉得物理更……实用一些。”

下一秒，悠扬的下课铃声响彻校园。

“完了完了，”荆喆万念俱灰地合上物理练习册，仿佛最后一束象征希望的火光无情熄灭，“估计是落在家里了。”

“这里还有最后三本，”羿予珩终于稍稍加快了“翻找”的速度，气定神闲开口，“希望尚存。”

“没关系，实在找不到的话，”荆喆叹了口气，开始清理起桌上的一片“狼藉”，将书随手塞回桌洞，“我按照格式手抄一份就好，多谢你帮忙。”

“不谢。”男生将粗略检查完成的《海边的卡夫卡》递还给女生，只觉书封上“村上春树”四个字无端碍眼，含糊其词补充了一句，“有看这些闲书的时间，五十份实验报告都写完了。”

“我在学校自习的效率向来超低的。”接过小说的时候，荆喆不以为意地笑了，“反正也学不进，不如干脆找点感兴趣的闲书看，对着作业本发呆才是真正的浪费时间。”

这笑容带几分率性不羁的叛逆，带几分伶俐通透的洒脱，也带几分令人目眩神迷的……甜。

楼道随着其他班级的下课而渐渐热闹起来。

在不绝于耳的喧哗打闹声中，羿予珩匆忙收回停在荆喆脸上的视线，慢条斯理打开了那本势必会终结对话的历史书，任由心脏怦然跳出了万马奔腾的激昂奔放。

“找到了。”几秒之后，羿予珩抽出那张散发着希望光辉的白纸，邀功请赏地朝女生扬了扬。

“啊？竟然被夹到历史书里了吗？”荆喆完全顾不上哀叹两人一直搜寻到最后一刻才得偿所愿的霉运，忙不迭向羿予珩道谢，“太感谢了……”

“别再到处乱放了……”男生静静站起身来，将实验报告连同历史书一起轻放到女生早已迫不及待伸向他的手中，正准备继续开口——

“羿予珩！你居然逃1500米测试？”

“良心大大地缺失了！被狗吃了吧？”

“像他这么黑的良心，我要是狗我都不屑一顾……”

“哟，吉吉姐好！”

随着教室门被鲁莽撞开，一群呜嗷喊叫的男生气势如虹地走进教室，可看到荆喆也在，兴师问罪的气势瞬间减弱，四散开来走回座位。

“老何实在太啰唆，”羿予珩不动声色地将双手插进裤兜，同样向自己的座位走去，语气是听不出半分异常的平板，“我也刚回来。”

途经刚刚那位大声发表了“不屑论”的皮皮同学时，羿予珩特意放慢脚步，愉快挑衅道：“饿上一年半载，看你吃不吃。”

“这里有人骂别人是狗！天理何在？”

“哦？”回到座位悠然坐定，羿予珩才慢条斯理道，“提到那个字的，从头到尾不是我吧？”

“决斗！”无端受到二次“侮辱”的小伙子拍案而起，“我强烈要求和这个黑心魔鬼决斗！”

“打起来！”向来不缺好事者的高一（14）班教室立刻罗马角斗场上身，“打起来！”

某种无比滑稽的热血沸腾像病毒般迅速扩散蔓延至教室中的每个人身上，只除了——

一直在伏案奋笔疾书的荆喆，和……原本也在不怀好意跟着起哄，却被突然坐直的女生拉了拉衣袖，于是敛起笑意转回身认真听她讲话的，荆喆的同桌。

只见小伙子点点头，从化学书里抽出写得密密麻麻的实验报告，豪爽地拍在荆喆桌上，而女生对他温柔笑了笑，重新埋下头，明目张胆抄了起来。

将这一幕尽收眼底的羿予珩忽然意兴阑珊。

“幼稚。”他冷冷扫过围观群众，摊开桌上的数学竞赛题集，示意这场尚未揭幕的闹剧自己只奉陪至此，“我做题了。”

教室随着预备铃的打响重归安静，羿予珩却迟迟没能落笔，耿耿于怀了一整节化学课——

早在偷藏女生的历史书时便已酝酿成型，最终却惨遭打断，没能如愿问出口的是——

“你要抄我的吗？”

但世间绝大多数事情的发展，的确不以人的主观意愿为转移。

比如荆喆最终抄了别人的报告，再比如他最终没能学物理。

羿予珩将后者的原因全权归咎到专断的父亲身上——医生必须在面对各类病人时及时提供足够强势的决断，需要动刀的外科医生尤甚。这样的职业特性无疑会在潜移默化中影响人的性格。

羿承敏先生在两件事上不容置喙的插手与决定，不可逆地影响并圈定了羿予珩的人生轨迹。

其一，是在羿予珩小学时，坚决反对儿子走上陶哲轩那样异于常人的“神童之路”。

其二，是在羿予珩高二时，坚决要求儿子学医。

对于前者羿予珩尚能理解，毕竟另辟蹊径埋头自学到与周遭世界格格不入，身心都难以称之为“健康”的天才不在少数，但对于后者，羿予珩至今没能找到合理的动机与缘由，因此无法原谅。

他能想到的唯一解释，就是父亲将他当成可以在仕途上炫耀或助力的工具——

时任骨科主任的父亲恰巧在他高一暑假被提拔为副院长，迫使他学医无疑是向全院上下摆出了一副“全家老小献身医学，爱岗敬业舍我其谁”的丑陋嘴脸。

“我想学什么不重要，他们觉得不可惜就行。”

几年时光一晃而过，其实太多事情早该在时间的稀释下云淡风轻地一笔勾销。

但每每想起这件事，羿予珩都仿若重回那个得知父母瞒着他找到校长，自作主张替他放弃了北大物院保送资格的下午——那是某种难以言喻、灭顶浇下的委屈不甘与绝望愤怒。

“但世界上因此多了一位仁心仁术的医生，也不坏。”

这一行字和他略带讥讽的回应前后脚出现在屏幕上——显然，荆喆只是在慢半拍地衔接之前那句“挺可惜的”。这是使用任何即时聊天工具都无法避免的尴尬之一，当两人因为时间差开始自说自话，聊天内容便会显得鸡同鸭讲。

羿予珩忽然有些懊恼。

他不该在一时冲动之下和她抱怨这些，这种像在赌气的口吻，实在幼稚得可笑。

他正想着该如何出言挽救自己濒临崩塌的形象，屏幕上出现了新的回复——

“说什么‘理解万岁’也许会有些圣母，但底线是，父母总归希望你好。”

“即便他们当初只是狭隘地站在自以为正确周全的立场上。”

羿予珩悄然停下正在打字的手，微微屏住了呼吸。

荆喆这一次的停顿比之前更久，像是确定了他在等她继续之后才又逐条发来——

“羿神，你在高中其实没时间看闲书或者打游戏吧？”

“人生确实是条单行道，不存在重新选择或从头来过的可能。”

“Pain is inevitable; suffering is optional.”

“村上春树书里的这句话，共勉。”

懊恼与汗颜更甚。

他偏偏在她出现的那一刻毫无形象地蒙头大睡，偏偏在追出诊室时随口引用了劳什子村上，偏偏在要她的联系方式时无脑选择了倒霉游戏，偏偏在把她坑骗到医院后愚蠢地自投徐叔叔的罗网。

显然，“玩忽职守，学艺不精”之外还要罪加一等：虚度光阴，荒废青春。

比这些更加糟糕的是，刚才还在不经意间泄露出一丝斤斤计较与睚眦必报。

“像什么男人”和“好惨一男的”两种声音一时在脑中争执不休，但将荆喆的话重读几遍后，最终以压倒性优势攻占理智高地的，却是第三种——这是个什么品种的小可爱？

明明自己病入膏肓，理应自顾不暇，却会对别人献上语重心长的善意安慰。

明明随口敷衍几句便能将话题打发掉，却拿出了劝善归过诲人不倦的认真。

然而，暖意仅在胸腔游走了半秒便被遮天蔽日的乌云笼罩了彻底——

其一，不知道这样的美好，荆喆曾经对多少个傻 × 男人展现过。

其二，不知道她的抑郁症，是否也因某个愚不可及的男人而起。

打脸很疼，但羿予珩勉强对自己承认，他其实非常在乎。

在乎到，恨不能立刻刨开她的朋友圈和一切社交账号，辨别出那些男人的蛛丝马迹。

“我以后确实没什么时间玩游戏了。”

“你加我微信，我把账号和密码给你，你时不时上来帮我看看吧。”

只见荆喆输入，删除，再输入，再删除，反复了好几轮之后——

“我不是这个意思【哭笑不得】。”

“我只是想说，既然阴错阳差学了医，你一定能成为妙手回春的好医生。”

羿予珩不假思索输入道——

“借你吉言，想要妙手回春，恐怕不能再玩物丧志了。”

荆喆的回复依旧姗姗来迟——

“不是，我不是说你玩物丧志【哭笑不得】。”

虽然羿予珩没追过女生，但他被动见证了陈湃追妹以及陈湃指导林彦然追妹的全过程。在陈湃的追妹理论中，似乎有一条“死皮赖脸，无中生有”意外好使——

“不是因为你刚说的那些。”

“昨天不是和你提过吗？你当时没说不行。”

趁着荆喆还没想好如何回应，羿予珩以当初练习打外科结的手速趁热打铁——

“而且，我白天在科里，晚上要做实验看文献，不可能经常登游戏。”

“如果你对舍曲林还有什么疑问，微信找我会更方便。”

在联系人页面同意了来自荆喆的好友申请，羿予珩的心情终于转晴。然而点开那个这些年一直未曾更换过，早已被他翻来覆去研究烂的头像时，不禁又有片刻的恍惚。

荆喆的头像是一只在烟雨朦胧的昏暗背景中凝望远方的黑猫，侧影沉静而优雅。

班里的微信群成立于高三时，可出国后几乎与所有人失联的荆喆被好事者拉进群里时已是大二。

“吉吉姐，怎么弄了这么个头像啊？”

羿予珩早已不记得当初是谁发出了这样的疑问，但荆喆玩笑一般的回答深深拓印在脑中。

“因为它坚毅的眼神看起来充满希望呀！”

那时他曾着实惊奇，明明是孤寂忧郁的画面，怎么会让她解读出希望来。

迫不及待点进荆喆的朋友圈时，羿予珩想，等到名正言顺那一天，他一定要亲自换掉这个头像，然后告诉她，真正的希望永远不会萌芽于形单影只之时，永远对应蓝天白云，和风旭日。

将荆喆朋友圈的内容仔细浏览了一遍，确认过没有任何男人的可疑影踪后，羿予珩身心舒畅地回到聊天界面，给荆喆发去了游戏账号和密码。

荆喆的回复十分郑重：“好，我知道了。”

心满意足下，羿予珩随手发送：“要买什么礼包告诉我，我转钱给你。”

这一次的回复又隔了很久：“我没氪过金，不过如果你需要买的话和我说。”

完蛋。一着不慎，除去之前细数过的几条昭昭罪名，是不是又不小心实锤了“胡乱花钱”？

将“我不需要”迅速发送完毕，正准备硬着头皮再找补点什么，来自胡沛琛的激情呼喊打断了羿予珩飞速运转的思绪——

“珩珩！你看《柳叶刀》上这篇恩沙替尼II期研究的文章了吗？”

下一秒，和连人带电脑同时扑来的胡沛琛一同出现的，是荆喆的回复：

“游戏我帮你上，你去看论文吧。”

闪躲不及，这行文字一览无余呈现在胡沛琛眼前。

再下一秒，只见胡沛琛倒抽一口冷气，更加激情的呼喊响彻云霄——

“羿予珩！你这氪了得有十来万的账号，从来不让我们碰一下，就这么给妹子了？”

林彦然早已出门洗漱，瞬间抬头响应的只有陈湃：“你们有钱人的追妹方式还真是简单粗暴。”

“但何其不幸，”胡沛琛坏笑出猪叫，“哈佛妹对白花花的银子不屑一顾，只是让他滚去学习。”

给荆喆回复了“好，早点休息”之后，羿予珩默不作声地将桌上的《内科学》《精神病学》和笔记本电脑依次塞进书包。

这阵势看得胡沛琛一愣，一时忘记自己是来探讨问题的：“等会儿，你什么情况？”

羿予珩看了眼手机上的时间，神色自若地站了起来，语气轻松：“我去图书馆。”

胡沛琛险些失手将笔记本电脑摔到地上，目光狐疑：“现在？你疯了吧？”

陈湃放下手机，再一次鲤鱼打挺般坐了起来：“珩珩，咱们不妨先冷静一下……”

“二级学科和博导的申请表什么时候截止上交来着？”羿予珩接着将手机和几支笔也丢进书包。

“实习结束一周内。”胡沛琛神魂未定地将羿予珩打量了好几遍，“还有差不多一个月呢，你要干吗？”

“我准备把心血管这章看完，然后重读一遍《精神病》，”羿予珩将书包拉链拉好，“趁着下周还在精神科，和刘主任套套近乎。”

长达十余秒的失声后，胡沛琛和陈湃异口同声地惊呼道——

“你要选精神科？”

“所谓热门科抢不过你们这些绩点高的。”羿予珩不紧不慢开口，“学渣自有学渣的去处。”

“不是，羿予珩，”陈湃直接跳下床站了起来，难以置信的语气严肃至极，“就为了这妹子？”

羿予珩看了眼肃然杵在面前，眼中写满关切的两位好友，沉默了片刻，最终选择了一个同样庄重的语气。

“总会有些人或事，让你意识到不思进取万分可耻。”

将书包甩到肩上，他淡然如水的声音坦然继续。

“对我来说，她就是这个人，和她重逢就是这件事。”

她说，既然已经阴错阳差学了医，就应该心无旁骛地走下去。

这是羿予珩这几年来第一次确信，这个阴错阳差并不糟糕，甚至带些宿命的味道。

十六岁的他看十六岁的她，哪里都是与众不同的新奇闪耀。可二十三岁的他，作为准医生回看十六岁的她时，才恍然察觉，那些使荆喆与其他女生截然不同的“别致可爱”，其实都是注意力缺失症的典型表现——

忘在脑后的截止日期，随手乱放的实验报告，凌乱不堪的课桌桌面。

游离跳脱的对话问答，不放眼里的规矩准则，令人咋舌的拖延习惯。

跑不到满分的 800 米，多半是因为难以在精疲力竭的后半程坚持下去。

效率近乎零的自习课，多半是因为周遭的一点响动便会分散走注意力。

就是这些所有人都忽略不计的“小问题”，在行为习惯定型的八年之后，变本加厉汇聚成一把镀着“抑郁”与“焦虑”外壳的利刃，刀起刀落间，将荆喆的精神世界与日常生活毁于一旦。

而这些问题，如果早些发现，及时矫正，本不应造成这般严重的后果。

羿予珩曾经全然抗拒去体悟“医生”二字的意义，但此刻，他庆幸自己拥有身披白大褂的资格，想要治好荆喆的病，然后阻止更多类似的悲剧在其他孩子身上发生。

推门走出宿舍之前，他微微回头，坚定的声音低沉了半分——

“已经浪费的时间恐怕难以弥补，但我还是想试一试。”

故人别来三五春

Chapter 05

周末傍晚的超市里灯火通明，人山人海。

荆喆推着手推车，随着母亲在摩肩接踵的人群中艰难穿梭到鲜蔬区，眼见前路被人潮堵死，叶女士索性对着眼前一筐油光发亮、卖相极佳的茄子一根一根遴选起来。

这种程度的精挑细选，难免会与别人产生“冲突”——在她准备拿起新的一根与左手中的比较时，一只白净的手从另一个方向抓住了同一根茄子。

“啊，不好意思。”对面的女生眉清目秀，看上去不过二十出头，见是位阿姨，连忙松开了手。

叶女士的态度同样友好，爽快地将茄子递了过去：“这根挺好，你拿着吧。”

“那谢谢阿姨。”一袭浅蓝色连衣裙的女生落落大方地接过茄子，继续低头挑选起来。

倒是女生旁边的小姑娘，自刚才便深深打量了母女二人好几眼，最终迟疑开口：“叶阿姨？”

叶女士和荆喆同时略带惊讶地看过去——

“荆喆，”女生这才确认自己没有认错人，直接向荆喆露出一个无比灿烂的笑容，“我是沈沐歆！”

荆喆冷静了片刻，还是没敢将眼前这个身穿素色 T 恤和牛仔短裤，瘦如竹竿的短发女生和印象里那个永远穿着各式碎花裙，美美扎着两个羊角辫，肉墩墩的儿时好友画上等号。

“哎呀，沐歆！”叶女士快言快语地替荆喆表达了惊奇，“女大十八变，真是一点认不出来了。”

五年级荆喆搬家前，两人一直住在同一栋楼里，又是同班同学，理所当然是最好的朋友。后来荆喆去上海读书，两人也逐渐失去了联系，一别……

“十一年没见了吧？”沈沐歆开朗直爽的性格倒是半点没变，二话不说跑到荆喆面前，上来便是一个热情似火的熊抱，“我还以为你一直在上海，不会回来了呢。”

虽然对于“亲切”的感知因为病症滞后半分，但荆喆开口时的微笑货真价实：“我高中就回来了，可你好像换了手机号，再也没打通过。”

“是啊，当时手机丢过一次，号没找回来。”沈沐歆难掩遗憾，“和小学同学基本都没联系了。”

“看看沐歆现在多精神。”叶女士看着两人，一时感慨万千，笑意盈盈地插话道，“还在念书吗？”

“嗯，我一直在盛川大学。”沈沐歆对着叶女士笑了笑，“现在读研呢。”

“不住宿舍啊？”叶女士看了看和沈沐歆一同买菜的蓝裙女生，和蔼地话起了家常，“和朋友煮饭吃？”

“啊，没有没有，我们是准备去烧烤。”沈沐歆连连摇头，回头介绍起早就没在继续挑茄子，而是好奇看向这里的蓝裙女生，“这是我朋友，邵竹昀。”

一番热络的招呼过后，沈沐歆又指了指默默推着一车食材立在一旁，书卷气十足的年轻男人：“这是我男朋友，俞景添。”

俞景添礼貌地向着母女俩打过招呼，偷偷抬起左腕，对着沈沐歆指指手表。

“啊，叶阿姨，抱歉，我们赶时间。”沈沐歆瞬间会意，边说边从口袋里掏出手机，“荆喆，先加个微信，改天约出来好好聊。”

“对对。”叶女士认定这是可以使女儿走出家门的好机会，顺水推舟鼓励道，“小时候我可是看着你们一起长大的，那时候两个人多好，这回可别再失联了。”

荆喆本以为“改天”是社交意义上的“永远不会”，却没想到当晚便收到了沈沐歆激动万分的询问。虽然荆喆隐瞒了回国看病的事实，但一来一回的对话间，儿时的熟悉与默契点滴回归。

两人简短聊起了各自的后来——听到“哈佛”二字时，沈沐歆疯狂发来一堆【苟富贵勿相忘.jpg】和【腿毛在此.jpg】之类的表情包，最终以“我当年就相中你是块清北的材料，才愿意给你成为闺密的机会”幽默作结，让荆喆心中一阵温暖。

自病重难以继续学业的这半年来，她无时无刻不在怀疑自己并没有与哈佛相匹配的能力。尽管系里在得知情况后尽其所能提供了一切支持与帮助，她却的确已经很久未曾听过诸如此类的褒扬——“你会更好”和“你非常棒”。

之后，沈沐歆的关注点全在“波士顿的龙虾真的很便宜吗”以及“往国内倒卖违法吗”上，不知不觉将话题越扯越远。两人意识到时光飞逝，已是半个小时之后的事。

“真不能再聊了，我还有一堆期末论文要交【捂脸】。”

“下周出来玩，我带你吃香喝辣【大笑】。”

看着出现在屏幕上的这两行字，荆喆有片刻的怔忡——距离上一次和某位好友这样聊天约饭，也已经过了太久，久到她几乎不敢相信，自己还有维系友谊的能力。

蜗居于自己的世界固然安全，但荆喆知道，如果永远贪图安全，她永远也治不好自己的病。

沈沐歆半点没变，还是那个永远能逗她开心的小太阳，而她，这么需要光亮。

“好，你不忙的话随时叫我。”

周三两人在盛川大学附近的淮扬菜馆见面时，刚刚交完期末论文的沈沐歆显得风风火火。

“嗯，我到了，”沈沐歆一边在餐桌前落座，一边对着手机低声说道，“那你自己记得吃饭，抱抱。”

匆忙挂上电话，沈沐歆向着荆喆不好意思地笑了笑：“我错了我错了，紧赶慢赶还是迟到了。”

“没事，我刚刚也差点没挤上地铁。”荆喆将服务员提前斟好的茶杯向沈沐歆推去，“男朋友？”

沈沐歆猛灌一口茶，才点点头：“嗯，他又困在实验室了。”

荆喆轻声问道：“学工程吗？”

“你怎么知道？”沈沐歆无比惊奇。

“那天他穿的 T 恤是系里印的吧？”荆喆回想起超市里的惊鸿一瞥，“那堆乱七八糟的字母里有两个 E 最明显，应该是 Electrical Engineering 之类。”

“你是魔鬼吗？”沈沐歆叹服地瞪大了眼睛，“那堆字母是印在袖子上的啊。”

荆喆微微扬了扬嘴角：“你男朋友蛮帅的，所以忍不住多看了几眼。”

“少来，你出国这些年乱吹彩虹屁的能力大大见长。”话虽这样说，沈沐歆还是甜蜜地笑了，“不过说起帅哥，我必须隆重向你介绍我们医学院的院草。”

荆喆心中升腾起某种难辨好坏的复杂预感。

“你看过《一吻定情》吧？那个在咱们高一的时候超火的日剧？”

“嗯。”荆喆谨慎回应。

“我最开始也不敢相信现实生活中竟然真的有江直树本树存在，”沈沐歆忽然来了精神，“高考状元，医学院，天蝎座，当然重点是不需要彩虹屁也公认的帅，听着就很邪乎对不对？”

“……”荆喆习惯以呆滞的表情掩盖紧张，但心跳还是有逐渐脱控的趋势。

“虽然名字听起来烂俗，但写起来好看啊！后羿的羿，给予的予，王字旁加行字那个珩，”沈沐歆的眼里满是星星，“企予望之，君子如珩，是不是超有意境？”

"……"这是什么脑洞大开的姓名解法，请受她一拜。

"而且，我打包票，他绝对比演过直树的所有演员都要英俊……"

虽然她做羿神迷妹很多年，但眼见好友越说越离谱，荆喆还是满脸疑惑，实事求是地打断道："这还不算花式彩虹屁？"

荆喆与预期不符的严肃让沈沐歆停下了吹捧："我忽然想起来他也是四中毕业的，就是咱们这届，你们认识吗？"

"嗯，同班同学。"

"嗨，那我不是白费口舌，你肯定比我更了解他的帅才对。"沈沐歆举起茶杯一饮而尽，一副"你不早说"的痛心疾首，"学霸的世界果然就这么点大。"

"所以，"荆喆以一个不经意的口吻轻声询问道，"你也认识他吗？"

"不算认识。只是竹昀的男朋友刚好是他室友，一起吃过一顿饭而已。"

"……"明明和学不学霸没半点关系，刚刚那句话应该改为"世界果然就这么点大"。

点完了菜，沈沐歆兴味十足地继续八卦道："我超好奇，羿予珩一直是朵珠穆朗玛之花吗？"

"珠穆朗玛之花？"不懂就问的同时，荆喆确认了自己乡下人进城的身份。

"就是说不可攀折呗。"沈沐歆笑着解释，"本科时我有个闺密是他超级迷妹，信誓旦旦要给他生猴子那种。但是吃完那顿饭，噗，心灰意冷地念叨了一整天，'还是找猴子生孩子更现实'。"

荆喆微微一愣——至少就这一周的交流看来，她还以为羿神早就痛下决心成为一个亲仁善邻、团结友爱的人。

不过，既然聊到羿予珩，荆喆按捺不住好奇，悄然试探道："他对女朋友总不会也是这样吧？"

"说起这个，"沈沐歆夸张地拍桌，神秘兮兮地倾身向前，"就更加让人意难平了。”

荆喆心中一凛——无论出于柠檬还是鸵鸟心态，她对羿神爱情故事的具体细节兴趣缺乏。

“没！有！”沈沐歆特意睁大眼睛将重点重复了一遍，“羿予珩从来没有过公开的女朋友。”

荆喆脑中瞬间一片空白，心脏重重一跳，几乎出现了玩跳楼机时心痒难挠的失重感。

“当初明里暗里喜欢他追他的女生超级多，”沈沐歆不胜唏嘘地感叹道，“其中最疯狂的一个学妹，为了追他，每天从我们校区坐半个小时校车跑到医学院的自习室堵他，堵了一整年……”

“然后呢？”荆喆觉得发声的不再是自己。

“按理来说，一般人要么会被逐渐感动，要么会直接躲掉对不对？”沈沐歆略带困惑地回忆道，“但羿予珩不。羿予珩就每天按时出现在自习教室，该干吗干吗，看都不看妹子一眼……”

荆喆回想起高中时那些络绎不绝在班门口探头探脑的女生，脑中莫名有了画面感。

“他们俩每天都上演同样的对话。”沈沐歆兴致所至，一人分饰两角，语气夸张地模仿起来，“妹子说，我今天带了什么什么吃的，你要尝尝吗？羿予珩说，谢谢，但我不认识你，不用了。妹子说，我是谁谁谁，昨天也在的。羿予珩说，是吗，没印象了。妹子说，那你现在认识我了吗？羿予珩说，抱歉，你挡在自习室门口，后面的同学进不去了。一整年啊我的妈……”

荆喆记得高一时也有同样疯狂的小姑娘，然后全班同学一起见证了羿予珩冷淡拒绝失败，躲闪绕路失败，最终只得置若罔闻的全过程——这样看似坚韧不拔的死缠烂打，除了自我感动之外，只会对另一位当事人造成难堪的困扰。

荆喆能理解羿予珩的做法，但她最终没有表露任何多余的情绪：“那后来呢？”

“后来，妹子最终宣告放弃的那天，估计是破罐子破摔了，哭着问羿予珩是不是根本就不喜欢女生，你猜羿予珩说什么？”

“说什么？”荆喆的心再次莫名一紧。

“羿予珩还是那张冷漠脸，说，无论我喜欢的人是男是女，都不会是你。”沈沐歆向下撇了撇嘴，深表遗憾，“然后就传开了呗。确实很奇怪啊，就算学临床真的忙成狗，但是以他的条件和迷妹基数，怎么可能几年来一个女朋友都不谈？”

荆喆的脸色倏然一白。

沈沐歆见荆喆震惊在原地，默默将话补完：“竹昀也问过她男朋友。第一次问的时候她男朋友明显愣了一下才说‘问这个干吗’，第二次甚至嘻嘻哈哈打起马虎眼，说什么‘你为什么对他那么感兴趣’，然后彻底拒不回答了，不知道是不是在帮着遮掩……”

在回国之前，荆喆习惯了世界的底色为广袤空寂的灰，习惯了除去焦虑与抑郁两种情绪偶尔排山倒海地压来时，一切心情都像是经过稀释般淡薄无痕——喜是不再令人兴致高涨的喜，悲是无法令人泪眼婆娑的悲。

那时，她自暴自弃地想，就这样迟钝而冷感地走完这一生，未尝不可。

偏偏，再见羿予珩的那一刻，一切感知重回鲜活。

那个彻夜无眠的晚上，她为羿予珩这些年的感情状况设想出无数种可能，好，或坏。然而，她独独没有想过，最残忍的一种不可能叫作“性别不对”。

荆喆恍然未知自己附和了什么，但她听到沈沐歆再次朗声开口：“那他高中的时候有没有女朋友或者喜欢的女生啊？”

确认所有繁杂的思绪全然受控之后，荆喆才慢吞吞地回答：“那时他要到盛川大学听课，要准备省队的竞赛集训，还要为班里的各种杂事操心，应该忙到没时间想这些吧。”再回想起当时羿予珩和同学的相处，又补充道，“而且，他确实和男生的关系更好一些，很少和女生讲话。”

“唉——”沈沐歆的脸上写满“遗憾”二字，“不知道羿予珩会喜欢什么样的人……”

荆喆的目光静静定格在手中的茶杯上："像羿神这样的人，虽说站得高看得远，但也更难看清山下的芸芸众生。他会记住的，要么是不需要他费太多力气，低头就在视线范围内的人，要么是在他偶尔愿意走下'神坛'时，机缘巧合遇到的让他印象非常非常深刻的人。"

"这么说，如果不考虑性别，我等凡夫俗子还是有一点点机会成为琴子的，"沈沐歆的语气则轻松得多，坏笑着打趣道，"可惜那个迷妹闺密已经出国读研，也有了男朋友，不然真应该让她再努努力。"

"但我直觉羿神会喜欢的人，多半还是第一类。"荆喆没有抬头，客观开口，"因为羿予珩这个人，如果你认识他，就会不由自主对他产生十足的敬畏，实在算不上'接地气'。"

虽然享用晚餐时有其他话题让荆喆将羿予珩彻底忘在脑后，但回到家中，摆脱了父母关切的探问回到卧室坐定的一瞬间，刚刚和沐歆聊到的所有，重新在脑中盘旋不散。

荆喆并不怀疑那条八卦的准确性，因为没有任何证据能够推翻它——在加羿予珩微信并首次登录他游戏账号的晚上，她几乎拿出了福尔摩斯探案时的细心谨慎，却没能分辨出一星半点与女生有关的蛛丝马迹。甚至，哪怕是那个她曾怀疑是他女友，名为"Filigree"的漂亮小姐姐，羿予珩一次也没有到她的空间留言过。

如果说喜欢一个不可能喜欢自己的男生像在机场等一条船，那喜欢一个不可能喜欢女生的男生，无疑是在停车场等一艘航空母舰——区别在于，明知如此还不肯放弃，前者是痴，后者是愚。

可是，如果这样的喜欢早已深入骨髓，荆喆一时不知该如何割舍——孤身一人在异国他乡的七年间，每每遇到困难，想要临危放弃的关头，让她咬牙坚持的，从来不是对胜利的执念，而是这句听来好笑的"如果是羿神的话，一定可以轻松做到吧"。

羿予珩昨晚随手发来一篇"纠正注意力缺失症患者行为习惯的生活建议"，文章涵盖了诸如钥匙的收纳方式等所有可能会对生活造成影响的大小方面。然而荆喆拜读完毕后，在心底默默得出"太难了”的结论——毕竟，想要改变任何早已在潜移默化中筑建起生活本身的习惯，绝非一朝一夕能够速成。

她想，喜欢羿予珩这件事，显然也是其中的一种，因此沮丧才这样真实无妄。

对着空空如也的桌面呆愣了片刻，荆喆忽然想到今天还没来得及替羿予珩登录游戏。尽管理智在叫嚣应该与他保持距离，可她最终还是以“受人之托，忠人之事”这个无懈可击的理由说服自己切换进了他的账号。

刚刚进入游戏主界面，好友聊天框猝不及防弹出一行小字。

“怎么不回我微信？”

荆喆看到发起对话的好友名称，像是再次有一记重锤落于胸口——正是刚刚还在脑海中一闪而过的 Filigree。还没从前一句话中反应过来，屏幕上不依不饶出现了更多信息。

“我知道你在线，看微信好不好？”

“你还要躲我到什么时候？”

“你要是忙的话，我可以去医院找你，我们当面说清呀。”

荆喆盯着这几句话来来回回看了几遍，终于当头棒喝般清醒。网上说舍曲林的副作用包括反应迟钝，思维退化，现在看来果真不假——

沐歆说的是“羿予珩没有过公开的女友”，重点除去“女友”，显然还有“公开”二字。

Filigree 的这一长串诘问，用词和语气无疑堪称“放低身段向冷战中的男友求和”的范本，而羿予珩恰好是个距离感极强的人，不愿将感情生活公开也在情理之中。

如果是在冷战中，羿予珩将游戏账号交由她来打理似乎也能凑合说通——比如他和女友因游戏结缘，在濒临分手时不愿触景伤情，再比如他其实不想分手，于是故意将账号交给异性好友，以达到让女友吃醋的目的。

将事情的前因后果合理化，确认了逻辑勉强能够自洽后，荆喆根本来不及体会“羿予珩性取向没问题”所带来的狂喜与“羿予珩果真有主”所带来的苦涩，便颓然趴倒在桌面上——心好累。

短短一个晚上，她不仅将之前一年遗失的所有悲喜如数寻回，还充分体验了一把心情坐上过山车的反复无常与刺激酸爽，绝对值回刘主任的挂号费。

正在感叹着命途多舛，手机又是一振。

“你看到的话，回复我一下不行吗？”

荆喆知道，这多半是女生不得到回应誓不罢休的信号。

但老祖宗有云，“各人自扫门前雪，莫管他人瓦上霜”，他的私事她无权置喙。迟疑了片刻，荆喆决定将这些信息的截图发给羿予珩，并对无意间窥视到他的隐私致歉。

好巧不巧，按下截图键的一瞬间，聊天对话框上方出现了一条好友消息提醒——

猪蹄东去：“帅哥，来快活呀【坏笑】。”

完成截图任务，慌忙退出游戏的瞬间，荆喆还是有些胆战——羿神，你在这个游戏里认识的都是些什么牛鬼蛇神？

羿予珩的回复比平时慢上很多。

荆喆的心情在这无限拖长的等待中越发焦灼沉重——显然，他需要优先解决女友的问题才会给自己回应，显然，他还有很多比自己重要的实验要做文献要看，显然……

“嘶……”右手拇指突兀传来一阵尖锐的刺痛，之前尚未愈合的伤口又被食指在无意间狠狠撕扯出一条触目惊心的殷红裂口，可这一次，不知为何，她只觉撕心裂肺地疼。

疼到竟然有眼泪瞬间积聚。

荆喆木然起身，翻箱倒柜地找起消毒纸巾与创可贴，也因此错过了手机屏幕骤然亮起的瞬间——

“抱歉，今天夜班，刚刚一直在忙。”

“已删，游戏里什么奇葩都有，不要理。”

手机振动的声响让荆喆顾不上处理鲜血横流的手指，飞奔回书桌前捞起手机，然后满头雾水地愣在了原地——等一下，奇葩？

她又慌忙将刚刚的截图检查了一遍，是 Filigree 发来的信息没错……

再下一秒，荆喆想哭的心情彻底被啼笑皆非取代——羿神，重点是位于图片正中间，一清二楚的那堆信息本身，而不是最顶端那一小条难以分辨的“帅哥来快活”的消息提醒啊？！

“我是说，好像是你女朋友在找。”

最终，荆喆还是一边紧紧压住伤口止血，一边将“女朋友”这三个字光明磊落地发送了出去。

又是几乎让荆喆心跳与呼吸同时凝滞的漫长死寂，比上一条回复间隔更久。

“抱歉，刚刚一个病人的安定剂量出了点问题。”

“已删，是之前的病人家属，不是女朋友。”

荆喆神魂未定地看向似乎已经止住血的右手拇指，觉得在这个无比玄幻的世界里，自己急需的不再是创可贴，而是速效救心丸。

她忍不住哆哆嗦嗦地重新登录羿予珩的游戏账号——果然，无论是“Filigree”还是“猪蹄东去”，在羿予珩的好友列表中，已然消失得干净彻底、杳无影踪。

狼狈与尴尬中夹杂一丝不明缘由的窃喜，但荆喆将对话框中的内容删删改改，还是不确定回复什么才算合适——再次道歉？矫情。转移话题？诡异。继续询问？过界。

荆喆还在翻来覆去斟酌回复内容时，羿予珩已经插空发来了新的信息——

“我要去急诊收个病人，不确定什么时候回来。”

“早点休息，明天按时找刘主任复诊，有问题和他说。”

虽然注定又是一个难眠之夜，但至少此刻她不需要再纠结下去——

“好，你忙。”

“注意休息”，她刚以老奶奶手速输入完一半，羿予珩再次发来两行大字——

“好友列表里再有莫名其妙的人来搭讪，自己删除。”

“无论谁说是我女朋友都不用相信，不可能是真的。”

荆喆拼命敲了敲忽然开始隐隐作痛的脑袋，这一次，像是刚刚结束了一场令她闻之色变、身心俱疲的长跑比赛一般，前功尽弃地直直栽倒在床上——

费尽周折，一切却重回晚饭前的原点。

羿予珩口中隐晦不明的“不可能”，是她和沐歆之前理解的那个“不可能”吗？

毕竟，任何正常人类，在表明自己单身的时候，都会直截了当地说“我没有男（女）朋友”吧？

也许，那个名为“猪蹄东去”的人，恰好也是羿予珩的追求者之一。

第二天一早，和刘主任在办公桌前面对面坐定时，荆喆被问到的第一个直击心灵的问题便和两个明显的黑眼圈有关。

“我看你精神还是不太好，”刘主任放下了手中的保温杯，打量了荆喆一眼，慢悠悠地问，“是时差没倒回来还是吃药之后失眠问题更严重了？”

“时差问题。”荆喆无比庆幸这一次刘主任身边空空如也，“我这几天只是偶尔睡不好，不是习惯性失眠。”

“能睡好和睡不好的时候，白天做了什么不一样的事吗？”

“呃……没有。”荆喆被这个更加犀利的问题问得隐隐一惊——毕竟，如实回答“研究羿予珩的感情状况时就会睡不好”用概率论的说法“几乎必然”是要她的命。

“那在能睡好的时候，入睡困难吗？”

刘主任一边在键盘上打字一边事无巨细地询问起荆喆这一周内的饮食起居情况，体贴入微的程度简直让叶女士的唠叨相形见绌。

确认了荆喆没有出现药物不耐受的情况，刘主任点点头：“现在心情怎么样？还会有突如其来的压抑或恐惧感吗？”

“没有，好像所有情绪都消失了一样。”荆喆诚实地回答，“脑子也被彻底锈住了。”

“这就说明药开始起效了。”刘主任不紧不慢地开口，“你现在不需要担心学习，借机让脑子休息一下蛮好，焦虑的问题也应该会随之缓解，所以先没开罗拉这种抗焦虑的药。”

“嗯。”经刘主任提醒，荆喆才发现，果真，当不再需要担心“拉普拉斯近似”或是“拟极大似然估计值”的证明或原理后，内心深处对“未来”二字的抗拒也消失了大半。

“那舍曲林就按照现在的剂量继续，”刘主任一边继续往电脑里打字一边叮嘱道，“千万不能因为感觉好了些就擅自停药。”

“我知道。”荆喆乖乖回答。

“还有，药物只是一方面，必须要想办法通过改变自己的生活状态慢慢调整。”刘主任从打印机拿过处方，按好印章，连同荆喆的病历本一同递了回来，“如果感觉有点做事的动力了，不妨先找点自己喜欢的事试试看。定期运动，晒晒太阳也会很有帮助。”

“好，谢谢您。”荆喆礼貌地起身接过，准备向刘主任道别。

“你之前说你本科学的数学和物理？”没想到刘主任同样站了起来，端着水杯踱到饮水机前，毫无征兆地打开了话匣，“女孩子学这么两个专业，又一个人在国外，确实不容易。”

“呃……还好。”荆喆被说了个措手不及——虽然动力不足的问题的确已经在大四那年有所显露，但真正感觉到力不从心还是在开始读博之后。

刘主任随口说道：“我女儿当时也想学数学来着，可学着学着觉得实在太难，索性换了个专业。”

“我也是学不下去数学才读统计的。”荆喆不好意思地接口。

“不过，”刘主任走回办公桌前坐好，好奇中带着一丝钦佩，“你当时怎么会选这两科呢？”

荆喆的双眸一黯，默默攥紧了手中的病历本。

终结昨晚辗转反侧的，并非任何确切的结论，而是这句荆喆反复拿来洗脑的——

又有什么关系呢。

羿予珩性向为何，会与什么人携手一生，和她又有什么关系呢。

任意两条直线至多只相交于一点，在那之后，注定渐行渐远。

她曾亲眼看见羿予珩对待病人时的耐心温柔，知晓这样的耐心温柔多么威力无穷——那位显然产生了误解并不幸迷醉其中，最终惨遭删除的 Filigree 便是前车之鉴。

等她不再是病人的那天，她和羿予珩会像之前一样，往后余生，各自安好。

想来他们有限的生命轨迹竟产生过两次交集，已然是个奇迹。

或许是舍曲林降低大脑活跃度的同时也削减了人的防御性，或许是此刻明媚的阳光使人微微迷离惝恍，或许是随意靠向椅背的刘主任和蔼过了头，或许是觉得病历本被紧握在手中所以一切安全，又或许，只是她终于下定决心学着对自己坦诚——

“以前有个朋友，我以为他会在本科学数学或物理，然后到美国读博。”

荆喆的目光静静落在刘主任的保温杯上，轻柔的嗓音是掺杂些微苦涩的释然。

“我当时想，他学什么，我就申请哪个专业的博士，也许会在同一所学校同一个系里再见。”

明明已经回答完刘主任的问题，荆喆却喃喃继续说了下去。

“但后来才知道，他最终却没学数学或物理，也不会到美国读博了。”

荆喆停顿了两秒才重新组织好语言，自嘲地浅笑了一下。

“然后我想，那就学他更喜欢的数学好了。可我没他聪明，没他勤奋，也没有迎难而上的魄力，还是做了逃兵。”

话音落定，荆喆蓦然发觉周身仅剩有些瘆人的静，而刘主任不知何时已经直起身来，改以双肘撑住桌面，神色复杂地看向她。

荆喆这才意识到刚刚这一番从未见过天日的肺腑之言多么古怪突兀，双颊的温度骤然飙升，恨不能立刻人间蒸发。

“总之，算是阴错阳差，”荆喆目光闪躲地尴尬改口，“呃，那我下周再来复诊，谢谢您。”

说罢，她朝着欲言又止的刘主任微微鞠了一躬，不敢再看主任的表情，转身便欲逃离这间诊室。

也的确成功了大半——直到她快步走到门口，慌慌张张握住门把手的那一刻。

“荆喆，羿予珩是你高中同学吧？”

刘主任看着那个夺门而出时险些将自己绊倒的清瘦背影瞬间被走廊中的人群淹没，示意下一位病人稍等，重新拧开保温杯的盖子，默默喝了口茶。

全院上下资历老些的医生都知道，院长家那位天才公子谜一样地留在盛川学医之后，说是在拼尽全力自毁前程也不为过。

果真，羿予珩轮转到科里的那天，负责带教的住院总医师苦不堪言地向他抱怨，这位半死不活的大少爷半点带不动。

临床八年制的学生，本来也只是到精神科走个过场而已，他当时还劝肝火旺盛的年轻带教睁一只眼闭一只眼，熬到两周结束恭送这位爷就好。

可出乎他意料的是，这个让人头疼脑热，敢在门诊公然睡觉的少爷，竟然在第二周的周一一早把他堵在办公室门口，眼里是会让任何人肃然起敬的慎重认真。

羿予珩半句客套和废话没有：“刘主任，我怎么能留在科里？”

幸好长年累月与各类精神障碍症患者打交道的经验为他磨炼出一颗处世不惊的强悍心脏，只悄悄扶了下门框便找回了重心：“得看你的表现。”

更加出乎刘主任意料的是，刚到周三，那位住院总医师再次生无可恋找上门来，堂堂七尺男儿，开口时险些痛哭流涕地跪倒在地——

“主任，羿予珩我真是拿他没办法了。

“他在科里泡了三天，一共就在值班室睡了三个小时，愣是抽空看完了将近三年的病历和医嘱。

“一页笔记没有，但把那堆疑难病例一字不差地复述了一遍，提的问题刁钻到简直没法回答。

“好不容易有我会的，他却说教材上不是这么写的，给我精确到页数自然段数让我再去看看？

“我说搞临床不能死搬课本，结果人家开始引用指南和文献，精确到文章的发表日期和作者。

“您看我每天平均接 50 个电话，各科会诊跑断腿，排班查房协调床位，还得瞪眼提防手底下那些小年轻被病人家属生吞活剥，连轴转这么两天就想喘一口气，却还得被《世界精神病学》杠成狗……”

任他刘智勇和各类精神病人斗智斗勇了近三十年，在那一刻也不由得词穷——

天才不可怕，可怕的是天才忽然打了鸡血发起狠。

若要为羿予珩的脱胎换骨圈定一个明确的时间点，无疑就是上周四荆喆出现的那一刻。

所以他才特意在荆喆复诊时多问了几句，想搞清这是个什么类型的恐怖励志故事。

本以为还需要不断努力几次才能挖掘出重点，却没想到小姑娘竟然是个老实人，并且确实和羿予珩天造地设——两人显然都把自己的专业和未来当成过家家式的儿戏，任性妄为得如出一辙，多亏有灵光的脑袋保命，否则不知要气死家长多少回。

刘主任往杯中丢了几粒枸杞，重新打开荆喆的电子病历，在“主诉”一栏默默删除了“复诊，同前”四个字，短暂思考后，改将女生方才的一席话简略录入。

对于收羿予珩做博士生，他的确犹豫过——但凡肯拿出现在十分之一的认真，羿予珩在任何科室都能成为最顶尖的医生，干精神科实属屈才。

但点击完“保存病历”，确认了羿予珩必定会一字不漏地看到之后，刘主任细品一口加好枸杞的热茶，对着门外喊了句“下一位”，幽幽地想——

注意力缺失症患者本就是抑郁与焦虑的高发人群，而荆喆这一连串问题，怎么看都像是选择和不对路的数学死磕引发的“雪崩”。

坑人不可怕，可怕的是把小女朋友活活往死里坑。

鸿鹄之志不要再提，就踏踏实实在精神科“赎罪”吧。

倦倚玉兰看月晕

Chapter 06

提心吊胆了整整五天，得知羿予珩已经离开精神科去了急诊，荆喆才将危机警报彻底解除。

复诊的那天晚上，羿予珩的确发来了微信表达关心，但字里行间看不出任何与刘主任有过交流的迹象，只问了处方有没有变化，叮嘱她一定要遵医嘱便匆匆下线。

之后也一切如常，两人谁都没再提过有关那次复诊的只言片语。

羿予珩似乎真的很忙，忙到荆喆甚至默默反思起自己是不是读了假博士——同样是读博，有的人忙到没工夫休息吃饭，而有的人竟然有时间焦虑抑郁，着实令人羞愧难当。

但胸无大志如她，果然还是喜欢现在这样清闲无压力，并且，可以每天和羿予珩聊聊天的日子。

说“聊天”或许不甚准确，因为两人的对话内容其实高度重复，无非只是她向他汇报今天在游戏中做了些什么，而他顺口问句今天感觉如何而已。

乏善可陈，荆喆却乐此不疲——充分消化了羿予珩性取向不同的设定后，心中某根紧绷的弦反而松弛下来，与这个人的相处也似乎更容易了些。

“今天天气很好，应该出门走走。”

收到羿予珩这条微信时，荆喆刚好走下公交车。头顶湛蓝的天幕下，灿烂骄阳肆意亲吻着大地，盛夏的温度随着微风直直暖进心底。

的确是这七年来，荆喆印象里最好的一个晴天。

好到她站到卧室窗前的一瞬，心中豁然敞亮，当下决定接受阳光的召唤，漫无目的地出门逛逛。

没有费心去辨识第一辆到达车站的公交车是哪一路，开向哪里，荆喆跟着几位热火朝天聊着家长里短的大妈上了车，找到一个相对空旷且视野开阔的角落站定，预备做个纯粹的盛川观光客。

原本想坐到终点再决定下一个目的地，荆喆却在“下一站，省科技馆”的报站广播响起后，鬼使神差被一个激动大喊着“到啦”的熊孩子推到了后门，然后在车停稳的一瞬间，被更多兴奋高呼着“坐宇宙飞船去咯”的熊孩子簇拥着挤下了车。

随着人潮走向那栋看起来颇具设计感的芦灰色建筑时，荆喆想，来找寻一下童年也无妨——正是三年级第一次在这里看到可以使头发瞬间竖立的范德格拉夫起电机时，她对物理产生了浓厚的兴趣。

站进购票队伍中，荆喆拿出手机，抬头对着半掩在一朵蓬松白云下的旭日随意按下了快门。

连同这张充分证明她正在遵从医嘱的照片一起发给羿予珩的，还有一句一时兴起的——

“阳光免费”。

终于过完安检，荆喆正在大厅对着地图研究不同展厅的位置和内容时，手机微微一振。

“晒太阳可以，卧轨不行，注意安全。”

瞬间灵魂出窍的荆喆失手将手机掉到了光洁的大理石地板上，“啪嗒”一声脆响，更像是悔不当初地砸在心上。

“姐姐，”身边手疾眼快替她捡起手机的小女孩充满遗憾，“屏幕裂了个大口子……”

“没事……谢谢你。”

荆喆弯腰接过，对着小女孩匆匆道了谢，看都没看屏幕一眼就将手机揣进兜里，面红耳赤地“逃”进了身后最近的展厅。

这已经是回国短短两周内，她第三次想要立刻消失在这个糟糕的人世间——

“一整天一列车都没有，我和她抱着猫到路轨上晒太阳，安静得简直像坐在湖底。我们年轻，新婚不久，阳光免费。”[④]

村上这本极其冷门的短篇小说集，为什么羿神竟然会知道？更要命的是，她头脑一热随手发送“阳光免费”时怎么能完全忘记了前面“新婚不久”四个大字？

疯狂沉浸在“世界崩塌了”以及“我要怎么办”的碎碎念之中，不管不顾往里越走越深的荆喆丝毫没有意识到，这个展厅的名字叫——

儿童科学天地。

走到展厅尽头，被一群围着一张长桌探头探脑上蹿下跳的小朋友拦住去路时，荆喆也终于想到了解决方法——只要再也不回复羿予珩，就可以假装一切不曾发生过。

非常幼稚，非常鸵鸟，但必定有效，所以非常完美。

“噢！！！”

正在拼命自我催眠，熊孩子们一片夸张的惊叫瞬间转移了荆喆的注意力——

只见长桌另一侧站了一个穿着深蓝色T恤的胖小伙，看起来和她差不多年纪，戴一副工业手套，正用一双木筷从一个冒着凛冽白气的烧杯中夹出几片嫩绿的树叶轻放到桌上。

“大家注意看。”

胖小伙故弄玄虚的声音通过领夹麦克清晰地在大厅中扩散，成功让一众孩子立刻安静下来，目不转睛盯着桌面或投影屏幕，屏息期待着。

小伙果断用筷子向着僵直的叶片戳去——

④ 引自村上春树短篇小说集《遇见百分之百的女孩》。

“哇！！！”

树叶被碾成饼干屑一般的残渣四散开来，小朋友再次献上一阵新奇的惊呼。

饶有兴致站定，跟着听起“课”来的荆喆瞬间确定了烧杯中是液氮。

“液氮在常压下的温度是零下196度，非常非常冷，所以树叶放进去的一瞬间就被冻住了，”胖小伙一边放下筷子，一边坏笑着指指烧杯，吓唬孩子道，“千万别去碰它哦，手也会碎成粉末的。”

“啊！！！”

果真有几个小姑娘配合地把手藏到背后，害怕地尖叫起来。

震耳欲聋的吵。

但荆喆看着一圈求知若渴、兴高采烈的孩子，却情不自禁微扬起了嘴角。

“下面我来表演一个魔术，”小伙从桌下拿出一个红色的长条气球，弯腰的瞬间让荆喆看到了印在他T恤背后的“志愿者”三个字，“我要在什么都不做的情况下让它‘泄气’，你们信不信？”

“不信！”

“信！”

更加热闹的叫嚷中，小伙将气球的一小半浸入了液氮中。果真，气球一点一点瘪成了薄片。

荆喆留在原地，格外认真地继续看了下去。

这个介绍热胀冷缩现象的小把戏过后，是演示迈斯纳效应的悬浮“魔术”——液氮温度下，某些超导体具有完全抗磁性，因此，如果将由合金制成的一小块超导体放入液氮中，原本应该和它吸在一起的磁铁会“离奇”地悬浮空中。

背后涉及麦克斯韦方程组的原理或许有些复杂，但物理的神奇之处正在于其现象的友好直观。

在这一刻，不可能懂得微积分的小朋友乐在其中，未必听闻过这些方程式的家长乐在其中，荆喆这个可以当场推导出证明过程的物理系毕业生同样乐在其中。

她的目光不由自主飘向聚光灯下和颜悦色与小朋友互动的胖小伙身上——相貌普普通通，穿着普普通通，却因为脸上感染力十足的微笑而光彩照人。

荆喆心中微微一动。

做一件真正喜欢并享受其中的事时，便是这样发自内心的快乐吧。

她恰好也喜欢物理。

如果……此刻站在志愿者位置演示这些的人是她，她也会由衷地感到快乐吗？

直到午饭时走进游客餐厅，荆喆还是没能将这个隐约浮现的疑问驱离脑海——后来浏览的几个展厅中，也能见到身形各异，统一穿着深蓝色志愿者 T 恤衫的忙碌身影，而这些人无论年龄、性别或岗位，都只让荆喆看出了单纯的充实与满足。

随着点餐队伍不断缩短，某种缓慢成型的念头也越发清晰。

显然，求得任何问题解答的唯一途径便是着手探寻。

意识到这一点时，荆喆的心悄然跳漏半拍——

抑郁的恐怖之处在于，它悄无声息蚕食人对生活的信念与意志，再一寸一寸剥夺人对世界的好奇与憧憬。“会失败的”，这样想着，就不知不觉不再有想要或敢去尝试的事情，也自然不会从任何事中收获哪怕微乎其微的正反馈，而终日接收不到正反馈的生活无疑验证了“失败”二字。

荆喆曾以为，这样周而复始的恶性循环，她挣脱无门。

但此刻，的确有萌芽的希冀浅浅煽惑着——荆喆，去试一试。

落地窗外，万里碧空。葱茏树影之上，恰巧一群飞鸟振翅而过。

“从别的日子里飘浮到我生命里的云，不再落下雨点或引起风暴了，却只给予我的夕阳的天空以色彩。”她想，《飞鸟集》中这句异常温柔的话，竟与此刻的心境不谋而合。

“欢迎光临。”收银台后的小哥元气满满地召回了荆喆无限发散的思绪，“美女要来点什么？”

“呃……”荆喆扫过菜单上寥寥几种选择，随意报出了大概率不会出错的一个，“番茄牛腩饭。”

“您消费三十六元，”小哥一边迅速地下好单，一边指指手边的二维码，“这边扫码。”

支付宝和微信总余额满打满算不过二十块的乡下人故作镇静沉默了半秒：“我能付现金吗？”

小哥先是露出了看外星人的惊异，随即以见多识广的语气友好回应：“行……你是放假回国的留学生吧？”

“嗯。”见自己不是唯一的乡下人，荆喆放下心来。可把背包翻了个底朝天也没有看到零钱包的踪影，她只好从钱夹中掏出唯一一张最大面值的钞票，不好意思地递了过去。

小哥为难地打开收银机的抽屉，清点起肉眼即可看到底的几张纸钞：“国内现在没人用现金，我不一定找得开……”

一语成谶。

将边边角角的硬币也毫不放过地扫荡了一圈后，小哥歉意满满地抬起头：“还真不够。要不，您先和家人或朋友在微信里要点？”

荆喆万万没想到，打脸来得太快就像龙卷风——

叶女士和荆先生的手机都无人接听，发给沈沐歆的微信似乎石沉大海，其他家人都在外地因此不算熟悉。于是，几乎被身后的城里人略带鄙夷的催促目光射穿的荆喆只得在摔裂的手机屏幕上，颤颤巍巍点开了那个刚刚还发过毒誓再也不会触碰的对话框。

“请问，能不能在微信里借我二十块？”

虽然一咬牙一跺脚点击了发送，但荆喆估计这句话不过是石沉大海乘以二——以羿予珩的工作强度……

“不要到街边吃乱七八糟的东西。”

屏幕上却做梦一样瞬间出现了回应。眼见希望的田野触手可及，被光明冲昏头脑的老实人荆喆连忙澄清道：“我在科技馆。”

与此同时，手机短促一振——对方向你转账￥200.00。

鉴于身后已经有人接连发出“怎么回事”和“不买别耽误时间”这样阴阳怪气的苛责，荆喆没就“0”的个数与羿予珩争辩，迅速收了钱，然后匆忙结了账。

站到取餐窗口的队尾，荆喆才如释重负地回复道：“二十就够【哭笑不得】，十分感谢，我一定还。”

羿予珩靠在抢救室的接诊台上，拧开手边的矿泉水瓶，猛灌了早上交班以来的第一口水。

从抢救室到救护车停靠的急诊大厅门口，途经一条曲折迂回的之字形走廊，即便在人烟稀少两手空空时小跑着往返也要三四分钟。可羿予珩已经记不清楚，短短一个上午，他和同事推着床车，一边躲闪着将走廊堵得水泄不通的人群，一边狂奔着将这条路反复踏过了多少遍。

电视剧中潇洒飘逸步步生风的白大褂是假，白大褂里几乎被汗水浸湿的衬衫，因为持续胸外按压而酸痛不已的肱二头肌，心电监护仪刺耳且令人心慌的“滴滴”声，抢救室里混合着酒精、呕吐物与浓重血腥的刺鼻气味，这些狼狈与喧沸才是真。

以至于，上天终于肯赏赐片刻的清闲时，动与静的鲜明反差会让脑中生出虚幻的真空感。

结果是，嗓子依旧在冒烟的羿予珩险些将未经大脑敲进对话框中的“不用，不够再要”直接发送。

上周四荆喆复诊后，羿予珩第一时间调出了那份让他晴天霹雳的电子病历。

中彩票一样的震惊与狂喜如潮水般迅猛袭来又褪去，徒留疾风骤雨般深入骨髓的恨意——恨武断专横的父亲，恨唯夫命是从的母亲，更恨那个最终懦弱屈服、不曾抗争到底的自己。

如果那个瞬间，他索性更加决绝地将志愿彻底改回北大物理系，一切会不会截然不同。

高一时，他几乎将所有空闲时间都花在了观察研究她的一举一动上，他以为自己早已对她的所有喜恶了如指掌，却独独未曾辨识出她喜欢他的蛛丝马迹。

羿予珩能够回想起的，荆喆区别对待他与其他人的唯一一次，是在某天物理集训结束后，他走在一群男生最后向她道别时，突发奇想拷贝了前面几人的“吉吉姐再见”——

“羿神，你别这么叫，”荆喆从习题册中抬起头，神色认真，“消受不起。”

对于“吉吉姐”这个称呼，荆喆向来微笑着接纳，只除了那一次，对他。

后来，他的确再也没有这样叫过她。

再后来，他发觉她总是在集训结束后最后一个离开，于是出于好奇留到比她更晚。曾经令他百思不得其解的是，这个号称“在学校自习效率超低”的人，为什么会在集训教室闷头学习。

八年之后，这个谜团终于迎刃而解——荆喆会磨磨蹭蹭留到最后，也许只为了多看他一眼。

后知后觉意识到这一点时，羿予珩身心俱疲地将脸深深埋进手掌，长叹了一口气——

这简单的“一眼”却因为他怀揣着同样难以启齿的目的而莫名拖长为万分滑稽的“角力”。

所以，那些星月皎洁的宁谧夜晚，他和她，各自占据教室的一角，全程无交流之下，一边装模作样翻着《物理学难题集萃》，一边心猿意马想着对方怎么还不回家，一边为浪费的时间痛心疾首，却又一边为难得的独处沾沾自喜。

那首歌唱，“这最美的秘密 / 是我们都在制造巧遇”⑤，但或许是之前连续熬了太多个用脑过度的夜让羿予珩精神微微恍惚，过去的几天时间，他一直在与某种异常暗黑的冲动艰难抗衡——

他很想穿越回过去，对十六岁的自己破口大骂上一句。

“这不是美丽，而是举世无双的傻子！”

⑤ 林俊杰《将故事写成我们》。

但是，正如周五刘主任旁敲侧击提醒他的那样——

“虽然 R-fMRI 结果看不出来大脑有器质性病变，但荆喆的 5-羟色胺和多巴胺水平还是偏低。她刚开始服药，病情很有可能反复，要尽量避免任何形式的刺激。”

抑郁症发作时，人会难以自控地产生某些顽固且歪曲的认知，比如自我无用论，并由此延伸出自责自罪的妄想。而在这样的时刻，任何来自外界的“输入”都可能遭到强行曲解，哪怕是善意的鼓励或关爱也会适得其反，成为恐怖的压力源泉。

贸然表明心迹极有可能会像扣动上过膛的手枪扳机一样危险，而羿予珩自然不愿让荆喆重新陷入那片深不见底的漩涡之中。在她好不容易才表露出一丝信任与依赖的当下，维持现状无疑最为稳妥。

不过，今天天气极佳，小可爱心情看似不错，刚好他又在昨晚补足了睡眠，因此，不需要查看老皇历也知道，在如此天时地利人和的美好日子里，宜……相聚。

将喝完的矿泉水瓶丢进垃圾桶，羿予珩把“不用，不够再要”依次删除，重新输入道：

“不如直接请客吃饭吧，这里有人三天没吃晚饭了。”

虽然羿予珩明确表示“六点之前下不了班，不用来太早”，荆喆还是在粗略逛完科技馆之后，早早坐地铁来到了中心医院。途经一间小卖部时，荆喆顺手买了一瓶水和一包巧克力——假设羿予珩七点才能忙完，巧克力可以及时拯救他们两个人的性命。

在远比门诊大厅还要人声鼎沸的急诊大厅转了好几圈，荆喆才终于在输液室附近寻觅到一个空位坐了下来。她第一时间掏出手机，打开了和沈沐歆的聊天页面。

在荆喆向沈沐歆“求救”的时候，沈沐歆正在系里听讲座，因此没看手机，但她在结束后立刻发来了 50 元的红包。荆喆万分感动地表明危机已经解除后，沈沐歆回复道：

“不用客气，欢迎你回城通网【大笑】。”

"今天晚上有没有时间出来看电影？我有几个朋友团购了票。"

之前在科技馆一路走走停停，荆喆没能找到机会谨慎措辞——虽然她不再像之前一样抗拒和人群接触，但毫无准备下和陌生人打交道，还是会本能地感到排斥。

思索了片刻，荆喆回复道："谢谢啦，不过我今晚有事，下次再约吧。"

沈沐歆这次的回复非常迅速："好，不过先说好，你回美国之前一定得约上啊。"

荆喆再次陷入两难——她不知该不该将休学回国的事诚实告诉好友。显然，沐歆不是那种会因为病症而对她另眼相待的人，但身为一个成年人，任何负面情绪还是越少影响别人越好。

最终，她避重就轻地发送了："当然，你们晚上好好玩【嘿哈】。"

"那我下次再叫你，大忙人【飞吻】。"

荆喆不由得松了口气，发回一个【等你哦 .jpg】的表情包。

感谢沐歆"大忙人"的提醒，荆喆忽然想起自己的确还有件要紧事要做。

昨晚羿予珩的游戏账号上突然天降一个着急忙慌求换碎片的好友。虽然他的账号练度高到可怕，却独独缺少几个近期新出的英雄，也自然没有相应的碎片可换。

荆喆见对方是位代表着游戏里"亲密度"最高的满星好友，想到自己的号上刚好有多余的碎片，便和对方约好今晚互加好友开始交换。

然而上上下下找了好几轮，那个人却离奇地消失在羿予珩的好友列表中。

荆喆一时有些傻眼——她只记得对方名字是由一堆乍看毫无规律的字母和数字排列而成，重新找回的希望渺茫。

正在想补救办法时，荆喆的左腿被狠狠蹬了一脚。

一个不过八九岁的小男孩在身边莽撞落座，左手手背上连着长长的吊瓶线。男孩对着荆喆露出一个调皮的灿烂笑容："大姐姐，我不是故意踢你的。"

"对不住啊小姑娘，这臭小子就是皮，生病打点滴都不老实。"男孩的妈妈连忙对着荆喆道歉，然后抬高声音，板起脸训斥道，"我去给你交费，你乖乖坐在这儿别乱动也别瞎跑，听见了吗？"

"略略，没听见！"荆喆严重怀疑，若不是左手扎着针，疯狂朝妈妈做起鬼脸的小男孩多半会手舞足蹈地原地起飞。

年轻妈妈被气得脸色一白，求助地看向被男孩成功逗笑的荆喆："能不能麻烦你帮着看下他？我很快就回来。"

"没问……"

荆喆话音未落，小男孩已经像插了电一样对着荆喆的手机屏幕艳羡惊叹道——

"哇！大姐姐，你这个绝版典藏皮肤当时可要648呢！带我飞！"

第一次经过输液室发现荆喆的身影时，羿予珩觉得，正在聊微信的小可爱看不到全副武装的自己不足为奇，于是全身心投入到运送病人的事业中。

第二次经过安静低着头的荆喆时，羿予珩觉得，正对着游戏的好友列表研究些什么的小可爱看不到自己也算无可厚非，于是再次全身心投入到运送病人的事业中。

第三次经过荆喆时，小可爱已经抬起头来，目不转睛和一位年轻女士微笑说着话。羿予珩觉得，一定是口罩降低了人脸的辨识度，于是在运送病人回抢救室之后默默将口罩摘了下来。

可第四次以真面目经过荆喆时，小可爱却已经重新低下头，和一个熊孩子依偎在一起，其乐融融玩起了游戏，并且，用的是他的账号——那个氪金皮肤他一眼就认得。羿予珩觉得，虽然熊孩子贴荆喆有些近，但鉴于这个臭小子牙齿尚未换齐，勉强在可以忍受的范围内。

然而——

第五次故意放慢脚步经过荆喆，且又惨遭无视时，羿予珩决定，人的忍耐是有限的——

这个熊孩子只是在挂水，又不是截了肢，有必要娇贵到让漂亮姐姐剥开巧克力纸喂到嘴里吗？

“小朋友，你家长呢？”

毫无预警响起的，熟悉却莫名阴恻恻的声音吓得荆喆险些将手中的一整袋巧克力全撒在地上。

慌慌张张抬起头，荆喆只觉得此刻这个冷着脸在眼前站定的白衣身影没有半点天使的亲切，反倒像是拎着五十米长的铡刀前来索命，人挡杀人佛挡诛佛的……魔鬼。

小男孩也瞬间确认了这就是传说中在医院里神出鬼没，会突然掏出比手指更粗的针头豁出老命追着人跑，然后心狠手辣把小朋友的屁股戳成沙漏的变态怪叔叔。

嘴里的巧克力才勉强嚼了两口便囫囵吞进了肚里，小男孩满脸惊恐向着荆喆躲去，却无疑躲向了最错的地方。

“医院规定，不准在输液室外挂吊瓶。”

魔鬼平板的语调在荆喆听来毫无人性，于是她朝他瞪大眼睛无声抗议——

“下次到了和我说，不要随便坐到这种地方。医院里脏、乱，什么人都有。”谁知魔鬼不仅毫无退让之意，反而振振有词为她上起了课，然后才重新转向瞬间老实的小男孩，“刚才谁让你出来的？”

“里面的护士姐姐说位置都满了，”小男孩声音无比委屈，“妈妈才带我……”

魔鬼冷血无情打断了小男孩的辩解：“你跟我来吧。”

小男孩一边不情不愿站了起来，一边可怜兮兮向着荆喆露出求救的眼神——

“可是里面没地方了呀？”荆喆当仁不让地挺身而出，试图以理服人，“而且，等他妈妈回来……”

“和他妈妈说，医生办公室。”魔鬼说得斩钉截铁，推起输液架转身走人。

“别怕，哥哥不是坏人，”眼见救人无望，荆喆只好抓起几块巧克力放进男孩的手里，柔声安慰道，“这些你拿去吃，妈妈很快就去接你。”

魔鬼只是明显加快了脚步。

“姐姐，我还想和你玩，”依依惜别之际，小男孩带着哭腔绝望控诉道，“这个叔叔就是超级大坏蛋！”

从输液室回来的坏叔叔堂而皇之霸占了荆喆左边的空位，先发制人地将自己的所作所为充分合理化：“儿科实习的经验，对付这种熊孩子，必须得凶一点。”

“他其实挺可爱的，你好像吓到他了。”嗔怪地看了魔鬼一眼，对于一切毫无察觉的荆喆收起手机时忽然想到那个莫名消失的好友，于是随口问道，“对了，你今天登过游戏吗？”

“嗯。”

“呃，账号没什么异常吧？”

“嗯。”

“那你删过什么人吗？”

羿予珩默不作声打量着满脸严肃认真发问的荆喆，深切体会到什么叫作“本宝宝有小情绪了”——在他辛苦奔忙了一整天，冒着被带教臭骂的危险，翘班坐到她身边的时候，她念叨的竟然是被吓坏的熊孩子和被删除的路人甲？莫非她病历上的主诉是刘主任为了把他留在科里捏造出的谎言？

然而，将怨念写在脸上非常不酷，所以——

“有个奇葩上来就和我要什么 ID，”羿予珩淡定回答，“估计是被盗号了，删了。”

荆喆被这样的神逻辑震惊出可爱版黑人问号脸：“他是在要我的 ID，来换碎片的。”

羿予珩不甘示弱地摆出高冷版黑人问号脸：“换碎片为什么要你的 ID？”

荆喆被问得一蒙：“因为你的账号上没有。”

羿予珩说得理所当然：“那你可以告诉他，我没有。”

荆喆再次无语了片刻：“但是我有啊，看他蛮急着要的，给他也无所谓。”

羿予珩语重心长：“游戏里什么奇葩都有，如果是骗子呢。”

荆喆觉得一张【黑人问号脸 .jpg】已然不够用：“他是你的满星好友，叫得出你真名那种啊？！”

羿予珩别过头去：“没注意。”

这三个字倒是很羿神，可荆喆只觉得自己被无力感深深笼罩——

“但现在加不回来了，我根本不记得他叫什么。”

羿予珩微微偏头，戏谑地看向明显陷入混沌与迷茫的小可爱，将双手背到脑后，优哉游哉地拖长声音——

“太糟糕了，我也不记得。”

男人高挺的眉骨衬得眼窝比常人深邃，也衬得鼻梁笔直隆正，侧面流畅的轮廓英气夺人，虽然是闲适地靠在椅背上，却难掩眉目间的些微疲惫。

在荆喆的印象中，羿予珩从未有过这般“松弛”的状态——那时，无论她何时回头，装作看表的样子偷看他时，他永远手握一支黑色签字笔，或凝神思考，或奋笔疾书，将松垮的运动校服穿得笔挺，深沉肃穆得像是年代剧中焚膏继晷的老干部。

反倒现在更有几分说不清道不明的青春气……

然后，荆喆才反应慢十拍地想到要心跳如雷——等一下！这个正坐在她身边，和她之间的距离不超过五厘米的人，是如假包换的羿予珩。

然后，荆喆彻底慌了——那句让她肠子悔青的“阳光免费”，她完全不知要如何收场。

再然后，她将目光死死定格在对面大叔的皮鞋上，手足无措小声开口：“呃……你下班了？”

“没有。”有人将班翘出了光明正大的理直气壮。

“那你怎么……”荆喆觉得自己的语言中枢随着心跳加速而骤

然失灵。

“没吃午饭，饿了。”羿予珩从脑后收回了手，改为正襟危坐的姿势，“我好像看到了巧克力。”

“嗯，我刚买的。”荆喆如梦方醒地将巧克力包装袋递向男人，“你拿。”

“刚刚在抢救室，”羿予珩一动没动，慢悠悠地开口，“我在给一个误服敌敌畏的老太太洗胃。”

“严重吗？”荆喆下意识关心道。

“救是救回来了，”羿予珩继续平静陈述道，“但洗到一半，我被派去接了个新病人。”

“那新病人是什么情况？”注意力缺失症患者成功被急诊室的故事吸引。

“COPD 急性发作合并呼吸衰竭，简单说就是人突然喘不上气。”

“然后呢？”

“然后，送完新病人，”羿予珩目光平稳，“我发现我好像一直没来得及洗手。”

见小可爱显然还在梳理逻辑，魔鬼扬了扬双手，大言不惭而善解人意地补充道——

“这上面可能有残留的敌敌畏，为了不污染巧克力，还是你帮我剥一下……”

羿予珩话音未落，不远处一声凄厉的尖叫几乎刺穿耳膜——

“爸！”

来往的行人纷纷驻足，争先恐后向着声源的方向看去。

转瞬之间，死寂中传来一阵绝望的呼喊——

“快来人！

“死人啦！

“爸，你醒醒呀！你看看我！”

与混乱的呼号同时蔓延开来的，是令人寒毛直竖的惊慌失措。

面对这样的场景时，逃避与恐惧是本能，一类人除外。

荆喆还没反应过来，身边的白衣身影已经条件反射般雷厉风行地站了起来。

“不怕。”这两个字羿予珩说得很轻，很坚定。

轻落在头顶的手掌带着令人心安的暖意——但似乎有哪里不对。

除了来自羿神的摸头杀本身非常不对之外……

荆喆猛然意识到自己应该严正抗议敌敌畏可能对头发造成的损伤时，男人早已流星赶月般穿梭至数米开外。

羿予珩微微抬高，异常镇静的声音带着令人信服的威严——

“别喊！

“都让一下！

“把人放平，平躺！

“家属别再晃他了听到没有！”

见有穿着白大褂的医生赶来，人群迅速为羿予珩和匆忙从输液室跑出来的两个护士让出了一条狭窄的通路。

荆喆同样揪心不已地站了起来。

没有身高的优势，又隔着数层人海，因此一切都不甚真切。

她依稀看见，羿予珩迅速在倒地不起的男人右侧跪了下去，检查过呼吸和脉搏后，当机立断解开了男人的衬衫，像电视里演示的那样开始了心肺复苏。

她依稀听到，更多医生和护士小跑着拉来一台她不认识的仪器并进行了一番连接与操作后，一个年长些的医生先后喊出了“肾上腺素”以及“叫麻醉老师”。

时间一分一秒无情流逝，情况似乎非常糟糕——

当好奇的围观群众四散而去，荆喆只见医护人员将男人团团围住，有护士托着男人的下颚，不停挤压着覆住他口鼻的气囊，有护士对着男人的前臂开始静脉推注，而羿予珩和另一位年轻医生轮流进行着对男人的胸外按压，一刻也未曾停歇。

抢救井然有序地继续，可对于紧张到手心开始隐隐冒汗的荆喆，那一刻，只有男人家属悲恸欲绝的哀号声才是唯一的真实。

仿佛只过了几分钟，又仿佛已经过了十年那样漫长之后，又有人小跑着推来一辆床车，几个人协力将依旧毫无反应的男人迅速抬了上去，一边持续着按压一边示意家属跟上，面色沉重、行色匆匆消失在走廊的尽头。

荆喆不知道这意味着什么，是吉是凶，但她一清二楚地看到，全程跪在地上的羿予珩最终起身的一瞬间，步伐几乎一个踉跄。

夜夜流光相皎洁

Chapter 07

急诊随着夜幕降临变得更加繁忙。这样的熙攘时常会让身置其中的人不由得产生“下班还早”的错觉，尽管，走廊尽头的巨大电子表明确昭示着时间已是十九点四十六分。

羿予珩四肢百骸间的“疲乏”货真价实——虽然理智在叫嚣着他应该在荆喆面前维持良好的形象，但步伐虚浮地“蹚”到荆喆身边时，男人还是放纵地将自己“抛”向了身下的座椅。

陈湃和胡沛琛先于他和林彦然轮转到急诊，借用这两个活宝结束第一天的工作，回到宿舍后气若游丝的评价——

“爸爸是靠着顽强的无产阶级革命意志爬回来的。”

“再多待五分钟，我绝对得给自己上肾上腺素。”

脑中依旧回荡着男人家属撕心裂肺的哭喊，令人肝肠寸断的“求求你们不要放弃他”，混杂着监护仪此起彼伏的尖锐警报声，一刻不停狠狠刺痛着神经。

羿予珩将白大褂里的衬衫领口松了松，正准备将一切情绪收拾妥帖，就时间问题向荆喆道歉——

伸到眼前的白皙的手，掌心安静躺着两块已经体贴将包装纸剥开缝隙的巧克力。

“辛苦了。我刚在网上看，心肺复苏三十分钟还没恢复生命体征的，可以终止抢救。现在已经过了三个小时，恐怕凶多吉少，”

荆喆的声音柔和沉静，听不出半分埋怨，“但是羿神，尽人事，听天命。”

羿予珩的目光不由自主落在荆喆微微蜷起，伤痕累累的手指上，犹有刻刀刮过心壁。

巧克力的诱人香气使饥饿感越发真切，他却没急着接过，而是在白大褂口袋中摸索了片刻，将之前鬼使神差到药店买的创可贴轻放进瘦小的手掌中。

“手，”男人的声音同样柔和沉静，带着微不可辨的叹息，“别再抠了。”

男人指尖的温度微热，皮肤相接的瞬间，荆喆的手不由得一颤。

但比起突然收到创可贴更加震撼的，是纸盒上乖巧可爱的……Hello Kitty。

荆喆的呼吸一窒——她的确听闻过，有些人的生活通常比较精致，但精致到这种程度……

羿予珩只觉小可爱投来的怀疑眼神谜之令人心惊肉跳，他连忙拿过巧克力，一边慌乱撕开剩下的包装纸，一边含混不清地解释道：“那天拿药的时候，你包里放着带这种猫脸的钱包。”

虽然以猫脸指代 Hello Kitty 并且将卡包认作钱包莫名直男，但荆喆坚信，直男必定干不出毫无预警掏出粉色创可贴这样的事。震惊之下，她完全没去推敲羿予珩这句话背后的隐藏信息，只哭笑不得地开口：“呃……多谢。”

透过小可爱的反应，羿予珩确认了猫脸显然不是在选购创可贴时的最优解，于是迂回试探道：“米老鼠、皮卡丘、小黄人，还有……冰雪奇缘里的公主，你更喜欢哪一个？”

“呃，硬要选一个的话，”尽管自诩思维十分天马行空，荆喆还是被问得一愣，“小黄人吧。”

羿予珩这才放心地将第一颗巧克力放入嘴里，迅速吞咽完毕后，见荆喆只是将创可贴收进包中，挑了挑眉：“怎么不用？”

虽然有些离谱，但来自羿神的“馈赠”她怎么可能舍得轻易使用，并且……

“呃，”荆喆组织了一下语言，努力将语气中的嫌弃之意降到最低，同时将手指悄悄藏了起来，“现在不需要。而且，这个实在有点过于……可爱了。”

“用完还可以再买。”丝毫没有抓到重点的羿予珩埋头吃起第二颗巧克力。

“我的意思是，创可贴的话，”荆喆说得小心翼翼，“最普通的那种就够用了。”

某人咀嚼的动作一停，除了想找那个胡乱鼓吹“女孩子都喜欢卡通创可贴”的店员理论一番之外，竟然隐隐有一丝遗憾——

那堆花里胡哨的盒子中间，他也一眼就相中了小黄人，但现在看来多半没机会买来试试看了。

巧克力的甜微微中和了心间的苦——这并不是羿予珩第一次遭遇病人离世，但对于生命的消逝，人永远不可能因为“见多识广”而视若无睹。

荆喆刚刚一番洞彻的安慰无疑让开口容易了很多，吃完第二颗巧克力后，羿予珩揉了揉睛明穴，涩涩说道：“抱歉让你等这么久。这个老先生……原本是来看出车祸的儿子的，但还没走到 EICU 人就不行了。他儿子就躺在里面，颅底骨折，颈椎错位，肋骨断了六根，肾脏和脾脏破裂……”

说到这里，男人微微颤抖的声音一停，低下头去，深吸了一口气才又继续：“我们很想把老先生救回来，但是 40 多支肾上腺素推进去，不间断地压了两个多小时，没用。”

荆喆沉默了良久，才字斟句酌地轻声回应：“事发突然，你们已经在第一时间进行了最有效的抢救。结果不是任何人想看到的，但即便一切有可能重来，恐怕也没办法更加尽心尽力。这样的情况下，你没必要自责。”

“也不是自责，只是非常……无力。”羿予珩缓缓靠向椅背，惘然抬起头来，“能做的的确都做了，却还是回天乏术。每到这种时候，不得不承认自己作为人类的渺小。”

“很多事并不是努力过就一定有好结果，但只有努力过才有坦然接受坏结果的资格。不过，那些注定会以坏结果收场的事，也许不管怎么努力就是不行，”荆喆若有所思地喃喃接口，看了一眼男人写满疲惫与挫败的脸，默不作声引开了这个沉重的话题，“那……他家属现在怎么样？”

“老先生家在灵岘山区，只有一儿一女，儿子因为伤势太重才转来城里，”羿予珩再次长叹了一口气，“儿媳和孙女同样因为车祸生死未卜，正躺在当地县医院。对于这家人来说，这已经不是祸不单行的问题了。”

“所以刚刚跟着的是他女儿吧？她现在情况还好吗？”

“最后的一个小时，她就那么跪在地上号啕大哭，三个男人同时拉都拉不起来……”

荆喆再次陷入如鲠在喉的沉默，压抑到心脏隐隐作痛。

羿予珩微微闭了闭眼，抬手按向太阳穴，声音轻得像是呓语：“这种时候，对她说什么‘死并非生的对立面，而作为生的一部分永存’⑥，无疑太过冷血残忍了。”

有关“阳光免费”的尴尬记忆随着男人随口引用的这句话倏然回归。

第三次，所以无论如何不可能只是巧合。

尽管荆喆依旧在为那家萍水相逢的可怜人揪心楚痛，但是情不自禁脱口而出的，却是——

“呃……想不到你也喜欢村上春树。”

羿予珩也恍然察觉到刚刚自己在意识模糊间的“失言”，瞬间精神了回来——这个懒散消沉的坐姿不成体统，所以他立刻抬头挺胸坐得端正，下意识整理起别在左胸前口袋里的几支笔来。

确认一切如常后，羿予珩重新摆出那张波澜不惊的英俊扑克脸：“我听……很多人推荐过，他的文字非常具有……浅显易懂的哲思，

---

⑥ 引自村上春树《挪威的森林》。

出于对这种哲思的好奇，我拜读了他所有的作品。”

“呃……”荆喆的双颊在男人严肃的凝视下不明所以地微微发烫，“那你觉得……有这种哲思吗？”

羿予珩伸手，从包装袋中再掏出两颗巧克力，目光闪躲地低头剥了起来，同时万分果决坚定地回答：“没有。”在将巧克力丢进嘴里之前，他又着重补充道，“比如在刚刚那种抢救病人，性命关天的时刻，显然还是史铁生这句‘死是一件不必急于求成的事’[7]更适合作为信仰。”

哑口无言之余，荆喆隐约从男人忽然傲娇的侧影里捕捉到一丝极其不羿神的，非常可爱的……

傻气。

看男人狼吞虎咽吃完巧克力，荆喆才继续关切地问：“那……老爷子那个出车祸的儿子，现在还好吗？”

风恬月朗之下，小可爱眉眼温润，楚楚动人，与窗外的婆娑树影共同静成一幅熨帖的画卷，怎么看都顺眼，只除了——永远在关心别人。

羿予珩缓缓停下了剥开第二颗巧克力的动作，努力克制住将【本宝宝有小情绪了 .jpg】展现在脸上的冲动，无比简略地回应道：“全院大会诊，八个半小时的手术，命保住了。”

“太好了，”荆喆默默松了口气，“希望他能转危为安。”

“嗯。”有人一秒变回高冷面瘫。

“希望他的妻子和女儿也能平安。”

“嗯。”有人开始暗戳戳思考起如何将话题神不知鬼不觉地从其他男人身上转移。

“所以你也跟着上手术了吗？八个多小时，一定很累吧？”

“没有。”表现出类似“这才对嘛”的情绪会非常不酷，所以羿予珩只是不动声色地开口，然而……还是没忍住纡尊降贵多讲了

---

⑦ 引自史铁生《我与地坛》。

几句，“即便上手术，实习生也做不了什么，只能打打杂，拉拉钩而已。”

“打什么样的杂？”敏而好学的小可爱随口问道，“那拉钩又是什么？”

“打杂啊。”羿予珩不紧不慢将白大褂上的巧克力屑抖落干净，“做手术的时候，头顶会有灯。”

“嗯。”荆喆乖巧地点点头。

“还会有用来隔断的帷帘形成无菌区。”羿予珩将巧克力包装纸精准投进不远处的垃圾桶。

“嗯……”荆喆继续点点头。

“但有时候，这些东西的位置需要变动，”羿予珩将整齐卷至小臂处的袖子恢复原状，“灯也必须要随着切口的位置和深度改变方向。”

“……”荆喆欲点头的动作迟疑地定在原地。

“如果位置不对，会影响视野。所以，打杂呢……”羿予珩慢条斯理站了起来，将白大褂理平整，“就是端着灯下面的拉杆，随时调整它的位置，以防有影子妨碍手术的进行。一动不能动，很累的。”

“？？？”如他所料，荆喆的脸上出现了可爱至极的【你怕不是在欺负本喵智商低 .jpg】。

“至于拉钩啊，你按字面意思体会就好。饿死了，吃饭。我去冲个澡然后换衣服，再等我一下。”

在小可爱有机会提出异议之前，羿予珩迅速转身，白大褂随着莫名轻快的步伐飘出了心满意足的潇洒。

荆喆瞠目结舌地看着男人颀长的背影消失在走廊尽头，对于刚刚听到的究竟算是什么级别的鬼话迟迟不敢妄下定论——虽然她百分百没他聪明，但好歹也是受过教育的人，谁不知道手术台上的灯叫“无影灯”？哪儿来的影响视野的影子？

由此推知，羿予珩对于“拉钩”的解答必定同样可疑。

在学习这条永无止境的路上，求人不如靠自己——她神魂未定地打开手机，在网页中搜索了“拉钩”和“手术”两个关键词。

百度说：外科手术中，把皮肤肌肉切开后，用拉钩（牵开器）将皮肤肌肉分别向两边拉住，这样中间的手术视野才会暴露出来，否则肌肉会自动缩回成一道缝。

这要是能按字面意思体会出来，她岂不是希波克拉底转世？

荆喆镇静了片刻，确认了自己再一次惨遭羿神戏耍的事实——等一下！再一次？

沐歆的情报中，这些年来，羿神并没有“下凡”成为和善亲民的人，给人留下的印象依旧是冷淡漠然，但是……

荆喆的心跳在下一个瞬间全然脱控，脑中隐隐浮现出一种令她心头撞鹿，几乎绝无可能的可能。

然而再下一个瞬间，荆喆还是成功迫使自己淡定下来——

但是，羿神爱好男，而她不是汉子，period（句号）。

两人在医院对面一家回转寿司店安顿下来。临近晚上八点半，人其实早已饿过头，大鱼大肉实在无福消受，两人对吃都不挑剔，只图这间小店的近与静。

服务员是个年纪轻轻的姑娘，热情又活泼，从两人推门进店的一瞬间便亦步亦趋跟在身后，神神道道介绍着菜谱。

换回白衬衫和奇诺裤，将“仪表堂堂”四个字体现得淋漓尽致的羿予珩被迫在一通帅哥长帅哥短的洗脑魔音中落座，开口时带几分清晰的不悦：“你们不是回转寿司吗？”

“对的！”小姑娘两眼冒着花痴的星星，一边递来菜单一边脆生生回应，“我们这里有超多种选择，只用最新鲜的食材……”

羿予珩皱了皱眉，认定此女交流不通，埋头看起菜单。

见两人一番鸡同鸭讲后突然冷场，荆喆好心将他的话翻译了一遍：“我们自己拿就好，谢谢你。”

“再推荐一下我们才上新的鰤鱼寿司，这是日本近海独有的一种鱼，原本只在冬天才有……”

“好，我们会试一试。”羿予珩只好将荆喆的话翻译得更加直白，“如果有需要再找你。”

“我们这里还有特制手卷，”小姑娘溜圆的眼睛仿佛黏在羿予珩身上，“是必须要点单的……”

“那菜单先留着。”羿予珩淡淡开口，赶人之意昭然若揭，“给我一支笔，填好单叫你。”

小姑娘慢吞吞地从围裙中掏出一支圆珠笔递了过来，这一次终于没再开口。

见小姑娘还是磨磨蹭蹭不肯离开，羿予珩无奈地轻叹一声，凌厉地抬起头来，彻底放弃了委婉暗示：“谢谢，你可以走了。”

“我们老板反复强调，”这一次，小姑娘的目光落向被男人顺手插进左胸前口袋里的笔，默默搓搓手，经验老到地提醒道，“要防火防烟防……对面医院的医生，笔丢了我是要向店里赔钱的。”

荆喆觉得，立即尴尬道起歉同时讪讪将笔放回桌面，上一秒还寒气逼人的羿予珩，准确生动诠释了何为【在线翻车 .gif】，她强忍住笑意，轻咳了一声。

“无论在哪个科，笔都会几经周折然后有去无回地落到主任手里。”终于重回清净，羿予珩从眼前的传送带上拿下一盘海藻沙拉，努力为自己辩解道，“这些人光明正大抢起别人的笔来和土匪没差，所以见到笔先往自己口袋里揣是医院里不成文的生存法则。学不会窃笔，就会在关键时刻没笔可用。”

这副很不羿神的，痛心疾首又义愤填膺的样子让荆喆脑中莫名闪过“铁憨憨”三个字，还是不由得笑了出来。但老实人显然未曾料想，肆无忌惮嘲笑魔鬼的后果是——

“你拿的是什么？”羿予珩微微眯起眼睛，扫过荆喆手中的生鱼寿司。

“刚刚她推荐的鰤鱼寿司。”荆喆在倒了少许酱油的碟子中化开一小点芥末，迫不及待准备开动。

“生鱼啊，虽然大多是深海鱼，”魔鬼以一个不经意的语气评价道，“但是寄生虫扁形虫之类还是难以避免。”

荆喆伸向寿司的筷子果然一停。

“最常见的一种叫异尖线虫，”魔鬼同样搁下筷子，盯住小可爱的眼睛，淡淡开口，“专门寄生在人的肠胃里，成虫可以长到 10 厘米长。”

荆喆果然陷入了惶惶然的沉思。

“一旦被感染，轻者会腹痛呕吐，”魔鬼的声音不轻不重地继续，“重者会引起的并发症包括消化道出血、肠梗阻、腹膜炎，再惨一点的，有可能会过敏性休克……”

“停！”果然被成功吓退的小可爱杏目圆瞪，难得提高声音以表强烈抗议。

“还吃吗？”羿予珩坏心地微扬起嘴角，只差将“心满意足”四个字画成符贴在脑门上。

“不了。”荆喆心有余悸地看了色泽鲜亮的鱼片一眼，只觉胃口尽失，一边默默将盘子推远了些，一边充满怨念地小声嘟囔了一句，“怎么总有不让别人踏踏实实吃饭的人……”

然后，荆喆只感到，身边魔鬼的气场倏然不太对劲——如果说刚刚面对女服务员时只是隐约的寒意，那么此刻，围绕男人周身的，几乎算得上肃杀的阴森。

魔鬼默不作声拿下一盘炸虾卷，连续吃了三个，然后仰头将陶杯中的茶水一饮而尽，在准备夹起第四个之前，欲言又止了片刻才沉声开口：“前男友？”

本来有些心惊胆战，还以为会听到什么惊世之言的荆喆被这前不着村后不着店的三个字搞得满头雾水，再次错愕出黑人问号脸：“什么前男友？”

魔鬼被荆喆审视奇葩的困惑眼神看得有些狼狈，迅速将最后一个炸虾卷扫荡完毕，难得底气全无地对着空盘闷闷说道：“不让人好好吃饭的那个。”

荆喆绞尽脑汁，还是没能为这两件事构建出直接的逻辑关联——她想，大概只有两种可能，第一种是无法跟上羿神思维的她确实笨，第二种是舍曲林的药效确实狠。

最终，在忽然尴尬的气氛中，老实人选择放弃思考：“我没前男友。刚才说的是健身成瘾的本科室友，她无论吃什么都要计算卡路里，搞得人每天活在生吃焦耳的玄幻感里……”

羿予珩握住茶杯的右手轻颤了一下——幸福来得太过突然，因此荆喆后面说了什么，他充耳未闻。“没有前男友”意味着，他将会是她唯一的男友，而“唯一”二字，无比令人身心舒畅。

但是，将【本宝宝整个人都好了.jpg】表现在脸上非常不酷，所以羿予珩再喝了口茶，故作深沉地指指那盘被小可爱弃若敝屣的寿司：“我没再看到第二盘鰤鱼了。你想好，确定不吃？”

荆喆已经下定决心远离一切生鱼，重新拿下一盘烤鳗鱼寿司，坚定地摇摇头：“不吃。”

魔鬼利用身高臂长的优势，将鰤鱼寿司置换到自己面前：“看起来蛮诱人的，真要浪费掉吗？”

荆喆被说得有些于心不忍，但想到在肠胃中蠕动的10厘米长的寄生虫，还是放弃了回应。

“谁知盘中餐，粒粒皆辛苦，”魔鬼抑扬顿挫吟诵完诗词，才勉为其难补充道，“那只好我来吃了。”

荆喆目瞪口呆地看着羿予珩毫不犹豫夹起一个放进嘴里，然后津津有味地嚼了起来，终于后知后觉地恍然大悟——她好像，又一次，被这个人戏耍了。

看着男人稳稳夹起第二个，甚至耀武扬威地朝自己晃了晃，三观轰然崩塌的老实人无力而呆萌地瞪大眼睛，脱口而出：“你是魔鬼吗？”

羿予珩笑了，笑得愉快而纯粹，墨色的眸中漾着星光璀璨的温柔宇宙。

他将筷子落向荆喆的盘子，轻松的语气无意识带着几分和煦的溺宠：“如果无脑抵制一切有可能引起疾病的食物，那世界上应该没有医生敢吃的东西了。不怕，即便真有寄生虫，我先吃过了，陪你。”

在这一瞬间，荆喆非常确定，如果不是已知对方不可能喜欢异性，她会因为缺氧而立刻死亡。

荆喆边细嚼慢咽边听羿予珩随口讲起她出国后高中同学的轶事，深切体会到何为“惊风飘白日，光景驰西流”。

或许还有更多故事可讲，但全程殷勤至极的服务员小妹在两人撂下筷子的一瞬间便迎了上来，眼疾手快撤走盘子，随后站到羿予珩身边，对着手中的小票清脆念道：“帅哥，您消费……”

“稍等，”荆喆果断打断了小姑娘的报账，没有忘记此行的目的是为了对羿予珩致谢，“我来。”

小姑娘为难地看向已经打开微信付款页面的羿予珩，一时不知如何是好。

“你请啊。”闻言，男人慢悠悠瞥了瞥荆喆拿在手里的钱包，眼底再次浮现了清浅的戏谑光芒。

“说好我请的，今天谢谢你。”老实人满脸诚恳与坚定。

羿予珩只是抬头看了服务员一眼，示意她稍等，然后重新低下头，退出付款页面，转而点进与荆喆的聊天记录，几乎未经思考，在转账页面输入了“¥98.00”并确认发送。

荆喆放在桌上的手机随之一振。

亲眼看见了这套行云流水的迷惑操作，荆喆不由得露出【你怕不是又在欺负本瞄智商低.jpg】。

羿予珩用手撑住脸颊，带着几分慵懒愉快开口：“假设你中午是四舍五入要的 20，到医院之后买的巧克力和水一共 21，且沿路没有其他消费，那么现在微信里大概只有 159 到 164 块。再假设这顿饭吃了 257 块，为了避免我们被扣下来刷碗打杂……”

“帅哥，你怎么知道是 257 块？”小姑娘难以置信地将小票上的金额确认了一遍，忍不住惊异地插嘴。

“我只好再一次伸出援手，”羿予珩直接忽略了小姑娘，对荆喆露出一个意味深长的微笑，“不过，确定要这样请我？”

这恐怖如斯的心算速度和准确率的确很羿神，但作为他曾经的头号劲敌，老实人并不懂得“畏惧”二字怎么写：“我有信用卡。”

“美女，确实还是微信结算方便一些……”小姑娘没想到竟然还有人类使用信用卡这种闭塞落后的付款工具，忍不住再次惊异插嘴。

只可惜，从头到尾没人注意到她明晃晃的存在——

魔鬼敛起笑意，不容置辩地强势终结了对话："刚让你等了这么久，再要你请客，我还是人吗？"

荆喆只能眼睁睁看着服务员小妹在魔鬼的手机上扫好码，留下一句"谢谢光临，天气预报说等下会有雷阵雨，二位路上小心"然后欣然离去。

暗暗抗拒着氤氲心间的一抹怪异的甜的同时，荆喆默默腹诽——谁知道呢。

从寿司店到最近的地铁口，刚好途经一小排售卖特色小吃或零售用品的小店。

晚风习习，擦肩而过的人中，有散步的年轻人，有遛弯的老大爷，也有狂奔的熊孩子，混杂着不同店面此起彼伏的抖音神曲，是扑面而来的喧闹市井气，却也带着欣欣向荣的蓬勃。

"还要吃点或喝点什么吗？"羿予珩的目光漫不经心扫过每个窗口。

"不用……"

"羿予珩！"

荆喆的声音被身后一声气势如虹的叫喊彻底盖过，她随着羿予珩一同回过头去。

三步开外，路灯之下，一个纤瘦高挑的身影逆光而立。女子定定注视着高大英俊的男人，眸中隐隐迸发着杂糅委屈的愤怒火焰。

虽然是PS横行的年代，荆喆还是一眼就认出了这张与照片墙上那些美照相差无几，算得上天生丽质的脸——Filigree。

一个衬衫笔挺，一个白裙胜雪，倒都与这嘈杂凌乱的背景格格不入，荆喆低头看了眼自己的T恤牛仔，下意识地朝男人的反方向躲了躲。

"你外婆还好吗？"羿予珩神色未变，礼貌的语气之下是清晰可辨的冷淡。

"为什么删我？"几乎与男人的问候同时响起的质问，"什么仇什么怨要连微信都删？”

羿予珩沉默了片刻，淡淡回应道：“老太太已经恢复得很好，而且，你让我女朋友误会了。”

正悄无声息试图退场的荆喆被这理所当然到找不出一丝破绽的语气惊得一个趔趄，终于稳住重心再次抬头时，女子犹如刀枪棍棒齐发的犀利目光已然朝她射来。

心跳和呼吸频率同时飙升至红色预警线，荆喆魂飞魄散瞪向眼睛眨都没眨，似乎在优哉游哉等她接招的魔鬼——羿神，什么仇什么怨要毫无预警拖别人下水参加这种即兴表演？工钱还没谈好吧？

两人电光石火间的眼神交流狠狠刺痛了某位旁观者的心，白裙女子冷眼将荆喆打量了一番，语气几乎带些轻蔑：“你好，我叫付菲格，我外婆是羿予珩之前的病人。”

“我是木……”赶鸭子上架的荆喆只得稳住心神，随口报出了脑海里闪过的第一个女性的名字，“呃……元沙罗。”

“元小姐，很抱歉让你产生了误会，”付菲格居高临下地开口，决意要给荆喆一个下马威，“因为他从来都没提过他有女朋友，我一直以为他单身。”

“呃……”荆喆回答得无比真挚，“我以为这种私事没必要四处宣扬，很抱歉让你产生了误会。”

付菲格脸色一白，停了片刻才重新组织好语言：“不是我一个人这样觉得，我外婆住院的时候，你男朋友真的很受科里各种小姐姐的欢迎。”

“呃……”荆喆面不改色陈述起心中坚信不疑的事实，“我相信他也受各种小哥哥的欢迎。”

终于认清看似温和无害的荆喆绝不是软柿子，付菲格只得改换了策略：“有个很帅很优秀的男朋友会很没安全感我完全理解，但是作为医生家属，总要有允许病人表达感激的气度，你说呢？”

“我完全同意，”荆喆不卑不亢，对答如流，“但是否接受这样的感激最终还得由医生本人决定。”

瞧瞧谁才是魔鬼——双手插兜、骄傲看戏的羿予珩毫不怀疑，再这样下去，小可爱会以这个不急不躁的软萌语调把付菲格说哭。

本想继续欣赏这难得一见的画面，但看着看着，心情却越发复杂——她放着活生生站在这里的他不理不睬不闻不问，和别人聊得热火朝天？不管这个“别人”是男是女是人是鬼，总之……不能忍。

在【本宝宝有小情绪了 .jpg】铺满大脑之前，羿予珩克制住将小可爱直接牵走的冲动，抬起右手，第二次将掌心落在荆喆的头顶，格外轻柔地摩挲了片刻：“走了。”

荆喆微微一震——男人在离她半步之遥的左后方站定，身上传来的热气仿佛能将空气引燃，而这个摸头杀的姿势，更像是强行令她半依偎在他的怀中，亲昵到……越界。

这也是即兴表演的一部分吗？

还没来得及深入思考，耳边直愣愣响起的清冷声音让一切脸红心跳戛然而止——

“没聊够的话，要不你们加个微信？”

荆喆瞬间转回身，再顾不上为两人间的距离屏气慑息，仰头看向眸光幽深的羿予珩，情不自禁露出一言难尽的【黑人问号脸 & 你怕不是在逗我 & 来张嘴吃药 .jpg】——

让人假扮女友和妹子周旋的是你，嫌人说得太多刹不住车的也是你，敢问你是哪个品种的魔鬼？

可万万没想到，魔鬼光速扬起脸，巧妙利用身高差，坚毅地直视前方，拒绝再与她对视。

再转回身时，只看到付菲格愤恨转身，快步离开的背影——荆喆瞬间松了口气，毕竟，刚刚那种暗藏刀光剑影的交锋，只让她很久不曾全速运转的脑袋开始隐隐作痛。

“哪有中国人叫木元沙罗？”如愿赶走敌人的一瞬间，魔鬼心满意足地提出改进意见。

“那个‘木’字我几乎没有发声，”荆喆纠正道，“她以为我姓元。”

“为什么是木元沙罗？”羿予珩挑了挑眉。

“突然想到了《多崎作》[8]而已。”荆喆静静回答。

“为什么是这一本？”羿予珩带些兴味追问道。

荆喆犹豫了片刻，目光颓然垂向地面：“还是没办法把刚刚那家人赶出脑海。对于那个兄弟重伤又意外丧父的女人来说，世界应该像多崎作莫名其妙失去小团体的那瞬间一样崩塌了吧。”

“但多崎作活了下去，”羿予珩的声音柔和而坚定，“人其实远比认知中要坚韧得多，像是书里绿川对灰田说的，即便面对千钧重负，也会‘用逻辑之线把那值得活下去的价值巧妙地缝到自己身上’。”

“你这么说，”荆喆自嘲开口，“好像所有不堪负累想要结束生命的人都懦弱得不算人类一样。”

“不，刚刚仅指通常情况下，”羿予珩意有所指，“对于那些自认失去‘坚韧’品质或是无法自行完成上述‘缝纫’过程的人，我更倾向于认为，是他们长年累月的思维方式而非本质出了些问题。”

荆喆微微低着头，默然不语。

“比如说，”羿予珩的语气微微加重了些，“荆喆，从老先生在急诊倒地不起到现在，已经过了将近六个小时，而你还在反刍这件不幸的事。出发点的确是大善，可换个角度讲，这也是种画地为牢的自我折磨。对陌生人尚且如此，不难推断，你平时对自己苛刻到了什么地步。”

男人的话犹如一道迅捷的闪电当头劈下。

“挫折、失败，或是你口中的‘坏结果’，都必然存在，”男人的语调冷静得一如既往，“如果你选择只在事发的时间 t 去感受，它至多只应该在 t+1 对心情产生坏影响。可如果你选择反复去想，尽管可以美其名曰自省或反思，本质上却是在翻来覆去往伤口撒盐，直到 t+n 还是没办法摆脱。”

荆喆潜意识抗拒并排斥着羿予珩继续说下去，但——

⑧ 本书全名《没有色彩的多崎作和他的巡礼之年》，作者村上春树，木元沙罗为主人公多崎作的准女友。

“一般人在 t+n 时的心情，至多只受 t+n-1 的影响或牵制，但那些对自己不依不饶的人，承担的却是之前所有时间点累计坏心情的总和。当 n 趋于无穷大时，这个和必定不收敛，必定会将人压垮，”羿予珩看向荆喆的眸中再次浮现出戏谑的温柔，“荆喆，学统计的是你，在游戏里取名‘马尔可夫的猫’的也是你，但坏心情这种明显应该属于马尔可夫链的随机变量，你为什么选择让它既不随机又有记忆性？”

荆喆全然无言以对——这番犀利至极的话鞭辟入里、字字诛心。一路同她共生共存的这个致命的问题，仅透过这一件小事便被洞察力惊人的他一眼看穿。

“不过，虽然这种思维方式在应对坏心情时不太健康，在记录好心情时应该无往不利，”察觉出小可爱的低落，幡然意识到或许话说重了些，羿予珩在一家小店前定住脚步，“如果现在有人请你吃额外加糖的红豆冰沙，也会让你开心很久，对吗？”

晓看天色暮看云

Chapter 08

小店遮阳棚上别出心裁挂满了五颜六色的小彩灯，灯光安静投射在站姿笔挺的男人身上——彩色的可见光混合后，呈明度最高的白，将气宇轩昂的羿予珩映衬得熠熠发亮。

剪裁合身的白色休闲衬衫勾勒出平直的肩线，袖子随性卷至小臂上方，卡其色奇诺裤下的双腿笔直修长，一双小白鞋一尘不染。即便是辛苦工作了一整天，即便是休闲至极的着装，男人浑身上下却辨别不出一丝松垮的疲态。

正应了那句“君子如珩，羽衣昱耀”。

可荆喆只看到羿予珩如朗星般明耀的眼睛——内眼角尖而内陷，眼尾稍微微上翘，双眼皮宽度适中，微弯的睫毛浓密纤长。

这双不带半分轻佻的桃花眼，任是无情也动人，遑论如此刻这般投来专注的凝望时。纵使有千万种词汇可以形容，荆喆却只贫乏联想到神秘的黑洞——世间万物，一经坠入，万劫不复。

周遭一切喧嚣像是被感知自动滤过，徒留遮阳棚下劣质音响中的清亮女声——

“我们之间的距离好像一点点靠近 / 是不是你对我也有一种特殊感情 / 我犹豫要不要告诉你 / 我心里的秘密 / 是我好像喜欢了你……”⑨

---

⑨ 邓紫棋《我的秘密》。

伴奏完美踩在鼓噪的心跳声之上——

优美的旋律，通俗的歌词，偏偏意外好听，好听到……令人沉迷。

但是——

付菲格已经退场，舞台也理应落幕，她即兴配合到这里已经仁至义尽。

荆喆默默抽回目光，重新低下头，压下心中的苦涩，轻声开口："羿神，谢谢你……"

拒绝的话还没措辞完毕，羿予珩裤兜里一阵急促的手机铃声及时拯救了她的有口难言。

"抱歉，稍等。"

羿予珩迅速掏出手机，低头看了眼屏幕上的来电显示后，整个人倏然阴沉了下去。男人任由手机空响了片刻，像是在暗中进行完艰难斗争，才按下接听键——

"妈。"

微微压低的声音是带着清晰防御感的冷。

男人接下来的几句话，一句比一句更加斩钉截铁或是不留情面，令人莫名心惊肉跳——

"我现在在急诊。

"忙。

"没空。"

稍停了片刻，不知电话那端他的母亲又说了什么，羿予珩语气中的讥诮呼之欲出——

"第几次了？

"回家，然后呢？

"左一个'朋友'右一个'妹妹'，我学的是陪聊赔笑陪吃喝专业吗？"

大约这番话成功激怒了母亲，再开口时，羿予珩毫无波澜的语气已经不善至极点——

“好，那我现在端正态度，再说一次。

“其一，我工作很忙，没时间回去。

“其二，我有女朋友，不需要相亲。

“如果已经表达得足够清楚，可以挂电话了吗？”

羿予珩摁下通话页面底端红色按钮的一瞬间，微微泛潮的空气里凭空弥漫出无尽的尴尬，于荆喆而言，是在付菲格面前被男人突然指认为女友的那瞬间也难以匹敌的尴尬。

无论羿予珩说出“我有女朋友”时是出于怎样的心理，接下来如果继续提出“麻烦帮忙帮到底”似乎也顺理成章。

但是，不行。

荆喆既不相信她能胜任这个角色，也不相信她能在羿予珩面前全身而退。

因此，在男人揣好手机抬头之前，她稳住心神，含蓄而坚定地开口——

“羿神，你……总不可能一辈子找人假扮女朋友。”

羿予珩一个手抖，手机直接掉出裤兜开始了自由落体。

好在他反应够快，反手朝着右腿外侧迅速一捞，然而，手指碰到金属外壳时没能掌握好力度，手机还是透过指缝狠狠砸在了脏兮兮的花砖地上。

落地时格外清脆的“啪嗒”一声，硬是没能盖过瞬间震耳欲聋的心跳。

“哥哥，”身边手疾眼快替他捡起手机的小男孩充满遗憾，“屏幕裂了好几个大口子……”

“没事，谢谢你。”

羿予珩弯腰接过，对着小男孩匆匆道了谢，看都没看屏幕一眼就将手机揣进兜里——手机换来个女朋友，他赚大了。

原本他还准备趁热打铁哄骗荆喆继续“假扮”女友，却不知小可爱哪片神经群忽然错乱运行，竟然含羞带怯主动请起缨来——都说女人心海底针，果真不假。

刚刚那通电话带来的阴霾所剩无几。

克制住疾风骤雨般猛烈袭来的狂喜，重新挺直腰板面对荆喆之前，羿予珩心满意足地头脑风暴出了他自认足够酷炫的回答——不假扮的话，你也愿意吗。

但维持着冷静的扑克脸抬头的一瞬间，羿予珩险些被面如死灰的小可爱惊出心搏骤停——他从未见过这般郑重其事、正言厉色的她。

荆喆足有八米五的气场活生生将那句险些脱口而出的土味情话吓回了肚里。

“羿神……”只见小可爱目光游离了片刻，才下定决心肃然开口，“迫于社会压力不能对朋友做到百分百坦诚可以理解，但无论你和父母有怎样的矛盾，在这件事上或许真的不该欺骗他们。”

羿予珩洗耳恭听了每一个字，越听却越觉得自己不断陷入了更深层次的迷惑——社会压力？坦诚与欺骗？这些台词是出自什么新鲜出炉的美剧吗？

“你父母显然都是读过书的高级知识分子，我相信他们不会那么……僵化死板，”荆喆不苟言笑地严正继续，“只要你愿意开诚布公，他们应该会愿意理解你的苦衷。”

羿予珩在二十三年的人生中首次产生了“也许是我智商不够用”这样的怀疑——他只想人畜无害地追个妹，并且他追的妹没有半点拿不出手的地方，怎么还追出难于启齿到需要欺瞒父母的苦衷来了？

“你能果断拒绝去相亲，真的非常值得敬佩，”她微微一停，鼓起勇气，“但是羿神，你太帅，太优秀，所以才更容易让女性产生不切实际的期待和误解。所以……找冒牌女友是不太负责任的表现。”

虽然依旧没能为脑中的一片混沌理出头绪，但羿予珩忍不住回味起出自小可爱之口的“太帅”和“太优秀”几个字来——实在太过悦耳，悦耳到他非常想再多听几遍。

之后小可爱还说什么来着？找冒牌女友不负责任？可他想找的

是正牌……

“呃，我百分百尊重你的……orientation 和你在是否 coming out [10] 这件事上的选择，只是……建议，如果有可能和父母谈清，也许可以一劳永逸解决相亲逼婚这个问题，最大程度……减少家庭矛盾。”

……

玄色绸缎般的夜空渐渐乌云密布。

在荆喆声势渐弱的诚恳表态中，愀然变色的羿予珩终于捋顺了逻辑，同时脑中浮现出一个比所有情绪更先到来的问题——

“荆喆……这是你从哪里听来的？”

重逢后羿予珩的温柔和煦几乎让荆喆淡忘了，他在全然认真严肃起来时，可以有多令人畏惧——此时此刻，周身森然冷峻的气场突然高达十五米八的男人真真切切让她微微一颤。

荆喆垂在身侧的手指无助地抠作一团——

糟糕，尽管已经小心谨慎地遣词造句，还是戳到了羿神的痛处。现在她要如何补救刚刚冲动之下的失言？

“呃，”老实人低眉敛目思索了片刻，“一个在盛川大学读书的朋友随口提到的，绝对没有恶意。”

“那么，”羿予珩没有承认或否认，平静至极的声音辨不出喜怒，“她提供了什么令你信服的证据？”

老实人乖乖将那天和沈沐歆的全部对话迅速回想了一遍——

“她朋友的朋友还是什么的好像是你室友的女朋友，然后她听……”

微微低着头的荆喆错失了男人眼中精光一闪的瞬间，他静静打断了她——

“先不谈信息在传播过程中的熵增，假设你朋友听到的就是我室友的原话，”羿予珩只是静静回溯起她的思维过程，“因为来源是我室友，所以你认定这条信息的真实性极高，然后通过观察我的

---

⑩ 性取向的英语为 sexual orientation，出柜英语为 come out of the closet，此处荆喆使用英文是因为这样表达更加含蓄。

言行举止，不断构建出两者之间的联系用来更新后验概率，直到最终确信这一点，是这样吗？”

轮到荆喆被这番近似学术探讨的推理说得满头雾水。

“人在对某件事做出判断时，往往会蒙受第一印象的左右，”羿予珩不紧不慢开口引导道，“你听说过吧？”

“Anchoring Effect……”老实人抽调出本科选修心理学通识课时的遥远记忆，默默回答。

羿予珩点点头，再一次意有所指且一针见血地开口——

“对，沉锚效应，生活里很常见。比如说，荆喆，在一件事还没有开始的时候，你就先入为主地认定‘不行’，接着找来无数能够证明‘不行’的主观或客观理由为自己洗脑，最终使自己相信真的不行，然后宁愿选择逃避，”男人将语气放得很轻，眼中浮现出了然的温柔，“是这样吗？”

荆喆清晰地预感到，羿予珩口中的“一件事”，不单单泛指生活上的每件事，更是特指……她拒绝假扮他女友这件事。

距离某个她不敢想、不要想、不能想的真相似乎仅一步之遥。

荆喆的心重重一跳——

像是有倾盆浇下的冰水没过心脏，突如其来的温度和压强差让整个胸腔充斥着难以言喻的刺痛。

疼到……她想要逃。

“但是，”羿予珩却越发坚定地说了下去，“正因为沉锚效应是客观存在且难以消除的认知偏差，锚的初始位置才至关重要。荆喆，如果明确告诉你，有关我的性向这件事也好，生活中的其他事也好，你的结论都是基于完全错误的先验信息……”

一道亮如白昼的闪电蓦然撕开漆黑的天幕，紧随其后的一阵惊雷轰然打断了男人的话，也使世间万物骤然归于寂静——

甚至背景里轻松欢快的抖音神曲也无比识相地在这一刻悄然告终。

一秒，两秒，五秒。

雷声止息，头顶上音响中传来的，是下一首歌曲安静悠扬的吉他伴奏。

本欲继续开口的羿予珩双眸微微一凛，显然辨别出了这段前奏。片刻的踟蹰后，男人默然低头，目光锁住地上的某块花砖，不再移动半分。

斜风细雨中，辨不出年纪的沙哑男声沧桑吟唱——

“说起你爱的姑娘 / 你把手指到了远方 / 你说你的姑娘很美 / 笑起来像个太阳……”

“你爱的姑娘 / 如今她不在你的身旁 / 为了她持起了钢枪 / 说像个男人的模样……”[11]

大俗即大雅，简单却朗朗上口的旋律分外扣人心弦。

可每听完一句，这庞大的沉默便在荆喆的心上垒一块嶙峋巨石，不堪承受的负荷之外，尖利的边角狠狠划过心壁，犹如……凌迟。

像是精准掐算过时长，在副歌开始之前，羿予珩才终于抬起头来。

男人一字一句沉静开口，幽深如古井的墨色瞳仁中浮光跃金，笃定如泰山——

“荆喆，我会把那个七年前笑着离开的姑娘，找回来。”

又一道闪电横空劈过，将盛川市蜿蜒层叠的天际线映照得金碧辉煌，明光烁亮。

只一个须臾。

荆喆脸色苍白如纸地看着周遭的一切，连同羿予珩美如冠玉的脸，再次幽幽暗了下去。

这一天所经历的事情，所接收的信息实在太多，满溢到荆喆本就残破不堪的应对机制终于停摆。

她太过清楚这熟悉的感觉是什么——

在波士顿依旧零星飘雪的四月天，透过散发出朽木味道的陈旧窗棂，望向一片阴沉的天空时。

---

[11] 隔壁老樊《你的姑娘》。

高级概率论的教材摊开一整天却一个字也看不进去时，贝叶斯数据分析课上看着教授口型不断变化却一个词也听不进去时，应该完成的编程作业却一行代码也敲不进去时。

手机因为堆积成山的未读邮件令人心惊肉跳地震动提示时，DG里赫特版拉二钢协第一乐章八分二十四秒圆号声肃然响起时，想到这样混吃等死的日子还有明天和后天时。

先是与惊慌如影随形的强烈心悸，接着是有如深陷泥沼后迅速传遍四肢的冰冷麻木，最终，是五脏六腑被揉碾撕扯，不断缩紧的剧痛。

需要依靠人类求生的本能才能维持呼吸的，动弹不得的痛。

荆喆微微缺氧的脑中，仅剩的清楚的念头——

不行。

虽然是藏在心底视若珍宝的羿予珩，但是不行。

因为是完美无瑕光芒万丈的羿予珩，所以不行。

不能崩溃。不能在人声鼎沸的路边崩溃。不能在羿予珩面前崩溃。

拜托。再等一下就好，等回到只有自己的，安全的地方。

荆喆清瘦的身影微弱摇晃了一下，恍惚间退后半步，用残存的理智艰难维持着镇静，若无其事岔开了话题——

“雨好像越下越大，但我们都没带伞。”

“地铁站就在前面，你不用再送了。”

“快回去吧，今天谢谢你。”

“其他的事，改天再谈。”

每说一句，她的脸色似乎更加苍白半分。

灯影憧憧下，男人向前迈出一步，谨慎而坚定，犹如跨过深不见底的天堑——

“荆喆……”

和这句轻柔得不像出自羿予珩之口的呼唤几乎同时响起的，是再次急促大作的手机铃声。

趁着男人分神的空当，荆喆默默后退一步：“不接电话吗？”

羿予珩迟疑了半秒，最终还是从裤兜中掏出光荣负伤的手机，摔得稀碎的屏幕上勉强能辨认出“急诊侯主任”几个字。

见男人皱了皱眉，准备将手机揣回去，荆喆边后退第二步边轻声开口：“医院打来的，对吗？”

再向后一步，便是滂沱如注的雨中。

可自知再多看男人几眼，情绪一定会彻底失控的荆喆微微颤抖着抬高声音，退得义无反顾——

“羿予珩，如果是人命呢？”

“真是要人命了，上午那么大太阳，到了晚上雨大得像闹鬼……”书桌不幸靠窗的胡沛琛一边起身关好不断往宿舍里溅雨的窗户，一边瞥了眼窗外银河倒泻的雨势，心有戚戚焉地嘟囔道。

再转回头时——

“妈呀！鬼啊！”

这声撕心裂肺的大叫吓得正趴在床上和邵竹昀聊微信的陈湃一激灵，还没反应过来，眼前的光亮像是世界末日骤降一般消失得一干二净。

陈湃哆哆嗦嗦回身抬头时，只见一抹寒气逼人的恐怖黑影直直杵在眼前，整个鬼……啊不，整个人正在毫不客气地往自己床上……滴着水。

“珩哥，”陈湃神魂未定地打量着从头到脚几乎没有一处算得上“干燥”，表情比人影还要阴森十倍的羿予珩，瞬间跪床求饶，“咱们有话好好说，先还我点儿光亮……”

“太平间或者解剖室，选一个吧。”虽然气势骇人，魔鬼的声音却出奇平静。

“不是，珩爷，”陈湃绝口不再提“光亮”二字，无比配合地谄媚开口，“冤有头，债有主，死也得让人死明白吧？不然我连大体老师都当不安生……”

“选。”魔鬼不为所动地微眯起寒光四溢的眼睛。

“老羿，你是刚从鬼窝爬回来吗？”正在看论文的林彦然同样被羿予珩异常狼狈的扮相吓得一惊，然后看了眼龟缩在床角的陈湃，幸灾乐祸地笑出声来，“哈，陈湃，看你尿的……”

“然然救我！”眨眼之间，陈湃已经敏捷翻到了旁边林彦然的床上，“魔鬼来索命了……”

“滚。”林彦然只是拿起手机看了看时间，然后果断起身，出门给异地的女朋友打电话去了。

“老羿，乍一看我还以为你是一头栽进后花园那不到半米深的小破池子里头摔溺水了呢，”胡沛琛惊奇地看了眼羿予珩几乎湿透的衬衫，把自己说乐了，“被清洁大妈用裹尸袋捞上来那种。”

“沛沛做证，今天晚上我可一直在宿舍，”陈湃强忍住笑意，高举双手对天发誓，“推你下水的人绝对不是我……”

“你和邵竹昀平时聊的都什么鬼？”羿予珩不依不饶堵到林彦然的床前，眉头紧锁，恶狠狠地开口。

“夫妻之间的情趣，能随便告诉你吗……”原本嬉皮笑脸的陈湃在接收到羿予珩意外正经，无疑是在认真兴师问罪的眼神时，不由得同样严肃了下来，小心翼翼地开口，“珩珩，你摊上什么事了？”

“你再说一遍，谁是 gay？”魔鬼铁青着脸，身上的雨水源源不断地滴向床上和地面。

“什么？”陈湃瞬间蒙了。

“你和你妹子说我是gay的时候，图的什么？”魔鬼捋了把头发，林彦然的床立竿见影地湿上加湿。

“噗……陈湃，你良心不会痛吗？”一屁股在陈湃身边坐定的胡沛琛笑到捶床——当然，也是老实人的床，“当初各种岛国老师可都是你珩哥靠着他亲手搭建的科学上网服务器替你搞回来的……”

“我可从来没嚼过这种舌根，”陈湃恢复了一丝神智，奋起反驳，“这种飞来横锅我拒绝。”

“妹子说你妹子和她朋友的朋友说你说我是 gay。”魔鬼面不改色，逻辑清晰，吐字迅速。

陈同学露出了【这厮怕不是忘记吃药 .jpg】的表情。

胡同学露出了【我咋怀疑是剂量过猛 .jpg】的表情。

通常情况下，羿予珩并不在意其他人的思维或反应速度是快是慢——套用某经典句式就是“我交朋友不在乎他聪不聪明，反正都没我聪明”。但是，显然不是在这个他心情糟糕透顶的时刻。

“再简单点说，”羿予珩的语气隐隐透着一丝不耐烦，放慢语速，“妹子说，你说的，我是 gay。”

这一次，两位老铁仅反应了片刻，同时笑成撒欢时六亲不认的哈士奇，一唱一和开口——

“哈哈哈哈……”

“所以……”

“你和妹子表白的时候……”

“妹子以这个理由拒绝了你……”

“然后你一个没想开……”

“去投那个小破池塘了？”

然而看到羿予珩愈加阴沉的脸色，两人收放自如地敛起笑意。

“老羿，我发誓我真没说过，”陈湃推了推眼镜，正色道，“你确定这是哈佛妹的原话？”

见陈湃终于端正了态度，魔鬼这才转身走到自己衣柜前，随手拎出一件T恤，将湿漉漉黏在身上的衬衫换了下来，不依不饶地追问：“那你和邵竹昀说过什么？”

陈湃知道羿予珩得不到回答绝不会罢休，只得认真地回想起来，最终——

“好像是有段时间，竹昀老缠着我问，你喜欢什么东西啊，有什么兴趣爱好啊之类的。”

“她问这些干吗？”胡沛琛再次回到茫然的状态，“谁才是她男朋友？”

“谁说不是呢，女人有时候你是真搞不懂，”陈湃无可奈何，“当时我以为她是看上老羿了，后来还吵了一架才弄明白，是她闺密看上老羿了……”

“这不是重点。”换好衣服的羿予珩气势汹汹杀回两人面前，“关于我性向，你和她说过什么？”

“我当时说的好像是‘你干吗对他这么感兴趣’，”陈湃一愣，“这和今天这事……沾边儿吗？”

魔鬼从鼻腔哼了一声：“这算什么鬼回答？”

“哥，要是你家哈佛妹，天天缠着你，问一个别的男的这呀那呀的，你能接受吗？”

魔鬼没再开口，但那位并不存在的可怜人瞬间获赠黄泉路上的贵宾游览图一张。

“我当时是真被问烦了，”眼见终于取得谅解，陈湃说得理直气壮，“懒得理。”

“那现在的重点是，”胡沛琛一语惊醒梦中人，“这句话，怎么传着传着变成他是 gay 了？”

三个想象力匮乏的钢铁直男面面相觑了片刻，谁也没能提供回答。

词穷之间，只听到窗外淅沥的雨声滴答作响。

“不过，老羿，后来呢？”胡沛琛忽然回过神来，“妹子呢？你又是怎么搞成这样的？”

羿予珩精疲力竭地叹了口气，理好纷乱的思绪——

“今天下午有个老爷子猝死，没救回来。刚刚侯主任给我打电话，说是听到消息后从灵岘山那边赶来了一堆家属，想看老爷子最后一眼。”

“没毛病。”陈湃评价道。

“然后十来号人堵到了侯主任办公室，说是带了当地特产，一定要当面感谢抢救老爷子的人，”羿予珩拿过毛巾擦起了头发，“说不动也赶不走，扬言见不到人就要在办公室打地铺。”

“感天动地，”胡沛琛感叹，“可大晚上的，白班的医生护士哪儿找得回来。”

“反正我住宿舍，人又是我第一个救的，主任就把我叫回去了。”羿予珩淡然继续，“结果我到了之后，那些人翻脸比翻书还快。”

陈湃直接吓掉了手机：“现在医闹的套路都这么清新脱俗曲折离奇了？”

“然后从那些特产礼包里掏出了大砍刀？”胡沛琛充分发挥出想象力。

“没，前一阵全国上下那么多恶性袭医事件之后，急诊增加的那些安保措施还算有效。”

“真够吓人的……不过等会儿，”胡沛琛再一次一语惊醒梦中人，“这些和哈佛妹还有你是gay又有什么关系？”

“你才是gay！”半点不肯吃亏的魔鬼简略答道，“侯主任叫我回去的时候，我们正说到这里……”

“老羿，”陈湃露出了难以置信的惊疑，“然后你就抛下妹子回了急诊？”

“是她坚持让我回急诊。”羿予珩迅速纠正了好友的说法。

“人不可貌相。”陈湃瞬间无比暧昧地眉开眼笑，“羿予珩，你妥妥是忠犬型……”

魔鬼高高扬起头颅：“我只是觉得她说的‘也许事关人命’，很有道理而已。”

“噗……”胡沛琛强忍住嘲笑之意，“可不是‘事关人命’吗，你自己的不就差点搭进去？”

“然后呢？你那灾难般的表白……”陈湃继续问道。

“她说改日再谈，让我以病人为重。”忠犬型魔鬼万年难遇地老实了这一次。

自诩军师的陈湃坐不住了，不忍直视的表情已经无限接近【地铁老爷爷看手机.jpg】：“大哥，您那天才的脑回路确实和我们正常人类不一样。你怎么想的？这还带叫暂停的？”

胡沛琛不甘示弱地丢出【华佗三连.jpg】——扁鹊说得对，没救了，告辞。

“改日再谈意味着什么你知道吧？这明摆着等于一张好人卡呀珩珩！”

被室友看到“本宝宝开始慌了”的表情非常不酷，所以羿予珩只是瞬间站得笔挺，双手插回裤兜，右手默默够向手机——

“这种时候，你不赶快去找妹子，”陈湃忍不住吐槽，“反而凶巴巴跑来找我算账，简直有毒……”

“我严重怀疑，”胡沛琛跟着火上浇油，“你和妹子表白的时候，是不是和刚才审问老陈一样凶……”

羿予珩的心狠狠一沉——完蛋，粗略回想起整个莫名其妙的过程，好像确实有些……咄咄逼人。

“别怪我们没提醒，”陈湃像是想到了什么，忽然严肃下来，“妹子才刚开始接受治疗，保不齐你一句话说错就会引发海啸山崩那种。”

“老羿，”胡沛琛也极罕见地敛起了所有混不正经，“哥们儿也认真劝你一句，要是还没准备好，不要轻易去招惹抑郁症病人，一个不小心只会害人害己。”

羿予珩将荆喆毅然冲进雨中之前的每一帧动作，每一分表情在脑中慢动作回放了一遍，脸色蓦然一白：“我去找她……”

转身夺门而出的力量和速率太大，羿予珩险些将同一时刻准备跨进宿舍的林彦然“刮”倒在地——

“我去……”瞬间蒙了的林彦然努力攀住门框才勉强站稳。

胡沛琛从林彦然的床上跳了下来，追到门口大喊了一句：“老羿，伞！”

可羿予珩的背影已然风一样消失在楼梯口，徒留林彦然痛心疾首的哀号回荡在空寂的走廊——

“你们三个变态是轮番尿我床上了吗？”

“对不起，您拨打的用户暂时无人接听，请稍后再拨。”

手机里毫无感情的自动答录语音几乎被奔跑时呼啸的风声和密集砸在地面的雨声盖过，却在羿予珩逐渐丧失理智的脑海中不断放大，直至震耳欲聋。

每多听一遍，心脏就被狠狠敲进一根钢钉。

瓢泼的雨水顺着脖颈源源不断灌进T恤，刺骨的冰凉，可周身每一根血管都在沸腾着燃烧——

什么才叫“准备好”？

十六岁的少年，在那个“金风玉露一相逢，便胜却人间无数”的浪漫时节，好奇的视线在少女娴静的脸上多停留了一瞬，不问是劫是缘。

从此眼中是她，心中是她，所有有关未来的憧憬与梦境中，有且只有她。

从此将她的言谈奉为圭臬，将她的梦想视为至宝，将她的喜好变为习惯。

从此每一步前路，都如履薄冰朝着她所认同的方向，坚定不移地去修正。

从此之后，再没有另一个她，让满身傲骨的他甘愿被指引——

二十三岁的羿予珩，固执活成的，依旧是十六岁的荆喆理想中的模样。

落汤鸡一般的羿予珩在来往行人万分惊诧的目光中，在地铁站安全屏蔽门前停住了狂奔的脚步，将抖到几乎握不住手机的双手撑在明净透亮的玻璃上，深深埋下头去。

无孔不入的惊惧与懊悔几乎让他瞬间微红了眼眶——

荆喆，接电话好吗？至少亲口告诉我，为什么不行。

踏进家门的一瞬间，再也无法挤出半分力气移动的荆喆背靠着门，缓缓滑坐到地上。

乌云蔽月，空无一人的跃层公寓中一片漆黑的死寂。

荆喆伸出纤细的手臂，紧紧环住微微发抖的身体，在心底默念，好了，现在安全了。

然后，她将脸埋进双膝之间，再不需要伪装或克制，任由泪水夺眶而出。

太晚了。这句或许曾在午夜梦回时斗胆祈望过的突兀告白，来得太晚了——

十六岁的喜欢，大可以任性到不讲道理，不计后果，不论明天。

可二十三岁的喜欢，不可能只知一味索取，不可能规避义务责任，不可能抛开未来不谈。

然而，此时此刻的她，没有余力去付出，无法对任何人负责，更不知未来在何处，要拿什么去交换另一个人情深意重的喜欢？

十六岁的荆喆，愿意倾其所有与情投意合的男生在粉红天幕下热恋一场，但二十三岁一无所有的荆喆眼前，只有漫无边际，单调贫瘠的灰。

尚不能自爱的人，要如何爱人？

任谁和这样的自己恋爱，都只会是一场灾难。

不能自私地将别人拖进这个污浊不堪的泥潭之中，尤其是羿予珩。

所以，不行。

不知过了多久。

似乎连继续哭下去，继续抱住自己的力气都消失殆尽，荆喆靠回门上，木然看向客厅落地窗外一片混沌的天色，放任绵延不绝的暗黑思绪将大脑蚕食鲸吞。

终于迟缓感到手边背包传来的持续振动时，不知又过了多久。

不想动，也没有力气去动，不想说，也没有接听的勇气，荆喆痛苦不堪地闭上了眼睛。

方才浑浑噩噩坐上回家的地铁时，有段早已尘封腐化的记忆忽然复苏鲜活。

有关十六岁的羿予珩喜欢的人。

高一时最常使用的社交工具还是PC端的人人网，那时有种风靡一时的玩法叫点名游戏：如果被朋友点到，需要认真回答一连串问题并以日志的形式发布，同时可以“钦点”另外几人继续接龙。

其中高频出现的“喜欢什么样的异性”总能戳中少男少女蠢蠢欲动的心。

乐在其中的绝大多数人里，不包括被全校女生虎视眈眈盯梢的高冷男神——所有圈出“羿予珩”三个字的点名，均以石沉大海无情告终。

直到某个午后，被众多义愤填膺的男生群起而攻之的羿予珩迫于生存压力，终于勉强首肯。

而今荆喆只能回想起羿予珩的确回答过这样的问题，且答案套路至极，却全然不记得内容为何，于是在地铁上找回了人人网的账号与密码，翻到了那篇在全校范围内转发量惊人的日志——

问：爱情中的理想型是什么？

答：聪明且迟钝，犀利且温顺，随性且认真。

十六岁的荆喆看到这里时曾满眼问号，一如日志下反响最热烈的抖机灵式评论——

“放弃吧姑娘们，你们羿神喜欢的是太极图【酷】。”

可手机硬是振出了不死不休的倔强。

不需要拿起手机，不需要看来电显示，荆喆也知道这会是谁。

电话那端的人，似乎依旧是那个在物理竞赛集训中，面对一道所有人都宣告放弃的力学难题时，带几分阴狠淡淡说出“或者我把它解出来，或者我证明它出得不对”的顽固少年。

羿予珩，那个在你眼中“聪明且迟钝，犀利且温顺，随性且认真”的十六岁女生，早已走失在曲折来路的某个转角，而今这个二十三岁的她，只剩荒唐可笑的“迟钝”二字。

若她自己都不忍回首，你又要从何找寻？

荆喆没有睁眼，默然听着心跳与呼吸的微弱声响，昏沉期盼一切重归安静，期盼白昼重新降临。

但手机不屈不挠振动时与地板产生的摩擦声，仿佛是十六岁的羿予珩，带着二十三岁的羿予珩脸上戏谑而温柔的清浅笑意，做出的坚定回应——

这一次，我根本不会让她走丢。

两情若是久长时

Chapter 09

八年前的中考，她与他的两分之差，恰好差在“毅力”二字。几年后的现在，似乎也没什么不同。

荆喆终于认输地从包里拿出手机时，消息提示栏中来自同一个号码的 43 通未接来电触目惊心。

在被抑郁情绪彻底笼罩时，人的思维甚至行为会彻底脱控，会潜意识在自身与外界之间垒起一道无形的屏障，只求能够不被打扰地从世界上无声消失。

但当理智随着情绪转好逐渐回归时，愧疚感攫紧了荆喆的心脏——

无论如何，这样凭空消失拒绝沟通的行为，都算一脚踩进人际交往最大的雷区。在此之上，正因为她是病人，才会更加令人忧心牵挂。

连续打来 43 通电话的羿予珩，不知正在为她的安危而怎样担惊受怕。

所以，当手机不出意外再一次执拗亮起时，荆喆深吸一口气，再三确认情绪回归正常之后，手指微微发抖着划开了屏幕下方的接听按钮——

虽然遗憾未能相携走过人生的某一段，但至少，同那段无可回头的青春，郑重道个别吧。

无论羿予珩会说些什么，都让她微笑着，平静地回上一句“谢谢”。

谢谢曾有这样一个亦敌亦友的对手，为注意力极易分散的她在浩渺无垠的知识海洋里竖起一盏遥遥屹立的灯塔，在那段全心全意追寻着这缕光辉的日子里，她一刻也未曾迷失。

谢谢曾有这样一个熠熠发光的男生，为她最灿烂美好的一段回忆镀上一层永不褪色的金边。

电话接通的那一瞬间，从听筒中传来的，除去呼啸的风雨声，只有羿予珩历历可辨的喘息声。

杂乱而粗重，仿佛刚刚经历了一程马拉松般艰难漫长的狂奔。

只听男人连续深呼吸了三次，又停顿了片刻，才终于能顺畅呼吸一样气息不稳地开口——

“荆喆，无论你刚才想过什么，现在正想些什么，把它们统统忘掉。”

羿予珩再深吸一口气，不知异常的音色是源于嘈杂的背景，还是隐隐的哽咽——

“别挂电话，听我……讲个故事，好不好？”

这个从来只使用祈使句式的男人，语气从未如此刻这般小心而轻柔，几乎像是……祈求。

说好不哭，但荆喆所有的防御系统还是在这一刻溃不成军。

她拼命仰起头，偏偏眼泪不肯倒流。

良久的沉默。

荆喆听着他的呼吸声逐渐归于平稳，而世间万物随着这平稳的呼吸声渐次归于安宁。

男人终于找回平日的镇静自持后，缓缓开口。

“和……208号房间黑暗中荡漾的气味儿相同，我想。茶几上大大的花瓶。花瓶中的花。还微微混合着杯中的威士忌味儿。”

说是故事，却开始得没头没尾。

远算不上声情并茂，可男人讲得确乎不拔。

“奇妙的电话女郎——‘你身上有一个致命的死角’。”

听到这里，荆喆恍然大悟——

这不是什么为了引起她的好奇而现行编纂的故事，而是村上的《奇鸟行状录》。

荆喆第一次见识到羿予珩过人的记忆天赋，是在高一上十月初的某节政治课上。

由于数学联赛将至，而班中的大多数同学都有竞赛任务，在这种关键时刻，将所有“副科”自觉转化为习题课成了第一实验班不成文的“习俗”，任课老师通常也会睁一只眼闭一只眼。

可那一天，恰好是异常浮躁的课堂气氛撞上了更年期女老师的心气不顺。在连续提醒了三次“安静”依旧无人理会之后，深感被冒犯的女老师将政治课本狠狠摔在讲台上——

“你们14班就这个学习态度？普通班都比你们认真。谁是班长？乱成这样不知道帮着管管吗？”

噤若寒蝉中，坐在最后一排的羿予珩放下手中正在解题的笔，面无波澜地站了起来，语气一贯的平淡：“老师，我们在听。”

“在听？”女老师无疑被男生这番不痛不痒甚至带些挑衅意味的发言彻底激怒，“我看你们班就是有你这样不负责任，带头开小差的班长才变成的这样。那你告诉我，你听到什么了？”

“刚刚的PPT，”男生回答得不卑不亢，“随便哪一页，我背给您。”

这是初识之时，羿予珩自“帅”与“冷”之外留给荆喆的第三印象——刚。

结果倒像是女老师“自取其辱”——在同学一片敬仰而得意的注视中，羿予珩一字不差地复述出了课件上所有的内容。

“羿神真的好厉害……”只听闻过男生事迹的荆喆不由得和同桌感叹道。

“这算什么。”与羿予珩同学三年，深知此人魔鬼程度的男生与有荣焉地回应，“如果羿神愿意，你给他半节课，他能背出一整本政治书。”

“俄而一切昭然若揭，一切都在刹那间暴露在光天化日之下……”

羿予珩不疾不徐地继续，以雨声作背景的沉静声音带着安抚的力量。

“……毫无疑问，那女郎是久美子。”

这个名字就是那颗能将世间所有深沟高垒的堤坝摧毁肃清的强力炸弹，荆喆终于泣不成声——

显然，如果想要就能背诵任何书籍的羿予珩，一字不漏用心记下了每一本村上春树。

所以他能随口引用《当我谈跑步时，我谈些什么》和《挪威的森林》。

所以他知道“阳光免费”并能精准指出《多崎作》中的那句话是绿川对灰田的父亲所讲。

不是“很多人”推荐的村上春树，是……她喜欢的村上春树。

而此刻这本《奇鸟行状录》——

撇开它的现实隐喻和人物设定[12]不谈，是一个男人，历尽周折寻找出走的妻子的故事。

雨势渐弱，男人的声音越发清晰，也越发……柔和。

“久美子被禁闭在黑洞洞的房间里，希求……被人救出。而能救她出来的……除我别无他人。大千世界只我一人具有这个资格，因为……我爱久美子，久美子也爱我。”

荆喆抬起左手紧紧捂住嘴，可再难压制的哽泣声还是惊扰了这段微微颤抖的剖白——

这个刚到敢公然顶撞老师、擅改高考志愿、冷眼忤逆父母的男人，此时此刻，在这个异常温柔的语气之下，掩藏的是她能够听懂的害怕。

害怕再次失去她。

---

[12]《奇鸟行状录》的主题思想为作者对二战前夕日本暴力根源的探讨及侵华战争的反思。

或许他早已从刘主任那里得知了首次复诊那天她冲动之下的坦诚，为了不刺激她才选择装聋作哑。如果不是被性向的乌龙打乱阵脚，恐怕他会拿出用之不竭的耐心，继续做着他自己口中陪聊赔笑陪吃喝的傻事，直至一步一步指引她挣脱囹圄。

喜欢了她八年，她喜欢了八年的羿予珩。

一眼将她看穿，一眼被她看穿的羿予珩。

他在对她说，我要我们在阳光下相聚，满心欢喜，两不相疑。

“荆喆，如果这一段你没有听清，我会再讲一遍，再讲五遍，再讲十遍，讲到你听清为止。”

手机里雨水滴落的声音完全止息，只剩羿予珩如玉石般清润的声音倔强继续——

“久美子被禁闭在黑洞洞的房间里，希求被人救出。而能救她出来的除我别无他人。大千世界只我一人具有这个资格，因为……我爱久美子，久美子也爱我。”

涕泗横流中，荆喆不得不打开背包寻找面巾纸。

低头的一瞬间，映入朦胧泪眼的，是印着 Hello Kitty 的创可贴纸盒。

这个鲜艳而温暖的颜色她明明认得，粉红色。

“久美子被禁闭在黑洞洞的房间里，希求被人救出。而能救她出来的除我别无他人。大千世界只我一人具有这个资格，因为我爱久美子，久美子也爱我。”

第三遍，羿予珩终于说得不再磕绊，坚定不移。像是在庄严宣告，她那句未能出口的“谢谢”必将永久封锁心底。

荆喆将创可贴紧握在手中，重新靠向门板，再一次缓缓闭上了眼。

然而，当男人真的一本正经重复到第十遍时，荆喆的心情由愧疚、难过、激动、雀跃，逐渐转向在面对这个人时越来越频繁出现的……哭笑不得。

她莫名相信，如果不得到回应，羿予珩会将这段话讲到她或他的手机因为电量不足自动关机的那一刻。甚至，他还会在充上电之后继续打来，执拗重复到她有所回应或者……天荒地老。

荆喆擦了擦眼泪，悄悄吸了吸鼻子，在第十一遍开始之前，鼓起勇气张了张嘴。

嗓子有些沙哑，鼻音有些厚重，语气似乎不自觉带些依赖的温柔：“羿予珩……”

可是——

“荆喆，我不需要在今晚听到回应，”男人的语气果决至极，“科学研究表明，人不要在天气糟糕时做决策，病人不要在健康状况欠佳时做决策，女人不要在生理期时做决策，因为人在这些时候更难保持理性，所做的决定往往会在日后引起后悔。”

“又不是生理期……”老实人揉了揉哭到红肿的眼睛，只觉大脑像泡过水一样皱缩成一团，未经思考悄然反驳道。

“不是啊，”魔鬼似乎极轻地笑了一下，“可就算只有两个负，也不会负负得正。”

等一下！这个“不是啊”的构成和语气，好像有几分熟悉……

“打杂啊”“生鱼啊”“你请啊”——这分明是魔鬼开始戏耍她的信号。

猛然警醒的老实人再也感受不到任何其他情绪的存在，羞恼到想要立刻钻进地缝之中——她刚刚是在和魔鬼讨论生理期吗？

“什么嘛！”

“不哭了？”

羿予珩这才如释重负地将全身的重量交给身后一根雕饰工致的石柱上，不动声色地长舒一口气。背后整齐排列的石柱连同错落有致的铁艺栏杆，组成了市中心某个高档小区气派十足的围栏。

他的确花费了一定时间才在茫远的记忆中检索到荆喆的家庭住址，因为这只是新生报到那天，他协助班主任整理学籍卡时粗略扫过的信息。

好在，托“荆喆”这个足够特别的名字的福，当时他为了探寻她的生日和惊蛰这个节气的关联，多看了卡片一眼——羿予珩记得很清楚，得到肯定的答案后他还默默吐槽了一句“如果生在七月中是不是就叫‘小暑’了”。

不过，后来他越看荆喆越像啮齿类动物，爱屋及乌下，觉得“小鼠”也一并可爱了起来。以至于在动物实验中，他一度不忍心对小鼠的腹腔下手，被陈湃等人群嘲了好久。

在焦灼等待电话接通的过程中，除去荆喆家住址，羿予珩还顺带回忆起了那张学籍卡上的另一项重要信息——荆喆的父母都任职于知名外企的管理层。

身居要职，两人工作的繁忙程度可想而知，外加荆喆从小成绩优秀，必定令人省心，难怪他们会疏忽荆喆成长过程中那些因注意力缺失症而产生的“小毛病”，也难怪他们和荆喆的沟通存在隔阂。

“没有哭……”手机中传来的声音有些闷，带着远比平日中更加软萌的清晰鼻音。

心被萌化一半的羿予珩忍不住微扬起嘴角——科学研究还表明，注意力缺失症患者的大脑极易对枯燥重复的信息感到厌倦，比常人对新鲜的刺激更加敏感。因此，将同一句话反复讲上十遍二十遍，让小可爱无聊之后再突然转移话题，她的注意力就会彻底被新内容吸引，并将之前的话题抛诸脑后。

简而言之——超好哄。

“好，没有人哭，”见一切安全无虞，魔鬼抖了抖满身的雨水，起身打道回府，“是我听错了。”

“羿予珩，刚刚雨下那么大，你没有打伞吗？”

四周空无一人，于是某人放心将“本宝宝整个人都好了”在脸上展露无遗——在经历了一场因他而起的精神崩溃之后，她第一时间关注的，却是他有没有被淋坏。

羿予珩边走边抬起头，静静看向重现皎洁弦月的宁谧夜空，目光一片温柔——

荆喆，或许这七年间，我们都曾在人群中四处顾望，妄图寻到另一个对方。可正因为世间不存在第二个彼此，我怎么会允许你对我说出“不行”二字。

“看来有人的听力比我更糟，”然而开口时，男人的语气平静而笃定，一如往昔，“我有打伞。”

“那……你怎么会这么晚才回？是刚刚急诊出了什么事吗？”

“说起这个，”魔鬼的语气忽然无比高深莫测，“当时有人和我说，也许事关人命，是这样吧？”

“是。”老实人果真乖巧承认。

“我回去的时候，”魔鬼幽幽开口，“下午那个老先生的家属站成一排，从……特产礼包里掏出了大砍刀……”

“你没事吧？”老实人依旧带着浓浓鼻音的声音果真生机勃勃了许多，“有没有受伤？”

魔鬼对于小可爱语气中清晰可辨的关心和惊慌感到十分满意，微微拖长声音：“没事……”

“那他们被抓起来了吗？”

魔鬼警觉地眯起眼睛——对话的走势怎么又朝着“别人”的方向……

“你真的没事吗？”

四周依旧空无一人，于是某人放心地将表情替换成“这才对嘛”：“没事。不过我本来好像没打算回去的，是这样吧？”

小可爱果真没再开口。

“所以，如果我没有听从某人的建议，就不会陷入‘事关人命’的危险之中，是这样吧？”

一秒，两秒——

“对不起……”

老实人果真乖乖说出了这三个字，对魔鬼已然扬至天际的嘴角一无所知——让你不接电话，险些吓死宝宝。

“道歉啊，”魔鬼语气轻松，“最好拿出真正的诚意来。”

“什么才算诚意？”小可爱果真乖乖问道。

“请客吃饭吧，”魔鬼心满意足地达成目的，“连同今天欠我的，两顿。”

鉴于羿予珩的心情听起来异常愉悦，荆喆良善地决定，在他自己意识到这个得意扬扬的“××啊”句式会在看似万无一失的精明中泄露一丝略带滑稽的傻气之前，她会努力配合，装傻到底——

“好……”声音还是有些颤抖，但她回应得毫不迟疑。

听到了肯定的答复后，不知为何男人反而严肃起来：“荆喆，如果把刚刚的故事继续讲下去，会是哪一段，你有印象吗？”

荆喆聚精会神地回想起《奇鸟行状录》的内容来，可羿予珩已经先她开口——

“我或许败北，或许迷失自己，或许哪里也抵达不了，或许我已失去一切，任凭怎么挣扎也只能徒呼奈何，或许我只是徒然掬一把废墟灰烬，唯我一人蒙在鼓里，或许这里没有任何人把赌注下在我身上。”

“无所谓，”荆喆的记忆随着提示缓缓归位，她喃喃将作家之后所写的重点接了下去，“有一点是明确的：至少我有值得等待值得寻求的东西。”

“没错，比如你现在就有至少两顿饭值得等待。”

在这一刻，荆喆才真正体会到羿予珩的良苦用心。

“荆喆，其实药物也好，其他人的帮助也好，终归只能算辅助手段，”男人沉吟了片刻，而后坚定继续，“这一切奏效的前提是，你要明确一个信念，你想要，也可以从困住你的黑暗里走出来。”

荆喆低下头，不知何时积聚了能将手中的创可贴纸盒微微捏变形的力量——

“试试晨跑吧。规律的作息，早睡早起，以及有氧运动对改善注意力缺失症和抑郁症同时有很大的帮助。”羿予珩像真正的医生一样建议道，“不要在还没尝试之前就说不行。不需要跑很长，也没人会来计时，跑不动就改成快走，当作呼吸呼吸清晨的新鲜空气也好。”

在她还没想好要怎样回答之前——

“如果觉得上述理由还是不够‘值得’的话，”男人似乎再次轻笑了一下，“我每天都要非常痛苦地早起上班，但如果能在走进科里之前听到一句‘早安’，顺带收到一张今早那样带着朝阳的照片，心情应该会好上一整天。”

挂断电话的那一刻，玄关尽头的客厅被高悬的明月晕染上薄薄的光影，和煦而温柔。

通话界面自动关闭后，荆喆的手机屏幕上显现出她在地铁上匆匆打开，尚未退出的人人网页面。

十六岁的荆喆，在这篇名为“回复很多人的点名”的日志中，带几分狡黠写道——

问：理想中的另一半？

答：一，肉眼可辨的聪明人，有让我敬佩好奇且能持续吸引我的闪光点。

二，读过的书加走过的路比吹过的牛加扯过的淡多，睁眼时干正事的时间比挥霍掉的多。

三，不盲目攀比，不高调张扬，不议人是非，不鼠目寸光。

四，自我控制和道德约束力强，有责任感，为人正直，立场坚定，积极向上。

五，在我沮丧难过想要逃离放弃的时候，一边耐心慷慨地贡献出怀抱和肩膀，一边死命戳我的脊梁骨给我洗脑：“你给我 HOLD 住，滚也要往前滚。”

六，真的有人看到这里吗？哈哈，我只是在开玩笑，你也不必太当真，帅 + 酷才是王。

这是十六岁的他，在她眼中的模样——除去不愿被人识破存在原型才以障眼法混入的第五条。

可时隔多年，重读到本是用来插科打诨的第五条时，心中也雨过天晴的荆喆不禁微扬起嘴角。

晨跑不会让人在短时间内脱胎换骨，但连续跑了五天之后，荆喆的精神状态确实有所改观。

至少，沐浴着暖洋洋的晨光运动上一个小时，除去身体莫名放松舒适之外，看到依旧不到八点的时间，的确有种“一日之计在于晨”

的神清气爽。

对此，羿予珩的评价是“医生最喜欢遵医嘱的病人了，加油”。

收到这条微信的时候，荆喆正漫步在江畔公园的绿荫下，穿过一拨又一拨激情晨练的大爷大妈准备回家。虽然花了整整三天时间才迫使自己冷静下来，晕乎乎接受了“那晚不是在做梦”以及“羿神不是在开玩笑”这两个事实，但此刻她还是老脸一红。

她曾亲眼得见，这个人是怎样带着压迫感十足的骇人气焰，不苟言笑将土味情话讲得婉转动听。

因为足够婉转动听，所以，如果羿予珩曾经对之前的病人或家属，比如付菲格说过同样暧昧不明的话，荆喆完全可以理解这个心高气傲的小姐姐为何会甘愿放低身段，飞蛾扑火般对他纠缠不休。

想到这里，不禁又有一丝甜蜜充盈心间——她确信羿予珩不是这种人。

然而，仔细回想起五天前那晚发生的一切，荆喆觉得和“浪漫”二字相去甚远。

双向暗恋的迷人之处，原本在于两人间犹如隔着布满水雾的玻璃，在醉中逐月的相互试探里一点点拭去朦胧，最终看清对方容颜的一瞬间，才有“噢，你也在这里”[13]的欣欣然。

但羿予珩选择破罐破摔地将玻璃一拳击穿，糊了她满头满脸的玻璃碴儿后，再愣头愣脑附加一句毫无美感的“我已经知道是你了”，和八年前那句“我觉得还好”颇有异曲同工之“妙”。

并且，这个人的逻辑简单粗暴——因为恰好两情相悦，所以“拒绝”二字免谈。

尽管依旧让人哭笑不得，荆喆却万分感激他的体贴——

羿予珩不仅没再提过“回应”二字，甚至以“要换导师和实验室，得抓紧时间帮学长把之前的课题完成”这个无懈可击的理由，每天下班后一头扎进科研中，以避而不见的方式给她最大的程度的缓冲

⑬ 引自张爱玲散文《爱》：于千万人之中遇见你所要遇见的人，于千万年之中，时间的无涯的荒野里，没有早一步，也没有晚一步，刚巧赶上了，没有别的话可说，唯有轻轻地问一声：“噢，你也在这里？”

与准备时间，以免让她再次被压力击垮。

荆喆边走边想，等他实习结束后，两人应该认真谈一谈。

然而这条明目张胆写着“最喜欢”三个字，显然是在调戏她的微信，老实人一时不知该如何回应。

正准备看向平静无波的开阔江面寻找灵感，眼前一队穿着大红色T恤衫，热情奔放跳着广场舞的大妈中间，一位高高瘦瘦的阿姨忽然直直向左栽倒在地。

震耳欲聋的背景乐戛然而止，倒地不起的阿姨瞬间被蜂拥而至的红色背影淹没，一片非常中老年妇女的惊呼声乍起——

“哎哟，怎么了这是！”

“快醒醒，还能听见我们说话吗？”

“快快快，快叫救护车！”

眼见一群人将阿姨强行扶成坐姿，拼命摇动着她的双肩，七嘴八舌地叫嚷着，觉得这一幕似曾相识的荆喆不由得定住了脚步。

不对，那天在医院里，有人倒地不起时，羿予珩在第一时间说的是——

“把人放平”“别再晃了”。

荆喆恰好在等他时查看了心肺复苏的相关知识。她清楚地记得，如果出现心跳骤停的情况，只有四分钟的“黄金时间”阻止大脑受到不可逆的损伤，必须立即开始胸外按压维持脑部供血。

而这些出于好心的阿姨，做得显然不对。

心跳骤然加速的荆喆没有多想，也不知从哪里生出了无尽的勇气，拔腿向着混乱的中心跑去，抬高声音喊道——

“阿姨，把人放平，平躺，千万不能晃！”

周一清晨，公园里基本只有退休赋闲的中老年人，没人懂医，一群慌了手脚的大妈见荆喆说得毫不迟疑，认定这个瘦瘦小小的年轻人就是救星，立刻遵从指示将人放平，为荆喆让出了路——

“你快看看，怎么了这是？”

“怎么突然就晕倒了？”

“刚才一直都好好的呀？”

荆喆想起那天急诊走廊里溘然长逝的老先生，更加心急如焚，生怕再耽误一分一秒，顾不上回答问题，急匆匆跪倒在阿姨面前。

虽然在心里默念着“不要慌”，但伸出手试探鼻息的那一刻，荆喆的右手止不住地发颤。

万幸的是，虽然对于周遭声响毫无反应，但阿姨的呼吸依旧平稳。

荆喆的心这才幽幽落下大半，努力摒除一切杂念，专心回想起当时所看所学——检查呼吸和……脉搏，颈动脉。

可手抖到根本找不出颈动脉的位置，她只好退而求其次采取普通人的土办法——直接摸心跳。

确认了心跳也在之后，荆喆才哆哆嗦嗦拿起手机。

一旁拨打急救电话的大妈在嚷嚷些什么，荆喆充耳未闻，在这样的时刻，出现在她有些混乱的脑海中的求助对象，只有唯一一个人。

荆喆只知道羿予珩会在七点半开始交班，并不确定他是否能够接听，但还是不假思索按下了那串数字组合。

果然，第一次尝试，以“对不起，您拨叫的用户暂时无法接听”告终——这说明羿予珩的手机就在手边，并且交班尚未结束。

可事态紧急，荆喆尝试了第二次——这一次，男人没有直接拒绝，却依旧没有接听。

荆喆犹豫了片刻，还是坚持拨出了第三次——

“怎么了？”

电话终于接通时，羿予珩将严肃的声音压得很低，心照不宣认定了她有格外紧急的事情要讲。

似乎这个镇静的声音本身就是宽慰，荆喆如释重负开口时，多少恢复了冷静：“有个阿姨在公园里晕倒了，叫不醒，有呼吸，有心跳，已经让她平躺在地，打了120。”

“你做得很好，”羿予珩同样直入主题，“人有没有抽搐？”

“没有。”

“有没有发热？”

“没有。”

“晕倒时有没有蜷缩或者捂胸口之类的动作？嘴唇发不发紫？”

“没有，像是突然失去平衡一样栽倒的。”

“你仔细观察，有没有口角歪斜的情况？”

“不确定算不算……”

“那多半是 TIA[14] 或者脑梗，”羿予珩果断迅速得出结论，“你把她的头偏向一侧，等救护车。”

荆喆这才彻底放下心来，执行命令之前，谨慎而认真地问：“哪一侧？”

羿予珩被这个问题萌到轻笑了一下：“随你，这样做只是为了保持气道通畅。”

将阿姨的头摆至右侧，荆喆站了起来：“所以等下我和急救人员说可能是……什么是 TIA？”

“不用这么细，”男人的回答万分笃定，“就说是脑卒中。”

“那不就是中风吗？”荆喆忽然回过神来。

“前者听起来专业得多，不是吗？”羿予珩语气中的笑意未减。

“喂！”这样的时候，这个人怎么还有开玩笑的心情？

“不怕，问题应该不大，”羿予珩这才正色道，“估计来医院溶个栓就行。能联系到家属吗？”

“我这就试试看，”救人要紧，荆喆当机立断准备挂断电话，“刚刚谢谢你了。”

但电话另一端的某个宝宝对这样客套且仓促的“挥之即去”产生了很大意见——

“如果一时联系不到的话，你跟着救护车过来吧。”

“呃……为什么？”老实人瞬间压力山大。

---

⑭ 全称 Transient Ischemic Attack，中文译为短暂性脑缺血发作。

“无论是来做 CT、核磁还是造影，都需要有人先交费。”

“好……”雷锋做到底的老实人义不容辞乖乖应允。

“反正我就在急诊，你到了给我打电话，我带你去。”

老实人隐隐觉得好像又有哪里不对，但还没来得及细想——

“那我回去交班了，你路上小心。”

魔鬼不由分说匆忙挂上电话的那一瞬间，老实人如梦方醒——

等一下！其一，既然他准备一同去交费，为什么还要她到场而不能由他先行垫付？其二，交个费而已，她作为一个有手有脚识字认路的成年人，为什么要他带？

然而到达医院，急诊分诊台的护士初步判断了阿姨的情况之后，立即开启了“卒中绿色通道”。

护士匆忙提到挂号交费时听说荆喆和已经恢复神智的阿姨并没有任何关系，一边无比诧异地看了荆喆一眼，一边丢下一句“那先办欠费，家属来了再补交”便带着两人向诊室走去。

随后，老实人更加深刻体悟了什么叫“男人的嘴，骗人的鬼”——

在等待阿姨的各项检测结果时，魔鬼又打来电话，充满歉意地表示必须要优先抢救两个打架斗殴时没轻没重，一个被砖头开了瓢，一个被刀捅出肠子的“热血”青年，只能随后再来。

荆喆只好任由泪眼汪汪、生怕她离开的阿姨死命拽住她的手，古道热肠话起了家常——

“小姑娘，谢谢你救了我哦。”

“今年多大啦，在哪儿工作啊？”

“还在读书啊，读的什么呀？”

“喔哟博士吗，可太厉害啦。”

“等我儿子来了，一定让他好好感谢你。”

“你看我一个人来盛川照顾怀孕的儿媳妇，老爷子也不在身边，举目无亲的。我最怕扎针了……”

……

这样的热情让荆喆几乎无从招架，可那句“阿姨，我还有事先走了”几经犹豫愣是没能说出口。

唐阿姨在市郊科技园工作的儿子风尘仆仆赶到之前，除去为阿姨买水的五分钟，荆喆几乎寸步不离陪着她在留观室打了近一个小时的静脉点滴。

一切发生得莫名其妙。然而通过这两个小时的相处，荆喆充分发掘出了与中老年妇女相谈甚欢的神奇潜能——虽然是全然的陌生人，但聊天时她并没有像自己曾经担忧的那样感到不适。

面相和善的唐阿姨显然很喜欢荆喆，甚至郑重嘱托道："你有文化，替我给孙女选个名字吧。"

两人正探讨着是爷爷起的"董思涵"，还是奶奶起的"董雨萱"更好听时，一句声如洪钟的"妈"惊慌失措打断了气氛温馨的闲聊。

典型码农打扮的董先生只来得及放下背包，便遵照医护人员的指示，像陀螺一样跑前跑后地开始补交费用以及办理住院手续。

他终于得空加上荆喆的微信，还掉水钱并拼命表达感激时，几人已经走在了护送唐阿姨去 CSC[15] 的路上——

"荆小姐，谢谢你救了我母亲的命。"

"今年多大啦，在哪儿工作啊？"

"哎，我有个表妹和你一样大，就在盛川大学读研。"

"说起来她男朋友就是这个医院的医生。"

"哪个科我也不晓得，好像还在实习吧。"

……

在董先生和亲妈如出一辙的热情攀谈下，荆喆再次被世界之小震惊到无言以对——

"荆小姐，你看这缘分，那更得请你吃饭了，晚上我把竹昀也叫来。"

"没关系啊，把你们那位共同的好友也一起叫上，这回好好认识一下，多个朋友总没坏处。"

"你千万别客气，我妈的命是你捡回来的，一顿饭只能算聊表心意。"

---

⑮ 全称 Comprehensive Stroke Center，译为综合卒中中心。

“你看，你要是不给这个面子，我妈都说她不愿意配合治疗了。”

同行的年轻医生和护士也投来殷切友好的注视，头皮一阵发麻的荆喆正左右为难时，羿予珩的电话适时拯救了尴尬——

“抱歉，我这里刚结束。”通话的背景有些杂乱，男人的声音也不甚真切，“你那边怎么样？”

荆喆微微压低声音：“没事，溶好栓了。好巧，这个阿姨是你室友女朋友，呃，邵竹昀的大姨。”

羿予珩也震惊到无语了半秒：“你们现在在哪儿？我先替他过去看一眼。”

“呃，在去卒中中心病房的路上，阿姨需要住院观察。”

男人沉默了片刻才重新开口：“好，到了把病房号告诉我。”

荆喆感觉他这句话说得有些迟疑，但压根来不及细想，挂断电话时董先生已经再次诚挚开口——

“荆小姐，你一定要赏这个脸，不然我和我妈良心都不安生。”

手依旧被阿姨紧紧攥住不放的荆喆因为“良心”二字更加犯了难，不过好在，此时一行人已经走进病区走廊，这个话题随着董先生到护士站办登记手续再次不了了之。

病房里一片密不透风的白色背影将荆喆和唐阿姨同时吓了一跳。

“今天正赶上我们主任教学查房，来的人多，但咱们进去安顿咱们的。”陪着她们一同进门的护士压低声音，蹑手蹑脚推着阿姨绕开这群聚精会神听讲的白大褂，在最靠窗的病床前停了下来，“来，我扶您躺过去，慢着点。”

荆喆一边帮着搀扶唐阿姨，一边好奇瞟向旁边的医生们。

众人求知若渴的目光纷纷集中在隔壁病床左侧，正在对着一位年轻人“训话”的中年女医生身上。这位女主任声音是不急不躁的温和，虽然只有一个模糊的侧影，但一眼能分辨出气质与脾气俱佳。

在结结巴巴、汗珠直淌的年轻医生拼命点了点头后，主任忽然转过头来，更换了提问对象。

“SAH 病人”和“脑脊液置换”荆喆不明其意，但在那一瞬间，她觉得仿佛有一缕微光照进黑暗——

这是一张像朱茵和赵雅芝结合体的，极其标致的美人脸孔，完全看不出确切年龄段，美到荆喆觉得她比电影明星还耀眼。

荆喆莫名想到之前徐主任调侃羿予珩那句“查房时躲到最后面一问三不知”，她有些坏心地想，不知道碰上这样漂亮又温柔的主任时，他会不会愿意往前凑一凑。

羿予珩用实际行动回答了荆喆的疑问——

在他推门走进病房时，查房的大部队已经解散，只剩唐阿姨的管床医生、两三位年资较长的主治医生，以及美女主任围在唐阿姨病床前，尽职尽责询问起病情。

看到羿予珩的一瞬间，双颊立竿见影开始发烫的荆喆慌忙移开了视线。原本还在兴味盎然听着医生交代注意事项，但此刻，她一片乱麻的脑海中仅剩带些羞赧的“怎么办”三个大字。

她用余光瞥到，男人的步伐明显一顿，悄然倒退半步，不动声色向着空空如也的衣架后隐了隐。

看来是害怕所有主任。荆喆将目光死死放在美女主任的领口，一边默默得出结论，一边偷偷看到她胸牌上“禹令仪，神经内科，主任医师”几行小字。

“血压和血糖都不算高，恢复得挺好。”禹主任仔细看过唐阿姨的检查结果和化验单，柔声说道，“等下还会有人过来给你做个测试，不用紧张，就是听指令做些动作。”

“哦，好的。”唐阿姨似乎也被这张盛世美颜深深吸引，直勾勾地盯着禹主任看，“太谢谢你们了。”

“不谢，你蛮有福气的。”禹主任像是早已习惯被人“观赏”，并不在意，看了荆喆和站在荆喆身边的董先生一眼，笑了笑，如邻家阿姨一般亲切回应道，“我看你儿子一直尽心尽力地忙前忙后，儿媳妇也这么孝顺地陪着你……”

虽然冻龄美女的笑容让荆喆沉醉不已，但是等一下！神智她总归还是——

“妈。”

一声无比阴沉的低唤毫不留情地打断了禹主任。

羿予珩半靠在墙上，双手环胸，面无表情地看向这里，眸光深幽得可怕。

知君用心如日月

Chapter 10

倏然诡异的气氛中，荆喆险些双膝一软，跪倒在地。

见主任脸上的笑容在回头看到儿子的一刹那消失得无影无踪，禹主任身边一个三十来岁的男医生慌忙打起圆场：“予珩，好久没看见你了。”

“我替陈湃和他女朋友的大姨打个招呼，”羿予珩冷淡而礼貌地朝着几个白大褂点了点头，将双手插进白大褂的口袋里，笔挺地朝唐阿姨的病床走来，“阿姨好，我是陈湃的同学，您还好吗？”

美女主任加男模医生的母子组合无疑看呆了唐阿姨，震撼之下，一时怔在原地。

还是董先生见机而行拍起马屁：“哎呀，您儿子也是医生啊，长得真精神，承蒙关爱。”

然而——

“陈湃是个很机灵的小伙子，在科里实习的时候特别招人喜欢，”禹主任没有接过话茬，只重新对着唐阿姨和蔼可亲地说，“那你好好休息，问题不大，我们就先走了，有事随时按铃。”

“哎，好的，多谢您，慢走。”董先生连忙道谢，绕过荆喆送几人出门。

“不用送。”禹主任示意董先生留步，又向唐阿姨打过招呼，没再看羿予珩一眼，只留下一句不咸不淡的“急诊杂事多，你擅自离岗被侯主任知道了，不好”便带着几人离开了病房。

在低到令人窒息的气压中，荆喆借机起身：“唐阿姨，那我也走了，您好好养病。”

男模医生目不转睛投来的冷冰冰的注视让唐阿姨将“再多坐坐”莫名咽回了肚里，只对着荆喆第N次重复道：“今天多亏你救了我，也谢谢你陪了我这么久……”

眼见阿姨说着说着又要激动地伸手抓住自己，荆喆巧妙地侧身避过，后退半步，微笑着开口：“没事，您一切都好我就放心了，我改天再来看您。”

可她绕过病床转身的一瞬间，还是猝不及防间被折返回母亲身边的董先生紧握住双手，郑重地摇了摇：“荆小姐，我刚才和竹昀说过了，她也执意要我再表达一次感谢，那说好晚上一起请你吃饭。”

“呃……”荆喆尴尬地抽回手，不着痕迹地再后退半步，一方面想尽快从这对母子过于热情的招呼中脱身，一方面对于拒绝这样三番五次的诚恳邀约于心不忍，最终应允道，“那多谢你们。”

“真是太好了，晚点微信联系，谢谢你啊荆小姐。”

董先生殷勤地跟在荆喆身后，准备再送恩人出门——

没走出两步，赫然天降一道白色墙壁，严严实实拦住了他的去路。

“你留步吧，”比董先生高出半个头的羿予珩寒意十足，居高临下地开口，“阿姨还需要人照顾。”

在董先生反应过来之前，羿予珩已经朝着不明所以看向这里的唐阿姨点点头：“那您好好养病，中午陈湃会来看您，我们先走了。”

额外加重的“们”字，让正回头和阿姨挥手告别的荆喆心跳猛然一阵加速。

魔鬼周身密布的阴云并没有因为离开病房而消散半分，连步伐都比平日快上不少。

荆喆对于羿予珩与父母的矛盾略知一二，因此完全顾不上为捅破窗户纸后的初见羞涩尴尬，小心翼翼地试探道：“呃……你妈妈真的好漂亮。”

羿予珩向着一个擦肩而过的中年护士打过招呼，回应她的语气算不上友善：“是吗？”

看来聊父母会踩雷——荆喆聪明睿智地更换了话题：“刚刚那两个打架的小伙子怎么样了？”

魔鬼瞬间变得更加阴冷，无比勉强地接口：“没事了。”

谈工作也不甚明智——荆喆只好打量起周围的环境来：“呃，那……现在要去什么地方？”

羿予珩对着一个迎面而来的男医生礼貌点头问好后，才淡淡开口：“护士站。”

老实人对于医院里除去卫生间的所有地方都充满警觉，不由得放缓了脚步：“要干吗？”

魔鬼察觉到她的迟疑，将脊背挺得更直，微微抬高声音：“洗手。医院里很脏，必须要勤洗手。”

荆喆先是从护士站洗手池上方张贴的破旧图例里初步了解了“七步洗手法”的标准流程，接着又观摩了这位全家从医的白大褂是如何将理论基础与实际操作结合得完美无缺，最终，在洗手艺术家的密切监督下，得到了亲自体验这门艺术的宝贵机会。

第一步，手指并拢，掌心与掌心相互揉搓——

“上个月的时候，有条新闻，”羿予珩背靠在墙面上，平静的声音随着水流声突兀响起，“有个小伙子好心搭救了一个突然晕倒在路边的老太太。”

第二步，手心对手背沿指缝相互揉搓——

“结果因为抢救措施不力，反被老太太的家属告上法庭。”

第三步，掌心相对，手指交叉沿指缝相互揉搓——

“这种外行人见义勇为的行为，值得称赞，但不值得提倡。”

“当时哪顾得上想这么多，我看过你们是怎么救人的，所以才知道那些阿姨做得不对。我怕心跳骤停，晚几秒就成植物人了。”悄然反驳了魔鬼的说法，老实人重新默背起洗手的步骤。

第四步，弯曲手指关节在另一手掌心旋转揉搓——

“还有一条新闻，”羿予珩不置可否地开启了另一话题，“有个小姑娘好心帮助了一个号称需要借几块钱现金的陌生人，为了还钱，陌生人要走了她的微信号。”

第五步，一手握住另一手的大拇指旋转揉搓——

“小姑娘点开那个人发来的红包之后，银行卡里的钱全被盗走了。”

第六步，五个手指指尖并拢在另一手的掌心揉搓——

“这种毫无戒心加陌生人微信的行为，”羿予珩的神态和语气无限接近教导主任，“既不值得称赞，也不值得提倡。”

……

老实人这才后知后觉又啼笑皆非地恍然大悟，魔鬼全程黑脸的真正原因是什么。

将最后一步的“一手握住另一手腕揉搓”认真执行完毕后，荆喆强忍住笑意扬起头来：“刚刚那位董先生，老婆怀孕五个月了。”

“他老婆怀孕几个月，和我有什么关系，”魔鬼迅速将头转向另一侧，语气依旧不甚友好，只从白大衣口袋里掏出一包纸巾放在水池边上，然后果断抬腿走人，“手，擦干。”

这一次，纸巾的包装上印着的，是抱着香蕉笑得心满意足的小黄人。

从卒中中心走回急诊这段人山人海的路，两人再也没能完整地进行任何对话——总有与羿予珩相识的白大褂或放慢脚步，或干脆停在两人面前热情地攀谈一番。

年轻的女医生或女护士荆喆还能理解，但在第三位看起来德高望重的中年男医生特意前来与羿予珩客气地寒暄过后，她忍不住好奇地感叹：“你认识好多人。”

羿予珩示意荆喆右转走进病房与门急诊大楼的空中连廊，讥诮十足：“他们‘认识’的未必是我……”

话音未落，男人的脚步明显一顿——荆喆在那一刻莫名觉得，如果不是她在身边，他会毫不客气直接掉头走人。

迎面而来的是支浩浩荡荡的队伍，为首的几位都是短袖衬衫加西裤的官场打扮，背着手信步闲庭聊得正欢。后面走着几排衣着整齐，安静肃穆的白大褂，两侧还零星跟着几位举着拍摄器材的记者。

这样声势浩大的阵仗显然昭示着“重要领导视察工作中”。

连廊不算宽敞，两人随着前面的行人向边上靠了靠，默默避让开来。

荆喆清晰感到，这群领导每向前迈出一步，从羿予珩逐渐紧绷的身上传来的，与那晚接听母亲电话时毫无二致的防备与抗拒便加深一分。

辨别出羿予珩的父亲，荆喆丝毫没有费力。

走在最前面的几人缓步经过时，羿予珩直接视而不见转开了头，而这排显然位高权重的中年男人中间，最人高马大气宇轩昂的一位面若寒潭地皱了皱眉，投来怏怏不悦的一瞥——

犀利得与羿予珩露出同款目光时百分百相像。

然后，羿父才循着身旁矮胖男人一声“羿院长”转回头去。

这声十足恭敬的称呼让荆喆微微一惊——难怪羿予珩刚刚会被各种主任如此看重，也难怪他会充满不屑地那样回答……

电光石火间，一声故意没有打响的响指成功唤回了荆喆和羿予珩两个人的注意力。

让荆喆印象十分深刻的橘子……啊不，徐主任突然从天而降——

“巧了，我正想找你谈谈呢。”与敢在领导眼皮底下公然离队的散漫形成鲜明对比的，是此刻徐主任脸上不苟言笑的表情，“刚才你爸和我说，前几天你把你妈气出胃溃疡？”

羿予珩双眸一凛，一言未发地低下头。

“年轻人，我看你确实在叛逆不羁的岔路上走远了。”徐主任略带责备的目光扫过羿予珩，转向荆喆时才恢复了笑眯眯的和蔼可亲，“荆喆是吧？又来找大帅哥看病了？”

语气中清晰可辨的调侃之意让老实人脸微微一红，一时不知从何说起，正准备开口问好——

“我得赶紧走了，”徐主任却已经急匆匆迈开步子追着大部队而去，走出两步又突然回头提醒了一句，“不好好在科里干活，整天在外面乱晃，你真得小心被人投诉。”

随着徐主任高瘦的背影风一般飘离视线，气氛再次陷入隐隐的尴尬。

对比前后几位中年男人招呼羿予珩的态度，只有徐主任像个纯粹的长辈，荆喆便从这位顽童一般的橘子主任入手，打破了沉默：“徐主任好像和你父母很熟。”

“他和我妈小时候是邻居，从初中到研究生又一直是同班同学，据说是实在受不了每天再看到对方才选了不同的科，”依旧处在气旋中心的男人带些狼狈与无奈回应道，“有时候比我舅还像我舅。”

注意力缺失症患者被这妙不可言的缘分惊到目瞪口呆，忽然活络的思维从竹马戏青梅瞬间跳转至言情小说中的各种狗血桥段，再一不留神跳转到了——

“他们竟然没给你定个娃娃亲吗？”荆喆充满“这故事不完整”的意犹未尽与……遗憾。

羿予珩微微挑眉，投来的目光无比令人玩味，像是在认真探究这样无厘头的问题从何而来。

被端详到心跳不稳的荆喆再次产生了想要学习遁地术加隐身术的冲动，可是——

自己作的妖，跪着也要做到圆满。

她理不直气不壮但强行理直气壮地小声找补道：“呃……还是说，徐主任家也是男孩……”

羿予珩停下脚步，微微侧过身，有意无意将她“困”在了他和连廊的玻璃墙面之间。

“徐叔叔的太太恰好也是医生和博士。根据某人的理论，这四位都是‘读过书的高级知识分子’，不应该如此‘僵化死板’，性别构不成阻碍才对。”

男人炯然发亮的眸中，再也找不出一丝寒意或疏离，满满都是冰雪消融后的温柔莞尔，零星闪烁着荆喆熟悉的戏谑与揶揄。

看小可爱越发惊慌失措地偷偷向后躲去，微红的小脸上重现反应慢半拍的呆萌，羿予珩的心情无缘无故地由阴转晴。

烦心事固然不会因为细看她这一眼而烟消云散，但爱情催生的荷尔蒙的确堪比良药——

“能够盯着你看就是快乐 / 仿佛垂下去的果实凝视大地 / 现在，还不能把一颗果实的核说出来 / 如同神谕，如同箴言”[16]。

虽然眼下尚不能将小可爱拥入怀中感叹上一句“你为什么这么可爱”，但能说能做的事有——

“不过，”羿予珩微微扬起嘴角，伸手将荆喆柔顺的披肩长发在头顶造型成蓬松的鸟窝，“徐叔叔家还真是个活泼伶俐的小妹妹。”

魔鬼温热的手掌轻落在头顶的一瞬间，“这次确定没有敌敌畏”最先在老实人脑中一闪而过。

然而，在她如梦方醒地意识到魔鬼戏耍她的招数突然华丽升级，正准备奋起反抗时，男人白大衣口袋里的手机铃声打断了她所有的不甘——

羿予珩接得迅速，答得果决：“好，马上。”

熟悉的开端，熟悉的过程，熟悉的结局——

“抱歉，科里还有事。”羿予珩边收起手机边解释道，“急诊忙，我可能没空吃午饭，你先回去吧。”

虽然是被魔鬼坑骗来的医院，虽然她被坑骗到医院后两人并没有说上几句话，但因为这一趟行了善事，在“赠人玫瑰，手有余香”的快乐之下，老实人宽容大度地选择原谅：“好。”

魔鬼欲言又止地看了她一眼，语气重回僵硬死板：“大晚上黑灯瞎火的，危险。和邵竹昀他们吃完饭……早点回家。”

你姓安名嘉和吗，怎么不直说“不要和陌生人说话”呢——在心中酣畅淋漓地吐槽完毕，荆喆才同样正色开口：“羿予珩，至少给你妈妈打个电话吧。”

“知道。那你回去路上小心。”羿予珩点点头，转过身，大步流星消失在连廊尽头。

---

⑯ 引自余秀华《晚秋》。

荆喆站在原地，对着玻璃默默将被偷袭的头发重新捋顺。

等一下！魔鬼绕了半天却没回答她的问题，所以，他和活泼伶俐的小妹妹到底有没有娃娃亲？

想象力越发五彩纷呈的荆喆动作不由得一停，为自己的作茧自缚深感懊悔——好吧……她果然还是有些介意。

穿梭在摩肩接踵的门诊里，羿予珩重新拿出手机，拨通了陈湃的电话：“我刚刚去看过了，阿姨没事，你们放心吧。”

“珩爷，哈佛妹太给力了，不愧是你妹子。”陈湃二话不说先是一通花式吹捧，“竹昀从小和这个大姨最亲，现在恨不得马上和你妹子结拜……”

“算了吧，”羿予珩不为所动，为了节省时间绕过人满为患的扶梯和直梯，直接走楼梯下楼，“我看表达感激最好的方式就是少去传播别人的八卦。”

“哥，那事都过去多少年了，”陈湃瞬间无语，“您就大人有大量，赶紧给忘了。”

“你问问邵竹昀，他们晚上在哪儿吃饭，”某人依旧不为所动，“我看她表哥不像什么正经人……”

“我说，她表哥根正苗红盛川大学计算机系研究生毕业，”陈湃强忍住嘲讽之意，“今年都三十了，和她嫂子在一起，我想想，怎么也有六七年了吧，人家夫妻感情好得很……”

“七年之痒听过吗？”某宝宝不为所动的语气冷漠至极，“老婆怀孕期间男人出轨率最高知道吗？”

陈湃再也没忍住，直接笑出声来：“你是真的有剧毒。怎么着，要不给妹子准备套防护服？或者弄身阿拉伯罩袍？再或者您老人家干脆亲自陪着赴宴？”

“少废话，问去。”魔鬼不为所动地推开楼梯间通向一层急诊的门，“陪不了，今天晚上我回趟家。”

对于羿予珩，从急诊回家其实比回宿舍更近。然而这个仅在两个街区外的小区，自一年前搬到医院宿舍开始实习之后，他只踏入过寥寥数次。

这屈指可数的“数次”，几乎都以和父母的不欢而散而告终——无论话题是“学习”还是“相亲”，都会在三言两语间成为矛盾爆发的导火索。

习惯了与父母间的别扭疏远，很长一段时间以来，羿予珩既不再去回溯矛盾的进化史，也从未想过改变现状——一切犹如在真空中的光滑平面上匀速前行的小车，不受外力时，运动状态永远不变。

但现在，那个有生以来唯一改变过他“运动状态”的外力，重新作用于身侧。

羿予珩提着从食堂买的小米粥走进单元门时，刚好碰上楼下邻居家的儿子去和朋友打篮球。两人许久未见，当初将及他胸口高的小毛孩现在只需要微微抬头便能轻松对上他的视线——

“予珩哥，我妈至今还在不停念叨你当初的光荣事迹，太可怕了。

“你看现在我都要上高二了，你还是这一片所有小朋友的心理阴影。”

羿予珩淡淡回了一句“那你就努力消除这片阴影”，默然走进电梯。

如果真能沿着时间的轨迹逆行，一切恰好始于羿予珩高二那年。

从最初的“我们希望你学医”到后来的“你最好去学医”，再发展到最后那句使一切尘埃落定的“我们儿子是要学医的，不怕参加高考”，十七岁的少年破釜沉舟走上了长辈眼中“叛逆不羁的岔路”——

他故意考砸了物理奥林匹克竞赛国家队的选拔考试，与 IPho 和 APho [17] 最终的 13 人名单失之交臂，却只换来父母一句云淡风轻的“不要紧，你已经做得很好”。

他不顾校领导和所有老师的好言相劝，毅然在高二提前退役，彻底断绝了在高三重新冲击国际竞赛奖牌的可能，却只换来父母一

⑰ IPho 全称为国际物理奥林匹克竞赛，APho 全称为亚洲物理奥林匹克竞赛。

句不痛不痒的“随你，那就好好准备高考”。

可那时他终归年少，天真地以为赌上的筹码有整个世界那般沉重，殊不知在家长眼中，对“前途”二字影响寥寥的，都轻于鸿毛——他们为他设定的未来是要身披治病救人的白袍，于是其余皆无关紧要。

直到他篡改了与既定前途息息相关的高考志愿，才终于如愿激怒父母。

钥匙插进锁孔中，向右旋转时传出轻微而熟悉的“咔哒”一声。

日常摆放在玄关里的拖鞋早就没了属于他的第三双，羿予珩弯腰从鞋柜中找出一双应该是父母出差时从酒店带回的一次性棉拖换上，将钥匙丢进鞋柜上方用来收纳小件杂物的檀木盒子，轻手轻脚穿过空无一人的客厅。

“今天回来这么早？不是有应酬吗？”

和厨房水池中的流水声一同传来的，是羿母带着十足意外的温柔问候。女人微微弯腰专心刷碗，没有回头，盛夏傍晚的残阳浅浅映照在她亭亭玉立的背影上，几乎不见岁月的痕印。

“妈……”羿予珩将手中的小米粥放至一旁的料理台，迟疑了片刻才淡淡开口。

羿母的双手微微一抖，冲洗盘子的动作随之一停，却依旧没有回头：“你怎么回来了？”

“徐叔叔说你病了，”羿予珩微微低头，再抬头，“我买了小米粥。”

“老毛病了，”羿母将最后一个盘子冲洗干净，放在手边晾晒碗筷的架子上，“不是大事。”

“兰索拉唑按时吃了吗？”羿予珩半靠在门框上，看母亲拿厨房纸将水池边擦干。

“在吃。”羿母将双手在围裙上擦了擦，终于转过头来，投向儿子的目光有些复杂，小心翼翼中隐藏着隐约的欣慰，“你还没吃晚饭的话，我再去做点。”

那时但凡父母提到“学医”或与之相关的字眼，他的反感与排斥几乎源自本能，永远以“我要学物理”然后不留情面地离席而终结对话。

十七岁的羿予珩的确满腹委屈与不甘，不懂为何向来宽容的父母唯独不愿在这件事上倾听他的想法。可被满腔怒火蒙蔽阻隔的，是理智思考与顺畅沟通的可能。

正如他认定父母从未试图理解他的不满，其实他也从未真正耐心聆听过父母的辩白。

之后一意孤行为父母扣上的一顶顶“罪恶之冠”，实则建立在未经滤过的盲目怨恨之上——可笑在和荆喆谈起沉锚效应时，他竟那样振振有词。

令他重新审视这些的，或许是荆喆之前耐心劝慰的“父母总归希望你好”，或许是禹女士对别人的母亲艳羡说出的“你蛮有福气的，儿子这么孝顺”，或许是徐叔叔直言不讳提点的“你确实走远了”。

又或许，是上午在病房里，柔和的阳光同时撒向站在阴影里的母亲和站在窗棂边的荆喆身上，却不知为何，在母亲闻声转身的一刹那，一明一暗的对比下，只衬得荆喆青春靓丽，风华正茂。

而在羿予珩的记忆之始，被誉为院花的母亲比如今的荆喆大不上几岁，也曾是这般年轻模样。

“不用，我吃过了。”羿予珩走到水池边仔细洗起手来，应尽的问候结束，反而不知该说些什么，只好将洗手的过程默默拖长。

略带尴尬的沉默中，羿母回身将小米粥放进冰箱：“最近我和你爸不常在家，家里没有水果。”

“不用。”将擦手的过程也尽量拖长，拖无可拖之下，羿予珩终于转身倚向橱柜，将目光放在母亲脸上，“我就回来看一下，你注意饮食，好好休息。实验室还有事，我先走……”

“今天病房里那个小姑娘，”羿母弯腰捡起地上的一片纸屑扔进垃圾桶，淡淡开口，“是你书柜里那张合照上的小姑娘吧。”

脑中蓦然一片空白的羿予珩被这句话牢牢定住。

“之前在科里实习的那三周，‘禹主任’你叫得比谁都顺嘴，”

羿母从饮水机中接了一杯温水，静静地放在羿予珩手边，“我琢磨了半天，为什么今天突然想起来叫我‘妈’了。”

羿予珩的呼吸急促了半分，语言中枢彻底失灵。

“从小到大，每次你用这个语气叫我，就是在表达不满，”羿母拿过扫帚，不动声色开始扫地，“所以，肯定是我说了什么你不高兴听的话。”

见儿子犹如被雷劈过一般狼狈地呆立原地，羿母朝着餐桌的方向扬扬头，轻声补充道：“拿着水那边坐，你杵在这儿我扫不干净。”

“这么多年，我和你爸一直奇怪，你当初数学学得好好的，怎么突然在高二嚷嚷着要学物理，”羿母说话从来不疾不徐，柔和至极，却也甚少展露过多的情绪，“直到今天。”

知子莫如母，禹女士笃定羿予珩一时半刻不会再开口，于是一边和藏匿在厨房地面边边角角里的灰尘做斗争，一边继续平静说了下去——

“我是觉得小姑娘有些眼熟，想了想，应该是在家里的什么地方见过。回来之后特意找了找，果然就在你书柜里那张照片上。

“然后我才头一次留意到，角上印着‘高一物理集训队合影留念’。可你明明高二结束才退役，怎么不放高二的照片呢，我就把两张照片拿出来比对了一下。

“我一直以为你放物理集训队的照片，单纯是为了向我们抗议，但现在看来应该不止这个原因。”

魔高一尺，道高一丈。

端着杯子傻站在厨房外，内心遭受到十万点暴击的某宝宝不由得腹黑地怀疑到，通常会用扫地机器人解决类似家务的母亲此番特地选择手动模式，只是为了使形象更贴近“深藏不露的扫地僧”。

“再然后我又想起来，你们班是有个女生高二去了美国。高一的时候还拿过年级第一。

“名字也好记，荆喆，对吗？”

设问句，顾名思义，用来强调结论的明知故问。

但羿母没有抬头，反而走到厨房更深处，将腰弓得更低了些——

“那天在电话里，你突然说交了女朋友，我确实不相信，看来是错怪你了。

“她是趁着放暑假才回国的吧？现在在哪里读书呢？”

这样的时刻，将【本宝宝太难了.jpg】和【本宝宝竟无话可说.jpg】展现在脸上不单单是不酷，而是逊爆了，所以羿予珩默默后退几步，将举到手抖的杯子轻放到餐桌上，疯狂镇静了片刻，才勉强维持着不动声色的淡定，面无表情回应道：“哈佛。”

闻言，羿母终于直起身来，微微游离的眸光幽幽黯了下去，甚至脸色随之苍白了半分。

良久的相顾无言，静到时间仿若悬停。

“这些年，你究竟在恨什么，我总算知道了。”羿母叹了口气，再开口时语气轻到有些缥缈，“予珩，要是问我和爸爸后不后悔……”

“令仪，快来接一下东西，今天他们为了迎接省里……”

一声雄浑有力的叫喊突兀地打断了羿母，然后戛然而止。

羿父双手提着满满当当的果篮站在玄关，透过客厅隔断的镜子，敏锐捕捉到母子二人正隔着西式厨房的吧台遥遥而立，像是在对峙。

男人随即放下手中的重物，甚至没顾上换鞋，三步并作两步踱进屋内，妻子惨淡的脸色和儿子僵硬的站姿让疾言厉色的埋怨脱口而出：“你还回来干什么？非要把你妈气死才罢休？”

身后飘来若有若无的酒味——毫无疑问，母亲口中的应酬由今早莅临医院视察工作的省里领导组成。羿予珩向来反感这些，微微皱了皱眉，将双手插进裤兜中，面色冷峻地转过身。

两个一米八几的男人这样剑拔弩张地平视对方时，气氛骤然冷若冰霜。

羿母慌忙放下了手中的扫帚，欲澄清误会：“承敏……”

但羿父强硬的兴师问罪将这声柔和的轻唤彻底盖过：“你为什么换实验室？”

显然，神通广大的父亲已经听闻了羿予珩准备选精神科和刘主任做博导的事，并且对此怒火中烧。

“跟着自己的导师做实验，天经地义。”羿予珩语气同样强硬。

“胡闹！”羿父声如洪钟地斥责道，“我还从来没听说过哪个临八的学生选精神科。”

“我也没听说过哪个搞数学或物理竞赛的学生学医。”羿予珩毫无惧色地微眯起眼睛。

“予珩……”羿母绕过吧台，为难地各看了二人一眼，像是在悄然抉择先将哪一位向后拖拽。

“这么大一个医院，”羿父冷哼一声，讽刺之意呼之欲出，“就没有其他入得了你眼的科了？”

“以我的成绩，无论去哪个能入得了‘你’眼的科，都会被人嚼一通‘滥用职权走后门’的舌根，”羿予珩同样讽刺地撇撇嘴，语气波澜不惊，“反复叮嘱我要低调的，不正是两袖清风的院长你吗？”

“羿予珩！”羿父脸色铁青地伸出右手狠狠拍向大理石台面，钝重的声响在羿予珩脑中低啸轰鸣。

“予珩，你好好说话。”羿母也不由得对儿子怒目而视，心疼地将丈夫拉离吧台——虽然从事行政工作多年，但若有疑难手术，羿父依旧是骨科主刀的不二人选，而外科医生的手，千金难换。

“妈，”羿予珩将所有情绪压制得滴水不漏，平静转向母亲，一字一句将刚刚被父亲打断的对话进行下去，“无论这些年你们后不后悔、有没有愧疚过，我都不可能回到过去重新选择。

“现在你知道了，学物理还是学医这件事本身，对我来说其实不重要。重要的是什么？”

羿予珩深吸了一口气，可再开口时声音还是有些颤抖，仿佛每一次断句，都需要更加克制半分。

“重要的是，你看到的合影里，那个笑得率真无邪的小姑娘，听说我莫名其妙跑来学医之后，为了替我弥补遗憾，傻子一样，跑去学了她不喜欢、不擅长，但我喜欢、我擅长的数学。”

第一次，羿予珩在父母面前近乎失态地抬高声音，犹如笼中困兽绝望的嘶吼。

“她是去了哈佛，但她学到不会笑了！”

羿母倾国倾城的脸上瞬间失去所有血色，而原本眸光阴沉，不明其意的羿父也微微一震。

在令人毛骨悚然的静中，羿予珩待呼吸平稳，重新将声音放得很轻，却是不容置辩的坚定。

“这一次，无论你们拿出什么理由，同意与否，又要背着我做些什么，我都会成为精神科医生。”

然后，羿予珩迈开修长的腿，向着父亲没来得及关严的大门走去——

“我先走了，你们好好休息。”

董先生选定的晚饭地点在中心医院正门附近的一家港式餐厅。

虽然沈沐歆因为早与别人有约没能前来，但在董先生的积极推动下，一顿晚饭的工夫倒也足够荆喆和邵竹昀从素不相识逐渐熟络到相谈甚欢。

正在经济系读研的邵竹昀想要继续读博，便在上学期旁听了一门博士生的高级计量经济学，被其中涉及测度论和纯数理统计的各种符号与证明折磨得死去活来。她正愁求助无门，没想到天降一条强健粗壮的大腿，疯狂膜拜之余，想要与荆喆结拜的意愿直接爆表，当下和荆喆交换了微信。

董先生结完账，等待服务员打包时，荆喆随口问起邵竹昀想要读博的原因——

“我们系有个超飒的女教授，我在本科上她的博弈论时就超级崇拜她，”邵竹昀的语气充满神往，“每次看她穿着干练的丝质衬衫和西裤自信满满地走上讲台，都觉得这就是我想要的人生。”

荆喆被邵竹昀倏然发亮的目光晃得微微一愣，深受触动地停了片刻，才带着笑意接口：“不过在美国倒是流传着这样的说法，选博导最好要远离亚裔，助理教授，和女性。”

“当然只是说说而已。人家季教授研究的东西比计量还要数学，”见服务员已经将剩菜打包完成，邵竹昀站了起来，语气充满遗憾，“像我这种数学渣，还是老老实实跑跑回归，搞搞应用吧。”

“有这个自知之明就对了。”董先生提起餐盒，打趣完表妹后转向了荆喆，“等下我开车送你回去？”

在服务员殷勤热情的“谢谢惠顾，欢迎光临”中，三个人并肩走向餐厅大门。

“呃，不用麻烦。”荆喆不假思索拒绝了这样的好意，“我坐地铁回家很方便，你好好陪唐阿姨吧。”

董先生对这个身上完美并存着亲和力与距离感的小姑娘也算有了些了解，不再强求，只率先推门而出，绅士地为两人拉住餐厅厚重的大门，回头对荆喆说道：“那你路上小心，今天真的谢……”

可话音未落——

“湃湃！”邵竹昀充满惊喜的呼唤打断了表哥的诚挚致谢，“你怎么来了？”

发自肺腑的快乐会传染，荆喆略带笑意的目光追随着邵竹昀激动到一步三跳的轻快背影，定格在几步开外，戴一副金丝边眼镜，斯文微笑着张开怀抱的高瘦男人身上。

而皓月千里之下，陌生男人身旁，站着英英玉立，静静看向她的羿予珩。

黑玉髓般璀璨的眸底沉静如城市难见星辰的黢黑天幕，却又朦胧燃烧着焮天铄地的缱绻火焰——黑洞事件视界的逃逸速度高于三十万千米每秒，可她只是伫立原地，自然无处可逃。

光的时空路径在这一刻是否扭曲荆喆无法判断，但没来由的喜悦满盈心间，像是无意见证了一场瑰丽盛大的烟火，夜色随之耀目斑斓。

于是，荆喆微扬起嘴角。

心有灵犀一点通

Chapter 11

“我们刚在食堂吃完饭，看着天气不错，”轻轻拥抱过女友，陈湃加重语气说道，“我就……强行拉着老羿陪我出来溜达溜达，给你个惊喜。”

“老实交代，你偷偷干什么坏事了？”邵竹昀仔细审视着男友，笑意盎然的脸上写满“不信”二字，“从来没这么浪漫过……”

“咳——”董先生示意两个年轻人发放狗粮要懂得适时适量，“你们俩……”

陈湃将女友牢牢搂进怀中，然后笑着转向荆喆，略带审度的目光充满好奇。

“你就是救了竹昀大姨的神仙姐姐吧？谢谢你。我叫陈湃，竹昀的男朋友，”陈湃礼节性伸出右手，却又尴尬地收了回去，在裤腿拼命擦了起来，“不过我刚刚吃了炸鸡，手还是不握了吧。”

这浮夸的演技让荆喆有些忍俊不禁，友好地点点头：“我叫荆喆。”

“啊，这是我室友。”陈湃不敢耽搁，连忙邀请某人闪亮登场，“全盛川大学最大的帅哥，羿予珩。”

“呃……”老实人左思右想了片刻，觉得这戏她确实接不住，只好老实开口，“我们认识的。”

还没等邵竹昀表示惊异，早有准备的陈湃已经眉开眼笑地引用起小岳岳：“这不是巧了嘛！那正好，你们叙叙旧，我们……就去看望竹昀的大姨了。”

陈湃推着不明就里的邵竹昀，催着满脸疑惑的董先生匆忙离开后，荆喆将笑意消化，淡淡开口：“你和室友的关系很好。”

“还行。”自认惊喜制造得完美无缺的大帅哥站到她身边，同样淡淡回应道。

“医学生的时间这么宝贵，”心情极佳的荆喆边走边发表起观后感，无意间也带上几分曲折婉转的戏谑，“如果某人没有拿之前那桩性向的乌龙相要挟，陈湃还肯这样帮忙，一定是亲室友没错了。”

在小可爱面前展露出“我又难了”的表情非常不酷，所以羿予珩决定选择性失聪。

“阿姨还好吗？”没打算收到回应的荆喆继续问道，“你身上没什么医院的味道，刚刚是回家了吧？”

“……”不是“我又难了”，是“我简直难上加难”。

“又和父母吵架了吗？”荆喆抬头看向羿予珩，眸光带着关切的探寻，“看起来很沮丧的样子。”

“……”不是沮丧，是“我现在难到不想说话”。

“好吧，那你想吃什么？”对男人的高冷并不陌生的荆喆不急不恼，只是四处顾望了片刻，“以急诊的下班时间，估计你到家的时候阿姨已经吃过晚饭了。”

弱小可怜又无助的某人虽然的确饥肠辘辘，却只想找个荒无人烟的角落自闭一会儿——前有禹洛克福尔摩斯女士那匹豺狼，后有荆尔克里波洛小姐这头虎豹，太难了，做人太难了。

“听说额外加糖的红豆冰沙会让心情变好，要不要试试看？”见回应自己的依旧是寂寞，荆喆在几天前同一家小店前停住脚步，好言相劝，“一份不够的话，可以买双份。”

魔鬼看了眼牌子上的价码，突发奇想问道：“已知每份五块，假设我有一万块用来吃冰沙，按照你这种指数型增长的吃法，如果每周来吃一次，能来几周？”

“……”老实人开始在脑中列算式，但列着列着……等一下！

“谁按照指数增长吃冰沙了？”

“那按倍数增长来算，这个简单。”魔鬼一副“答案显而易见”的气定神闲。

“也没有人会按倍数增长吃冰沙，”虽然这样抱怨着，老实人还是神志清明地迅速口算出答案，“如果首项按1计算，那令2的n次方减1小于等于2000，求n。而2的……11次方是2048，所以是10周。”

“错，”魔鬼大义凛然地严肃接口，“在今天晚上，我就会因为空腹吃冰而胃痉挛，吐到胆汁反流，不省人事，未必能活到下周。”

直接震惊出【我大概是只废喵了.jpg】的表情，且惨痛意识到魔鬼的花式戏耍根本不胜提防的老实人很想找个荒无人烟的角落自闭一会儿——这个人不仅是魔鬼，而且……有毒。

成功将小可爱也拉进自闭的壕沟中，魔鬼心满意足地开口：“不是要吃冰沙吗，进去吧。”

然而最终，两人还是在几个街区外，盛川市最负盛名的合光街夜市里坐了下来——在小可爱的规劝下，深感自作孽不可活的某人只得忍痛放弃了心心念念的冰沙，退而求其次，在“不会引起胃痉挛”的食物中选择了一家老牌卤肉饭。

虽是颇具历史的夜市，可炊烟袅袅之下，欢声笑语之中，往来穿梭的大多是朝气蓬勃的年轻人，其中不乏穿着校服背着书包的学生——在暑假这个时间点上还要出入学校的，只会是准高三的可怜人。

沉浸在香气四溢的卤汁味道里，荆喆一边对即将面对高考的孩子们默默献上同情，一边感念地回忆道：“上次来这里还是高中，没想到这么多年还是老样子。”

“和谁？”正闷头填肚子的魔鬼以最快的速度咽下口中的饭，警觉地抬起头来。

“集训队那帮人。”荆喆也很意外自己竟然能回忆出无比翔实的细节，“我记得那天是平安夜，之前下了场大雪，路面上到处是冰。松灏在经过前面那条小巷的时候，差点带得一排人一起滑倒……”

“我也在集训队，”卤肉饭里没有醋，但某人的语气酸溜溜，“为什么会被排除在‘那帮人’之外？”

“当时至少有五个人问过你，”荆喆露出黑人问号脸，“是你自己说有更重要的事，说什么也不肯来啊？”

“你看，骄傲使人落后。”羿予珩若无其事喝了口水，慢条斯理地开口，“你在期中拿第一之后放松了警惕，整天沉湎于吃喝玩乐中不务正业，才会被懂得用功的有心人反超，在期末退步到第二名。”

至此，荆喆得出结论，所谓痴情地喜欢了她八年一定是场华丽的骗局，这个人是母胎单身狗的真实原因是——他确实是注孤生的男N号，只是……长错了脸。

荆喆看着羿予珩面前这碗满满当当的卤肉饭以光速见底，微微有些心疼——这个工作不分周末节假日，没时间吃饭是常态的男人，或许已经很久不曾好好坐在餐桌前，细嚼慢咽享受一顿美食了。

虽然显得很没志气，但在羿予珩将碗筷收整齐，扬起头将塑料杯中的水一饮而尽时，老实人还是决定原谅这位情商时常游离在狄拉克之海⑱的魔鬼。

不过，她自欺欺人地认定，这样轻而易举的原谅和这张帅到让老板娘笑眯眯多加了一整勺卤肉和一整颗卤蛋的脸毫无关联。

见酒足饭饱的羿予珩身上终于没了那丝若有若无的戾气，荆喆知道，可以将刚刚没能进行下去的话题继续了：“你妈妈没事吧？”

“没事，老毛病了。”羿予珩没再抗拒，却还是低头玩起了桌上的餐巾纸盒。

荆喆的目光停留在男人修长的手指上，短暂思考了片刻该如何开场，才意有所指地平静开口：“在我抑郁最严重的那段时间，无论是想过去，想未来，怎么想都只有死路，然后永远会想到‘我为什么要来到这个世界’上。”

不出所料，她开口的瞬间，羿予珩面色肃然地抬起头来。

---

⑱ 指能级为负。

“我肯定在某些瞬间恨过生我的父母，恨他们早早把我一个人丢到美国，恨他们因为工作原因让我从小四处辗转，也恨他们工作太忙没能关注到我注意力方面一直存在的问题。”

荆喆却一动没动，同样肃然地继续。

“可是，恨显然无解，我恨他们的缘由也未必毫无偏颇。他们让我转学去上海，把我送去美国，拼命三郎一样工作，归根结底还是因为他们相信，这样会让我活得更好。”

荆喆若有所思地停顿了片刻，终于抬起头来，毫不退缩地直视男人的眼睛。

“后来我就不再纠结这个问题了。因为，他们在我成长过程里做的一切，无非是替我划定并排除了一些选择。但未来不可预知，因此选项本身难言优劣对错，且不以‘由谁来选’为转移。无论站在哪种选项所对应的入口，能不能走下去，能走多远，会活成什么样，活不活得好，都不在他们，在我。”

男人的双眸微微一凛。

但羿予珩的这双眼，这样无限温柔地锁住她时，杀伤力太大，所以荆喆还是默默抽开了目光。

“在第一学期，我的状态开始有点不对，但还没严重到不想出门的时候，有一天实在听不下去课，就翘掉了一节概率论……”

“读博了还敢翘课？”想到高一那节体育课，羿予珩微扬起嘴角，“不乖。”

当羿予珩带些慵懒与调侃说出“不乖”二字，杀伤力瞬间翻倍，所以荆喆将微红的小脸埋得更低。

“这又不是重点。重点是，穿过 The Yard，呃，就是那座很有名的假约翰哈佛雕像所在的一片本科生宿舍的时候，我想反正也没事可做，索性学本科生往草坪上一瘫，准备思考思考人生……”

“思考出什么了？”羿予珩的笑意扩大了半分。

“这片绿地是全学校游客最多的地方，有很多游学团或者拖家带口来参观那座铜像的人。反正我刚坐下，还没来得及决定从哪里入手思考，就被两个从国内来旅游的阿姨叫了起来。”

荆喆带些无奈慢吞吞说道。

“她们问我是不是哈佛的学生，听说我是之后，强行拉我探讨起孩子的教育问题。虽然有点烦，但有一句话让我印象深刻。她们说，因为就一个孩子，也没有经验，生怕哪一步做得不对误了前途。”

羿予珩的表情重回凝重。

“可毕竟是第一次做父母，怎么会不犯错呢。极端一点讲，如果把每天都看成全新的一天，那么做父母这件事其实也是每天从零开始。简化成最基本的 n 重伯努利实验，哪怕任意一天犯错的概率可以小到忽略不计，可连续十多年……也就是几万次的重复之后，一个错误都不犯的概率几乎必然为零。”

荆喆停顿了片刻，重新抬起头来，目光同样温柔如水。

“的确不是所有错误都有机会弥补与修正，可这种时候也只能将错就错。就好像，在考试里遇到一道完全没有思路的难题，当然可以去怪课本没提到，老师没讲清，甚至同学不肯帮忙作弊。但无论把‘解不出来’的原因归咎到谁身上，无论有多悔恨，它已经是既定事实，在交卷之前，也只能硬着头皮写点什么，总好过交白卷。”

“从来没有我解不出来的题。”某宝宝装作听不懂的样子，傲娇地撇过头去。

忍不住嘴角微扬的荆喆很想将这样的羿神拍照留念，发到网上供迷妹们围观，然而终归没舍得。

“前几天，有一个人超级凶地指出我的思维方式存在问题，然后告诉我，已经发生的事，无论能不能够消化或和解，都应该彻底留在过去。但这个思维方式超级健康的人，好像也把自己卡在了过去的某一点上。”

“我没有凶。”某宝宝惨兮兮地压低声音，将头撇得更远。

“所以你承认卡在了过去的某一点上。”荆喆笑了，笑容的弧度终于能和高一集训队合照中重合。

魔鬼不说话，因此更可怕——深知此魔鬼调戏不得的老实人迅速见好就收。

“如果我之后的表现依旧达不到要求，学校就会把我 kick out [19]。如果学校不要我，我就会失去国际生的合法身份，如果之后又找不到工作，美国就会把我驱逐出境。”荆喆敛起笑意，深切感慨道，“就连这次回国，登机前地勤因为我护照的有效期不满一年多看了我一眼，好心提醒我要及时更换，不然护照过期入境会有麻烦。只有爸妈，在我踏进家门的时候，什么都不查，什么都不看。”

荆喆稍停了片刻，澄澈的眼中一片坦诚：“羿予珩，如果我继续说下去，你会生气吗？”

“荆喆，在你眼里，我气量小到这种程度吗？”羿予珩将重心稍稍向前挪了挪，严肃发问。

“那……”老实人对于魔鬼的突然靠近措手不及，双颊微微发烫地向后躲去，“比如，呃，虽然你在过去几年……好像没太干正事……”

某宝宝感觉左胸口稳稳当当中了一箭，心包当即四分五裂，心脏随时有脱位的危险。

“但你的父母还是……呃……放任你花了很多钱在游戏里……”

Double Kill（双杀）。

“虽然目前实习没工资，但你还是穿着 Thom Browne 的衬衫和 Gucci Ace……”

Triple Kill（三杀）。

“虽然今天你对他们的态度……呃……不是很友好，但他们并没有把你拒之门外……”

Quadra Kill（四杀）。

“虽然你没有在家吃晚饭，但我猜阿姨一定问过你有没有吃，并且愿意为你再做点什么……”

Penta Kill （五杀）。

“呃……无论如何，对亲爸亲妈，有话都应该好好说，盲目争吵不是解决问题最有效的方法。”

---

⑲ 字面意思为“提出，赶走”，引申为强制退学。

某宝宝不需要 Hexa Kill（六杀）的提示音也能确定，碎裂的不只有心包，而是整个心脏。

气量的上确界[20]的确有解的魔鬼强忍住心口的剧痛，按捺住想要心疼地抱住弱弱的自己的冲动，对这些年的幼稚行径进行了深刻的反省后，不动声色开始了步步为营的……反杀。

“荆喆，我知道了。”这句话深沉笃定，等同于要洗心革面重新做人的承诺。

然后，羿予珩再向前倾身，将小可爱荫蔽在自己的影子之下。

小可爱乌黑的瞳孔果然因为光线突然变弱而微微扩张——就要这种效果。

“刚刚说得渴不渴？”这句话温柔体贴程度满分。

同时，献上专注而关切的凝视。

小可爱清甜的呼吸果然急促了半分——反馈与预料中相符。

“下一次，如果再有不满意的地方，不用这么苦口婆心地兜圈子。”这句话一本正经地……羞耻。

同时，嘴角上扬至和煦溺宠的弧度。

小可爱的心跳声果然历历可辨——一切尽在掌控之中。

“你只要和我直说，‘你做得不对’，我就会虚心改正。”这句话……土味十足而不自知。

同时，附赠诚恳的点头以表认真。

小可爱的脸果然红出新色号——距离六杀还剩……两步。

“但是，这些年我做了什么你似乎了如指掌，你做了什么我却一无所知，我觉得……不行。”这句话……已经朝着“承包鱼塘”的方向一去不复返。

同时，面露隐隐的委屈与失落博取……同情。

小可爱似乎悄悄吞咽了一口唾液——口干舌燥的指标也达成。

如愿收获到一只阿托品化[21]的小可爱之后，魔鬼的目光却情不自禁在她润泽的唇瓣上停驻了片刻。然后，在因为距离保持得不够得

---

⑳ 指一个集合的最小上界。

㉑ 抢救有机磷中毒的病人时，阿托品剂量适度时的临床指标。

当而引火上身之前，完美无缺又速战速决地完成了这波毒性剧烈的邪魔操作——

“在你讲出一件糗事作为交换之前，我有一万种方法不让你走。”

荆喆将手边的水一口气喝完，又平复了几秒的呼吸，才觉得出窍的灵魂缓慢归位——

在短短几天前，她还在天真烂漫地为魔鬼的青睐而欣喜若狂，可如今才痛彻心扉地领悟，被魔鬼作为目标锁定，实则是一场漫无天日的浩劫。

“慢点喝，别呛到，”羿予珩已经重新靠向椅背，带着无事发生过的愉快看向她，“我不急。”

“呃……之前有人告诫我，大晚上黑灯瞎火的，危险，”老实人灵机一动想出了脱身的妙计，“吃完饭应该早点回家。”

“不怕，”魔鬼不假思索地阴森接口，“这里有人练过十五年空手道，并且略通医术。对付歹徒，用手他知道扭伤或打断哪些筋骨不影响生活，用刀他知道往哪里捅使多大力不伤及脏器，很安全。”

老实人仿佛听到了脖子被扭断的清脆声响——只不过，被无情扭断脖子的可怜人，是某一个未来中不肯自曝糗事，坚决和魔鬼抗争到底的自己。

“……大四下不同的学校发来录取之后，”荆喆同样装作无事发生过，战战兢兢乖顺开口，“都会有 Campus Visit Day，就是在决定接不接受 offer 之前，到系里见见老师和学长，参观一下学校之类。”

“嗯。”

魔鬼心满意足地点点头。

“去哈佛那次，我选好机票准备付钱的时候，突然改变了主意，决定要开车去，”老实人为自己辩解道，“当时想着……反正青春也没几年，不疯狂一下就老了。”

“嗯。”魔鬼听得十分认真。

“从费城到波士顿，差不多300 miles[22]多一点，如果不堵车一路开到底……”

“就你一个人？”魔鬼猝不及防地插话。

“对呀。”老实人显然没有get到魔鬼的重点，继续说道，“但也不可能不停车休息，所以那天我在路上花了将近一整天的时间。”

“然后因为疲劳驾驶，撞断了树。”确认了没有男人同行，魔鬼的心情大好。

“才没有。”老实人着实很想打人，但……精通扭脖术的魔鬼貌似胖揍不得，“高速沿途的一些休息区里，除了星巴克和快餐店之外，还有抓娃娃机。其中有的是真娃娃，有的是一些匪夷所思的东西，比如Beats耳机。”

“然后你跑去抓耳机，”羿予珩嘴角微扬，“结果不仅竹篮打水一场空，还浪费了大把好时光。”

理是这个理，但这个人说话实在不让人愉快，还是……想打他。

小可爱噘起了嘴，目光怨念：“反正才两刀一次，我想，万一能抓到，那不是赚大了……”

“这么财迷转向，却没被路上的坏叔叔骗走，真是感天动地。”魔鬼的笑意加深。

“很多次我差一点就成功了，只差一点点，”小可爱满脸不甘，“但是四四方方的盒子真的很难抓。”

“很多次是多少次？”魔鬼却言简意赅地直奔重点。

“反正前后花了七八十刀吧，没仔细算。”小可爱的声音忽然细如蚊蚋。

“那你差‘一点点’抓到的耳机，市场价多少钱？”魔鬼对于故事的走向了如指掌。

“……六十。”荆喆腹诽——这样一个男默女泪傻白而不甜的悲伤故事，一定符合魔鬼的要求。

“经我诊断，”羿予珩的声音愉快到难以形容，“你应该去看神外科，开颅手术会比舍曲林更有效。”

㉒ 1英里约为1.61公里。

正准备智取庸医的脖子时，男人放在桌面的手机又是一响，荆喆的计划只得暂时搁浅。

羿予珩将手机拿到眼前，从稀碎的屏幕上辨认出一条来自“羿院长”的微信——

“对人家耐心一点，钱不够了张嘴，有空带她回家。”

“科里找吗？”荆喆见男人不动声色地收起手机，端过碗筷似乎准备起身，带一点失望问道。

羿予珩果真站了起来，戏谑答道：“看到前面那排抓娃娃机了吗？我，准备乐施行善，帮一个小财迷把那八十美金抓回来。”

羿予珩抓出第三只宠物小精灵时，两人身后隐隐传来了“这个大哥哥超会抓，你偷偷学一学”。

在羿予珩将第五只战利品塞进荆喆怀里时，身后逐渐形成了小规模的围观人群。有人关注的是技术，有人关注的是颜值，还有人关注的是——

“杰尼龟！我也想要！”一声童言无忌且充满艳羡的高喊引起一阵低笑。

原本准备对安静躺在抓娃娃机一隅的可达鸭下手的荆喆应声回头。

一个小男孩站在几步开外，不顾母亲尴尬万分的阻拦，直勾勾地盯着荆喆怀中的毛绒玩具看。

荆喆没多想，微微弯下腰，微笑着将萌态十足的玩偶递向男孩：“那……你拿着吧。”

将乐施行善精神发扬光大的老实人万万没想到，这下一石激起千层浪——

“大姐姐，我想要……呆呆兽。”

还没有在怀中焐热的呆呆兽有了新主人。

“大姐姐，这个圆圆的，粉色的球球可不可以给我？”

粉嫩的胖丁被交到一个喜上眉梢的小姑娘手中。

“大姐姐……这个有两只长耳朵的叫什么？”

于是伊布也被成功认领，只剩怀中无人问津的霸王花和怯怯站在身侧的小女孩相顾无言了几秒。

眼看小女孩从刚刚的跃跃欲试变得灰心失望，荆喆轻哄道：“你想要哪一个？让哥哥抓给你。”

小女孩双眼一亮，踟蹰了片刻，伸手指向机器中半埋在几只玩具下一条闪电形状的尾巴，充满渴望地开口：“我想要……皮卡丘。”

荆喆抬头看了眼皮卡丘的位置，短暂思索了片刻后，点点头：“好，这个可以试一试。”

愈加壮大的围观人群更加兴致盎然——没想到抓娃娃也可以指哪儿打哪儿。

“请问……这个有什么技巧吗？”

在忠犬型魔鬼乖乖控制起操纵杆时，一声客客气气的询问在荆喆耳边响起。

正在密切关注臂爪位置的荆喆只好再次回头，本想礼貌地回复“稍等，我需要帮他看一下距离”，但瞥到诚恳发问的高中男生身上的校服，亲切感油然而生，拒绝的话莫名消散在舌尖。

纯白色衬衫，藏蓝色西裤，配色简单舒适，显得人精神干练。衬衫左侧胸口绣着一枚圆形校徽，上面的图案与字样荆喆再熟悉不过——盛川四中。

小学弟的斜后方，站着一个穿着同款校服的女生。

“不能算技巧，更像是原理。”虽然突然很有规劝学弟学妹好好回家做题的冲动，但荆喆还是将不务正业的经验心得慷慨相授，“一般商家会故意将爪子调得很松，并且只让它产生一瞬间的抓力，即便能够抓住娃娃，也会很快掉回去，等它平稳抵达洞口几乎不可能。”

“所以想要成功，要靠抬爪时绳子摆动产生的回复力把目标‘甩’出来，”荆喆相信小学弟必定学过相关知识，于是简短开口，“虽然娃娃不能看成简单的质点，但和单摆运动类似，在最开始落爪时，如果和竖直方向呈很小的角度，在绳子重新伸直吊起娃娃的瞬间，就像是小球处在单摆运动的最高点。绳子因为重力向下摆动时，势能转化为动能，娃娃会产生一个水平方向的速度。有了这个水平速度，即便夹子本身不再提供抓力，娃娃会掉落，它做的也是平抛运动而不是自由落体。”

见瞠目结舌的小学弟一副“我现在不太好”的样子，荆喆笑了笑：“比如这个机器，洞口在左前方，需要向左前方的水平速度，因此落爪的位置要比目标偏左和靠前一点点，当然只能是一点点，如果差太远第一下会夹不到。然而这个水平速度很小，不能选离洞口太远的娃娃。紧挨洞口的也不行，在起爪时洞口的挡板可能会产生一个反方向的作用力，把娃娃弹回去。理想的目标应该在以洞口为圆心，合适的距离为半径的四分之一圆弧上。”

小学弟徒劳地张了张嘴，却没能发出任何声音，而小学弟身后的一圈好事群众，早已安静如鸡。

荆喆接收到小学弟求知若渴的眼神，顺嘴继续道：“娃娃的形状也很重要，比如说那个肚子很圆的卡比兽，重心太低，大概率根本抓不起来，直接放弃就好。而这个皮卡丘可行，是因为它本身重心适中，也没有被其他重心过低的娃娃压住，所以能够通过反复操作，把它逐渐移动到那些最终能成功的位置上。”

听到津津有味的小学弟憋出一句崇敬至极的称赞：“美女……你好厉害。”

“当然，这些只是理论上的纸上谈兵，想要成功还得多实践几次，找找感觉，”荆喆回想起自己作为手残星人惨痛的一无所获四十连，又诚恳补充道，“而且手绝对不能……”

可“残”字还没有说完——

“四中现在没物理老师了吗？”

孤军奋战着将皮卡丘挪移到“正确的弧线”上的某人对霸占住小可爱不停发问的学弟产生了巨大意见，但由于必须要全神贯注留意臂爪的位置，只好将“惨遭冷落的本宝宝不开心了”几个字写进声音。

小学弟瞬间尴尬得手足无措——毕竟，在盛川本地，四中的名号如同清北一样响亮，无论作为在校学生或是校友，最难接受母校的光辉形象受损。更何况，无意间给学校丢人的，是弱到爆的自己。

“呃……你别在意，”现在补瞪魔鬼已然无济于事，荆喆只好同样尴尬地打起圆场，“这位学长当初在四中读书的时候，也没有物理老师讲这些。”

“原来是学长和学姐，难怪这么厉害……”机敏的小学弟赶忙顺着台阶跑下来，看向两人的目光又多了份信服，同时不忘与有荣焉地将母校的名誉高高举回头顶。

“你叫什么？”有人却毫不买账，微微转头投来凌厉的一瞥。

“姜……姜忻。”小学弟被这位学长寒气逼人的语调和表情吓到结巴。

“你朋友呢？”最后一次调整了皮卡丘的位置，魔鬼按下机器上的“确认键”，继续追问。

在轻快的音乐声中，只见臂爪缓慢向下延伸，将侧躺的皮卡丘精准收拢进双棱锥型的爪子里，然后，完美划出了荆喆所预测的弧线。

围观群众的惊叹声完全盖过了满脸蒙圈的小学弟老实本分的回答：“柏筱雨。”

羿予珩弯腰将皮卡丘取了出来，交到望眼欲穿的小女孩手中，然后默默转回身，一副经验老到的样子，对小学弟开展起语重心长的教导：“你跑来和美女学姐讲了这么久的话，柏筱雨会不高兴的。”

“学长，”小学弟充满感激，铿锵有力地回答，“你放心，是她叫我来问的，不会不高兴。”

没忍住在一旁轻咳出声的荆喆觉得，她已经差不多找回了载欢载笑的能力。

这一次，魔鬼的如意算盘打得大错特错。姜忻不仅没有转身离开，反而叫来小伙伴上演了一出“学弟见学长，两眼泪汪汪”的认亲戏码，目的……当然是——

“学姐，谢谢你刚刚的指点，说真的，你比物理老师讲得清楚多了。”第二波更加来势汹汹的吹捧过后，小学弟毫不见外地指向娃娃机旁边的摊位，“那这种套环游戏有技巧吗？”

荆喆默默看向羿予珩，而男人面无表情地目视远方，似乎在神游天外中——在偷偷打量了英俊学长好几眼的小学妹眼中，这是如假包换的“高冷本冷”，但老实人觉得，因为赶人失败而傲娇病犯的魔鬼更接近“沙雕本雕”。

“呃……”荆喆将目光放到了那片密密麻麻的玻璃瓶上，又观摩了一下正在疯狂投掷塑料环的玩家，最终得出结论，“我感觉像他那样随手向下一扔就不太科学。还是在理论上，塑料环和瓶子接触之前，合速度斜向下，可以分解成水平和竖直方向上的两个速度，显然环的水平速度越小越容易套中。有两种办法可以实现这一点，一是延长飞行的时间，这样空气阻力自然会为它减速，二是在速率一定的情况下，使最终的速度方向和竖直平面的夹角小一些。满足这两点的运动轨迹是……”

“抛物线！”小学弟再一次豁然开朗。

“对，这样去套可能概率会大一些，”荆喆点点头，“而且环在空中要尽量保持水平，这样它的投影面积大，套中的概率也高。所以即便最初要稍稍向斜上扔，也不能扬手腕扬得太狠，而是要像抛飞碟一样让它平着飞，给一个水平方向的角动量，呃，让它在水平方向旋转起来，这样会飞得更稳。”

“学姐，你的物理成绩一定特别好吧。”小学妹也带着艳羡加入夸夸团。

“成绩不重要，”荆喆充满怀念地感叹，“其实物理真的很有趣，如果能够活学活用，高中的这些知识足够你们玩转这里了。”

“这还是我第一次觉得物理有些友好，”姜忻的崇拜眼神清晰表明“迷弟数量 +1”，“学姐，如果你们没其他事的话……”

“抱歉，我们还有事。”耐心等待小可爱结束授课，一直沉默不语的某宝宝终于等到了开口的绝佳时机，强势终结了对话，“祝你们好运。”

说好的抓回八十美金的等价物，最终却只以一个丑到小朋友不屑一顾的霸王花匆匆收场。

荆喆哭笑不得地低头看了眼这只玩偶，突然觉得它的名字和身边的男人莫名相配——霸道且娇花。

“你应该去学物理的。”在两人走出摩肩接踵的夜市时，羿予珩若有所思地轻声开口，平静的语气所传达的复杂情绪中，暗藏着无尽的遗憾与悔恨。

荆喆当即不再念想那只还没来得及去抓的可达鸭，沉默了片刻，以一个轻松的语气淡淡地开口，是回应，也是安慰："呃……上次我去科技馆闲逛的时候，看到有很多志愿者在给小朋友上物理常识课。我当时想，他们讲的内容我恰好喜欢也了解，如果……我也去试一试，会怎么样。"

"高中竞赛冬令营里，我曾有幸认识过全国上下最聪明的一批同龄人。但比起某人，他们都差了点灵气。"羿予珩将每一个字说得坚定而清晰，"荆喆，你听到刚刚姜忻说的，'你比物理老师讲得清楚'这句话了吗？至少我没怀疑过，所有你想要、愿意用心去做的事，你都可以做到最好。"

这突如其来，出自魔鬼之口的夸赞犹如从天而降的流星，砸得荆喆出现了一瞬间轻飘飘的空间定向障碍，一个再次让她想要咬舌自尽的白目问题脱口而出："呃……所以，我应该去试一试？"

"能够产生想要试一试的想法，对于抑郁症病人已经是很大的进步。比这个更加巨大的进步，就是真的迈出第一步，无论这件事在旁人看来有多微不足道，"羿予珩看着完美重现【仓鼠慌乱.jpg】的小可爱，骤然柔和的眸光如星辰闪耀，"而你愿意和我分享这样的想法也是一种进步，我很开心。"

心跳瞬间脱缰的荆喆正在脑中飞速检索如何妥善回应这土味情话时，某人却醋意横生地将已然岌岌可危的画风搞到更加急转直下——

"还有，每天闲到四处当活雷锋是很伟大，但首先有可能引狼入室，其次像无所事事的退休妇女。毕竟，有位作家在书中写道，'活着就意味着必须要做点什么，请好好努力'[23]。"

㉓ 引自村上春树《地下》。

天涯地角有穷时

Chapter 12

接下来的两周对于荆喆，一切都顺利到像是开了挂。

去科技馆做志愿者的想法得到了父母的大力支持。在荆喆袒露心扉的夜晚，三人难得其乐融融地坐在向来只是摆设的沙发上，从荆喆一路的成长聊到了她曾经不愿面对的未来。父母最后那句“我们从没要求你功成名就，就希望你开开心心，为自己而活”让荆喆在洗澡时偷偷掉了几滴眼泪——当然，这样的细节她对魔鬼进行了选择性隐瞒。

例行复查中，刘主任对荆喆状态的改善同样赞不绝口。得知荆喆将晨跑坚持了下来，甚至主动申请了一份“工作”，刘主任先是将羿予珩说过的“进步论”几乎一字不差地重复了一遍，接着意味深长打趣道“我看再来点爱情的滋润，什么病都能好”——当然，这样的细节她也绝不可能向魔鬼透露。

在网上投出简历的第三天，荆喆便收到了科技馆志愿服务总队负责人的面试邀请。原本还为来不及复习而忧心忡忡的荆喆在到达面试现场时，只被问了两个问题，其一是她对技术含量和英语水平要求更高的翻译文字岗有没有兴趣，其二是她能不能在一年内累计工作满 100 小时。接着荆喆按照要求听译了一小段探寻外太空生命的英文影片，然后，在做梦一般走出科技馆时，她已经成了志愿者团队的一员——可魔鬼的关注点似乎只在负责人和其他同事的性别和年龄上。

着手阅读翻译科技馆发来的原文资料之余，荆喆被沈沐歆拉到美术馆参观了一场“未来世界艺术展”，被邵竹昀约出来解答了两次概率论的问题顺带逛街吃饭。不同于沈沐歆表里一致的热情开朗，初识时邵竹昀给人的印象更偏内敛文静，然而随着接触渐深，荆喆发觉她本质上也是个内心住着野孩子的小太阳，相处起来异常轻松温暖。

因此，当两个小太阳邀请她一同去购物中心新开的串串店尝鲜时，荆喆欣然应允。

魔鬼得知此消息后疯狂暗示“我也没吃过”以及“很久没去购物中心了”，但荆喆装作听不懂的样子，以“你不是要尽快将之前实验室的工作交接给学弟”这个无懈可击的理由默默劝退了他——当然，结果是，她被迫洗耳恭听了一堂有关“肺吸虫”“华支睾吸虫”“细粒棘球绦虫”等生物的“趣味”科普课。

尽管反复告诫自己魔鬼的话都是浮云，可真正走进店里，荆喆还是默不作声无视了冰柜里琳琅满目的鱼虾和肉类，直奔蔬菜和菌类而去。

“怎么不拿点肉？”沈沐歆一边向竹筐里放牛肉串一边惊诧问道。

“呃……下午一直坐在办公室，感觉午饭还没消化，不饿。”荆喆坚信，将包虫病的病理生理学完整转述给好友其一不够人道，其二可能被友尽，故选择了善意的谎言。

“在这种店里少吃肉是对的，”邵竹昀倒是坦然接口，“湃湃一向反对我吃这些，说是如果肉的来源不干净又涮不熟，可能会有绦虫……”

“我们店的肉绝对干净无污染，没有寄生虫。”恰好在一旁整理冰柜的服务员小哥瞬间沉下脸，严正向三人表明立场。

“嗯，我们相信的，不是针对你们店，”邵竹昀先是安抚起义愤填膺的小哥，接着对着沈沐歆无奈地撇撇嘴，“也只有在这种时候，我才觉得陈湃确实学医。平时有点小病小疼和他讲，人家永远不慌不忙用一句‘不是大事，多喝热水’把我打发得明明白白。”

然后，邵竹昀转向荆喆，偷偷眨了眨眼，浅浅露出些微笑意：“不过……习惯了就好。”

因为“寄生虫”几个字重新审视起眼前食物的沈沐歆没听出任何异样，但荆喆被邵竹昀眼中一闪而过的暧昧搞得有些不好意思。

在陈湃“强行拉着”某人出现的晚上，邵竹昀从男友那里听闻了她和羿予珩的故事的删减版。后来两人单独见面，自然没能避开这个话题——聊起羿予珩时，邵竹昀小心谨慎地将八卦之意降到最低的样子让荆喆有点感动，也有些忍俊不禁。

本也算不上秘密，外加状态渐好的这段时间荆喆深切体会到坦诚使人生轻松百倍，于是她避过看病的部分，如实补充了竹昀好奇的所有细节。

荆喆的确收到一句调侃之意爆棚的“这种粉红又梦幻的言情小说桥段使我被柠檬砸晕”，但也同时收获了羿予珩过去几年的事迹N则、来自医学生女友的经验与忠告N条，以及，恨不得两人立刻原地结婚的热心好友一位。

荆喆哭笑不得地准备就“结婚”二字发表评论时，邵竹昀又笑着补充道——

“等沐歆知道了这件事，你一定会拥有一个强大又无敌的催婚团。”

那时的荆喆万万没想到，“催婚团”成型得这样顺其自然又猝不及防——

“哎，灵岘山那个高铁站好像这周通车，”三人挑完食物走回座位时，沈沐歆看到墙上一幅山清水秀的风景照，随口说道，“壮哉我大盛川，这种偏远山区都有高铁了。”

“我看新闻通的是动车，”等服务员小哥开启电磁炉又离开后，邵竹昀纠正道，“不过也没差啦，据说现在一个半小时就能到。”

“我就记得很小的时候去过一次，有没有传说中那么美我不记得了，但那将近四个小时的山路真给我颠得不行，”沈沐歆心有余悸地摇摇头，“晕车晕到吐。”

“这么远吗？”荆喆喝了一口茶，诧异地开口，“我还从来没去过呢。”

“我也没去过。”邵竹昀望眼欲穿等着锅底烧开，随口感慨道，“三月初那个号称全世界最长的玻璃栈道开放的时候，我还想去挑战一下来着，但湃湃一直到现在都没抽出时间。”

沈沐歆双眼一亮：“我有一个大胆的想法，你们想不想来趟说走就走的旅行？反正通动车了嘛。”

荆喆和沈沐歆同时一怔，目光交汇的瞬间，都从对方眼中读出了一丝期待与雀跃。

“荆喆，来嘛来嘛。”兴之所至，沈沐歆率先从荆喆开始入手“攻克”，“趁着你去美国前一起去玩一趟，世界上最长的玻璃栈桥哎，听起来超炫酷。”

“去美国前”四个字让荆喆陷入迟疑的沉思——她尚未和好友提过这次回国是“休学”而不是“放假”，一旦说到这里，她势必要将看病的事一并和盘托出。

沈沐歆却将荆喆“要不要顺势开诚布公说明病情”的犹豫彻头彻尾解读错误：“放心，她家陈湃那么忙，肯定没空，我也不带老俞，不会让你做电灯泡的。”

这句义气满满的“保证”打断了荆喆刚刚酝酿一半的解释，且成功转移了注意力缺失症患者的关注点。

荆喆正要感动地表明“电灯泡我已经当得经验老到、驾轻就熟，完全不在意”，邵竹昀噙着笑，慢条斯理地看了她一眼，旁敲侧击地暗示道：“也不一定会当电灯泡嘛。”

沈沐歆反应了片刻，突然停下了准备喝茶的动作，杏目圆睁：“荆喆，你什么时候找了男人都不告诉我！”

老实人连忙百口莫辩地摆摆手：“没有没有……”

邵竹昀进一步暗示道：“那你问问他呗？如果他有时间，陈湃绝对不敢没有。”

“你也认识？”沈沐歆转向邵竹昀，开始兴师问罪，“全世界只有我不知道吗？到底是哪路神仙？”

见荆喆没有面露不愿或不悦，邵竹昀坏笑着扬扬手机：“现在还只是‘准男友’啦，不过说不定玩这一趟就转正了呢。我建个群，拉进来你就知道了。”

还没等荆喆给羿予珩单独发去的询问微信收到回应，已经有位热心的陈同学在群里满足了沈沐歆的好奇心——

“31415926”邀请“CPviolation”加入了群聊。

荆喆看着这两个莫名滑稽的微信号，凭空脑补出拟人化的数学物理两兄弟沆瀣一气、狼狈为奸的样子，忽然有点想笑。

“噗，荆喆，”沈沐歆也被某人“大漠孤烟直，长河落日圆”的中老年风景照头像以及这个充满槽点的名字逗乐，“这位大哥也太黑色幽默了吧，是因为自己单身所以要高举‘烧死情侣’的大旗吗？”

荆喆对好友清奇的脑洞佩服得五体投地，忽然觉得魔鬼说不定真干得出这种事来，强忍住笑意：“有可能。但这里的‘CP 破坏’应该是指‘电荷共轭宇称不守恒’[24]，呃，恰好包含他的名字而已。”

下一秒，沈沐歆和邵竹昀不约而同露出【对不起打扰了 .jpg】的微妙表情。

突然诡异的静默中，沈沐歆还在为应该优先询问“电荷共轭是什么”还是“所以他到底叫什么”举棋不定时，三人的手机同时响起信息提示——

“CP 兄是学高能物理的吗？”

已经被女友拉进群里的俞景添学物理出身，看到这个名字顿觉亲切，兴奋不已冒了个泡。

陈 π 同学接连秒回两条——

“不不不，他学医。”

“羿予珩，你实验室的活是这周结束吧？”

㉔ 指弱相互作用（K 介子衰变）既破坏了反粒子的共轭运算也破坏了粒子在空间反演下变换性质的相乘性量子数（又称宇称）。“电荷共轭”英语为 Charge Conjugate，“宇”称英语为 Parity，故简称 CP。

一秒，两秒，三秒，就在荆喆以为沈沐歆的诘问即将狂风暴雨般呼啸而来时——

“我的妈呀，”沈沐歆只是从屏幕前抬起头来，声音有点颤，眼神有点飘，“你们这种要把我等凡人赶尽杀绝的夫妻档，是想生出下一个爱因斯坦来吗？”

与此同时，手机再次一振，风景照头像边出现一个单字，一贯的高冷简练——

“是”。

邵竹昀险些将刚喝到嘴里的茶直接喷进沸腾飘香的红油锅底。

周六清晨，荆喆睡眼蒙眬地站进盛川北站的安检队伍中时，还是有种缥缈虚幻的不真实感——虽然她的拖延症无药可救，但沐歆和竹昀都是“强无敌”的实干派，一顿晚饭的时间就搞定了车票、民宿，以及游玩路线，将“说走就走”四个字践行得完美无缺。

见前面的人纷纷将身份证拿在手上等待检查，荆喆也准备掏出钱包。刚打开背包侧面的口袋,手机屏幕倏然大亮,新的消息提醒——

“我和沐歆在第三候车室边上的麦当劳，座位占好了。”

俞景添比她们大两届，是货真价实的学长，也的确颇有师兄风范地率先抵达。

荆喆特意看了眼手表，见距离约定好的六点还有十来分钟，便不慌不忙将手机插回裤袋。

可不过两三分钟后，裤兜里接二连三传来的振动让她不得不将手机重新拎了出来——

邵竹昀：“我和湃湃也到了。”

羿予珩：“到了。”

沈沐歆：“到了【坏笑】。”

邵竹昀：“到了【坏笑】。”

陈湃：“到了【坏笑】。”

……

忽然刷屏的“到了”二字迫使荆喆在通过安检后将手表、手机和车站大厅高悬的电子钟所显示的时间反复校对了好几遍，确认自已绝对没有迟到，才拔腿向着麦当劳跑去。

面积小得可怜的店里人满为患，排队买早餐的旅客松散排成几条七拐八绕的长队，一时竟难以分辨出哪里才是真正的队尾。

荆喆暗叫不妙，穿过层层人海，终于在靠近角落的一张长桌旁定位到几人谈笑风生的身影。穿一件纯白色 T 恤的羿予珩坐在最里侧，虽然只露出小半张棱角分明的侧脸，却如同恒星般散发着亮光。

寻光而去的荆喆抵达五人跟前，急匆匆摘下背包："抱歉抱歉，我这就去排队……"

话只说到一半。

齐刷刷射来的暧昧目光中，荆喆难以置信地看向羿予珩对面空位上……比那晚抓娃娃机里还要大几号的可达鸭，以及可达鸭面前热气腾腾的猪柳蛋堡和薯饼，瞬间从迷离的困意中清醒。

"这是什么？"在极度意外与惊喜时，人通常会无意识呈现出"蠢萌"的状态，比如此刻的荆喆。

"看，"羿予珩一副不出所料的表情，转头对着陈湃和俞景添似笑非笑评价道，"她现在是不是很像那个双手捂头，配字'我可能把脑子丢在路上了'的可达鸭表情包……"

陈湃眼中闪过深深的同情，哑口无言地发送出"你才把脑子丢路上了吧"的提示信号，同时反应迅速地替某人找补道："荆喆，刚刚点餐的时候，老羿说这些是你高一的时候最喜欢吃的。"

"所以，"某宝宝却充耳未闻，心满意足地看向小可爱，变本加厉诠释出何为"脑子丢了"，"你一共欠我三顿饭了。"

"人设矗立整五年，垮塌只在一夕间"的某宝宝承包了沈沐歆和邵竹昀去程火车上的所有笑点——由于票买得晚，沐歆选座时只凑合选到了两排位于不同车厢的三连座，本来还有些遗憾，却没想到上天这样安排竟是"塞翁失马，焉知非福"。

三个男人帮着安顿好行李，离开这节车厢的一瞬间，竹昀和沐歆的嘴角双双扬上了天。

"哈哈哈，荆喆，实在太对不起了，"沈沐歆伸手捏向荆喆怀中软趴趴的可达鸭，边笑边道歉，“我当时怎么会相信他不喜欢女的呢，羿予珩钢筋直到我都不知道从哪儿开始吐槽才好。”

“真的，你不知道他拎着一个这么大的毛绒玩具出现的时候，湃湃眼珠子都要掉下来了。”邵竹昀笑到直不起腰来，“湃湃特别惊恐地问他‘这是干吗的’，你知道羿予珩说什么吗？哈哈哈……”

终于能够顺畅讲话时，两人一唱一和、绘声绘色地讲述起可达鸭的故事——

“你家帅哥，冷着一张脸，像可达鸭欠他钱一样，说，给你在火车上当靠垫的。”

“湃湃当时脸都快憋紫了，问他这么大一个玩具搁座位上，你坐哪儿。”

“你家帅哥，还是冷着脸，迅速改口说，你可以抱在怀里取暖。哈哈哈，这大夏天的，取暖！”

“她家老俞都绷不住了，提醒羿予珩咱们可是去爬山，订的民宿下午才能拿到钥匙。”

“你家帅哥，竟然还能冷着脸，巨傲娇地回答，你的包和可达鸭，都由他来拿。”

“以前总听人说，天才的大脑和正常人不一样，反正今天我是信了。”

“幸亏羿予珩的反差萌深藏不露了这么多年，不然追他的妹子人数不得再翻好几倍。”

“哈哈，可不是。荆喆，想当初多少妹子哭着喊着想和他吃饭，你家帅哥是真的理都不理。”

“但你看他刚刚说你欠他三顿饭的时候，那得意扬扬又充满期待的小眼神，恨不得把‘求你赶快以还债的名义主动约我吃饭’直接写脸上，简直可爱到爆炸……”

魔鬼只负责可爱到爆炸，惨痛后果却是老实人默默承担。

从抵达灵岘山站，到坐上景区统一的大巴车，到下车开始登山，再到终于踏上传说中世界最长的玻璃栈道的全程，荆喆收获了无数男女老少一言难尽的注目礼——

沐歆和竹昀显然是为了给她和羿予珩创造独处的机会，一上山就各自拉着男友飞奔到不见影踪。而魔鬼坚定履行起那个其实并没有让她听到的承诺，不由分说“抢”过她的背包背在肩上，任凭她劝说到口干舌燥也无动于衷。

在崎岖山路上，左肩一个旅行包，右肩一个旅行包，并且怀抱着一只无比滑稽的巨型可达鸭的男人，毫无疑问会成为焦点所在。尤其是，男人身边还溜达着一个双手空到连水瓶都不需要拿，看起来格外优哉惬意的妹子的时候。

若此男长相平平、憨厚老实，至多不过得到一句“真是二十四孝好男友”这样难辨褒贬的评价。但偏偏魔鬼挺拔如修竹，貌美似潘安，自带金光闪闪的buff无数，颜值加持下，自发的挑夫行为被“爱美之心人皆有之”的路人愤愤不平解读成了……奴役。

荆喆从一道道混杂着好奇、嫉妒、苛责，甚至轻蔑的目光中读出了高度一致的沉痛惋惜——

多么标致的一头小乳猪，怎么就非得可着一棵难伺候的作精白菜拱呢。

感动和甜蜜是真的，但莫名沦为众矢之的，孤立无援的老实人还是很想找人说说理。

恰逢高铁站通车的首周周末，赶热闹前来踏青的游客将钢化玻璃栈道挤成了人肉罐头。

宣传视频中令人心驰神往的“明镜般的栈道铺满流云的倒影，薄雾渺渺环绕，使人生出腾云驾雾，浮游于绿林仙境的快意”是半点都体会不到——

原本和羿予珩并肩而行的荆喆甚至被身后不断向前“蠕动”的急性子们推搡到了男人正前方。尽管魔鬼不时伸出没有抱住可达鸭的左手为她挡去其他游客无意间的“进犯”，但这种程度的摩肩接踵还是无可避免地削减了能够静心欣赏美景的时长。

栈道在一处人工开凿的陡峭石壁下陡然转弯，蓝天碧树下，对面山壁一川飞流直下的瀑布直入眼帘，湍急的水流在灿烂阳光下反射出星星点点的灼烁光辉。

让人群忽然惊叫连连的，除去这番“柳暗花明又一村”的开阔景象，还有从栈道尽头处一个高台上一跃而下的小小黑点。

隐约混杂在磅礴水流声下惊心动魄的叫喊暗藏几分凄厉，却也透着无尽的飒爽。

“嘿，胆子可真大。”荆喆前面的中年大叔啧啧称奇。

“可不是，打死我也不敢。”大叔身边的阿姨潜意识向后缩了缩。

荆喆看着从高台延伸出的长绳往复向上弹了三次，最终静止空中，心中忽然微微一动。

“竟然还能蹦极哎。”她转回身，微微扬起头，看向被可达鸭遮掉半张脸的羿予珩。

微风拂过荆喆粉黛未施的面颊，爬山的缘故，吹弹可破的小脸浮现健康的粉红，终于不再是病恹恹的苍白。盈盈秀目因为烈阳的直射微眯成慵懒和煦的弧度，浓密睫羽落下两小片呼扇不定的阴影。

时光荏苒而过，但微怔的瞬间，羿予珩透过这双晶亮的瞳仁，真切看到了那个一颦一笑都撩人于无形、灵气四溢的十五岁少女。

然而，七年的留学生涯的确在荆喆身上刻下荦荦烙印。

羿予珩曾经混迹的美剧字幕组中也有留学生，他记得其中一位曾带着感慨普及过美国的“sun tanning”[25]文化，与亚洲女性全民美白的追求大相径庭。

艳阳之下，和周围这些防晒服、长手套、渔夫帽、遮阳伞缺一不可，全副武装到难辨真身的小姑娘相比，只随手涂了薄薄一层防晒霜的荆喆更像是在“裸奔”——

一件纯素面白色 V 领 T 恤，一条黑色紧身瑜伽裤，一双黑白相间的跑鞋，全身上下再无冗余配饰，极简风的装扮在人潮中带着微妙而突兀的违和感。

借机肆无忌惮将荆喆打量了个底朝天的某宝宝幡然顿悟——难怪这一路上一直有人目不转睛地盯着小可爱拼命观察。

㉕ 指暴露在紫外线下，故意将浅色皮肤晒成金棕或古铜色。

这件 T 恤，领口果真越看越低，材质也越看越透。这条紧身裤，将腿部线条勾勒得曼妙过头，再加上爬山过后有汗水在衣衫上浸出半透明……

仿佛有千万头草泥马在某钢筋直男倏然地动山摇的心底呼啸而过，扬起漫天沙尘——这不就是裸奔吗！全世界都看到了他裸奔的小可爱！他必须要原路折返，然后亲手挖掉那些流氓的眼珠！

不过，在那之前，他急需修正这个问题，然后找时间给这个被 whitewashed ㉖ 到开放过头的小迷糊上一堂基本国情课。

“荆喆，”羿予珩微微侧过身，语气波澜不惊，“背包帮我打开一下。”

“是不是太沉了？”荆喆对于魔鬼的内心活动一无所知，认真地询问道，“要不你把包给我背吧。”

“里面有件外套，”魔鬼直接忽略了小可爱的问题，“看到了吗？”

“呃……”虽然搞不懂魔鬼忽然吃错了什么药，荆喆还是乖乖翻找了起来，“这件黑色卫衣吗？”

“你拿出来，”魔鬼言简意赅地直奔重点，语调平板，“把衣服穿上。”

荆喆明显愣了片刻，对于桑拿天穿卫衣这种事理解不能：“现在好像有 30℃。”

“防晒。”

“我涂防晒霜了。”

“有风。”

“哪里有风？”老实人错愕地瞪大无辜的双眼，再次祭出黑人问号脸。

放弃是不可能放弃的，这辈子他都不可能懂得“放弃”二字怎么写——

魔鬼只好微微弯下腰，贴近小可爱的耳朵，压低声音，一板一眼肃然说道：“看到内衣了。”

㉖ 在美国俚语中，指充分吸收了西方主流文化的少数族裔，为中性词。

果然，一秒之内，衣服已经在荆喆身上胡乱套好——由他来穿板正合身的卫衣，在她身上变成了松松垮垮的 oversized 款，将从额头红到脖根的小可爱衬得更加娇小动人。

虽然小可爱投来的怨念眼神中，除去娇羞与嗔怪，只传达出对于此类流氓行径的无声控诉，但如愿达到目的的魔鬼不以为意，心满意足地将话题战略性转移："怎么，想去蹦极？"

依旧无比慌乱的小可爱显然在"要不要对登徒子达成谅解"这件事上艰难抉择了几秒，然而最终，还是软糯地臣服于某人的温柔注视："不知道。"

羿予珩看向半掩在白云之间，高耸屹立前方的蹦极台，淡淡开口："我看有人似乎想要试一试。"

荆喆转回身，目光追随着正在蔚蓝天幕下自由下坠的那点墨色，停了片刻才轻声回答："嗯。"

羿予珩随手替她将背后的衣摆理平，调侃般回应："这么勇敢啊？"

"那时候我也想过，如果从某栋高楼上跳下去，会不会是种一了百了的解脱，"荆喆似有所悟地接口，"虽然当时没有付诸行动，但现在去回看半年前的自己，其实已经算是彻头彻尾'死'过一次。'死'都体会过的人，好像也没什么可害怕的。"

身后没有立即传来回应，荆喆也并不在意，自顾自说了下去，像是在努力劝服自己："况且，坐个过山车重力加速度都可能有两三个 G，这种自由落体至多只有一个 G……"

打断这番不知从何而起的碎碎念的，依旧是轻落在头顶的温热手掌。

"早就应该像这样无所畏惧，"羿予珩的声音欣慰而笃定，"走，我陪你。"

蹦极塔的入口同样人满为患，但面露向往却踟蹰不前的人远多过鼓起勇气买票交钱的人，真正走到检票口，前方的空旷回廊静到令人毛骨悚然。

存包处率先进入视线，无奈柜子实在容不下可达鸭肥胖的身躯，两人只好将它交给满脸姨父笑的工作人员代为保管。接着按照标准流程，换好统一发放的蹦极纪念 T 恤，测过体重和血压，绑好等下用来钩住绳索的护具，再签过“生死状”，才终于站进等待上行电梯的队伍中。

这短短几分钟像是为“头脑发热”专门设立的冷却时间，感到呼吸骤然急促，心跳骤然飙升的，显然不止荆喆一个人——

“老公，我好怕，不想上去了。”眼看电梯门近在眼前，前面的妹子娇滴滴地钻进年轻男人怀中，企图将满脸期待的男人劝返，“我们不跳了好不好？”

“没事，有我在呢。”年轻男人耐心轻哄道，“而且，你看，咱们已经交了那么多钱，现在放弃钱也退不回来。这就像是人生，没有后悔药，也没有回头路，对不对？”

这种上升到人生高度的直男劝慰让注意力缺失症患者暂时忘记了紧张，突然有点想笑。

荆喆忍不住回头看向面无表情，淡定至极的魔鬼，坏心试探道：“好像确实有点可怕哎。”

魔鬼双手插兜，眼睛都没眨一下：“就算你跳出去的那瞬间心跳骤停，绳子也没系牢，从这个高 192 米的塔上自由落体，落地时间是根号下括号 384 除以 9.8，只需要大概 6.3 秒。而心脏停搏后 5 到 12 秒才会出现临床体征，你又恰好是头朝下运动，脑部供血很充足，落地后再接受抢救完全来得及。”

这番话当即治好了方圆十里内所有生物的作病，但悄然汇聚在羿予珩身上的眼神……不容乐观。

“可你没有考虑空气阻力，”注意力再次被成功转移，严谨治学的老实人成了在场唯一一个还能发出声音的人，“而且，万一绳子不幸系得很牢，还要计入绳子反弹的时间……”

电梯抵达的声响打断了荆喆，连同两人在内的十来位勇士在工作人员的指引下依次走了进去。

不过，站进电梯之后，在鸦雀无声的诡异静默中，其余几人默契十足地后退半步，心有灵犀地拉开了与这对颜值也无法挽救，隐隐散发出剧毒的神经病之间的距离。

走出电梯的一瞬间，汗毛倒竖的荆喆深切体会到什么叫“天台风很大”——她忽然怀念起魔鬼那件异常保暖的外套来。

没走出两步，整个队伍被两个举着单反相机，笑脸迎人的小哥拦住了去路：“来来来，大家别急着哆嗦，咱们先来这边拍照留个念。”

荆喆看着前面几拨情侣或好友纷纷在空空如也的绿色幕布前摆出各种搞怪的姿势，不禁天马行空地构思起成片会被 P 上什么样的背景，什么样的姿势才和背景最搭。

“美女，该你了。”负责维持秩序的小哥高声打断了她的思绪，“这位帅哥是一起的吗？”

某宝宝整理了一下衣服，以不甚友好的语气反应迅速地抢答道：“是。”

“嘿，都到这种地方了。”小哥格外新奇地看了在队伍里全程无交流的二人一眼，一边示意两人往前走，一边好心劝说，“都消消气，不然拍照会不好看的。”

说得荆喆满头雾水——等一下！她专心琢磨拍照的艺术，魔鬼专心经营高冷的人设，多么和谐友爱，哪里像在吵架了？

然而，在镜头前站定的男人的确冷峻到令人胆寒，荆喆瞬间联想到沐歆“像是可达鸭欠他钱”的评价，终于理解了小哥的良苦用心：“你要不要笑一……”

“我说帅哥美女，你们看到刚刚那对了吗？”不等荆喆提完建议，摄影师小哥已经抢先表达了意见，顺带活跃起气氛，“人家妹子恨不能挂在男朋友身上。你们干吗隔八丈远？”

“挂”字所呈现的画面让老实人小脸瞬间一红，但还是遵照指示向毫无反应的魔鬼移动了半寸——

“哎哟，不要害羞，再挨近一点啦！这还用教？”

反正风声猎猎，连她自己都听不清逐渐狂野的心跳声，于是荆喆悄悄向着男人再靠近半寸——

“不行啊美女，你和帅哥之间还隔着一整条银河呢，这样拍不出效果的！”

已经可以清晰感知到男人身上传来的温度的荆喆坚信，第三个半寸已经是她能够挪动的极限——

“帅哥，你是吓傻了吗？这不还没让你往下跳呢吗？搂肩膀啊！”

就在荆喆严重怀疑腹黑指数满点，挑衅才能过人的魔鬼即将开口反击时——

“荆喆，一会儿我们两个只要有一个人的绳子断掉，这应该就是最后一张合影了吧。”

老实人有点蒙——等一下！魔鬼这是在一本正经地说什么危言耸听的鬼话……

下一秒，没给她任何回神或缓冲的机会，环住她纤细腰身的手臂，坚定而轻柔地向他一带。

身体失去重心跌向男人胸膛的瞬间，在摄影师的拍手叫好和接连亮起的闪光灯中，感觉自己已经站上蹦极台，脑中蓦然一片空白的荆喆只看到——

羿予珩熠熠生辉的墨色眸中，浅浅映出她惊慌失措的小脸。

而魔鬼对着这张完美晕染上绯色的脸，扬起一个猎物到手后心满意足的邪魔笑容。

在等待区的塑料椅上落座的一瞬间，身后接连传来的尖叫声忽然变得格外真实。

“紧张啊？”羿予珩的表情和语气都轻松到像是准备去逛公园。

“没有……”荆喆坚决不与魔鬼对视——还不是怪某人，本来说好要到蹦极前一刻才会飙到180的心跳，被一只出其不意且胆大包天到直接袭腰的手提前搞到了220。

“那别再抠手了。”魔鬼愉快地轻笑了一下，看向小可爱又一次默默抠成一团的手，好心提醒道。

老实人虽然乖乖停止了自残，却直接转过头去，不予回应。

然而非常不幸，她所面对的，是个谙熟于“吸引别人注意力”的计划通：“我带你来蹦极的事，不要和刘主任讲。”

“为什么？”话一出口，荆喆第N次为自己的不争气感到脑壳生疼。

“极限运动可能会使5-羟色胺等神经递质分泌紊乱，理论上不适合正在服用精神类药物的人，而舍曲林恰好是种选择性5-羟色胺再摄取抑制剂。”

果然，小可爱瞬间转回头来，神魂未定地将呆萌的表情体现到极致。

“没事，刚刚签的知情同意书里并没有明令禁止。而且，你现在服用的剂量很小，问题不大。”

小可爱的眼中还是传达出挥之不去的“你怕不是在逗我”，几乎像是诘问：明知如此，你干吗还要鼓励甚至怂恿我来试一试？

“荆喆，还记得我之前提过的那个跳楼时把一个工人砸成高位截瘫的大学生吗？”

突然严肃起来的魔鬼让荆喆不得不同样慎重起来：“嗯。”

这一次，将头静静转向前方绵延不绝的起伏山峦的，是眸光深幽的羿予珩——

“他醒来的时候，眼神空洞绝望到难以形容。我想，对于深陷抑郁不能自拔的人来说，死而不得，只会痛不欲生，所以，能够逐渐摆脱它的人，才算真正死而复生，更应该百倍珍惜，不留遗憾地活。”

工作人员将细且轻到不可思议的弹力绳索与腰前的金属钩扣牢牢拧紧的一瞬间，荆喆微微颤抖了片刻，脑中重回空白。

她一动不能动地看着两个工作人员蹲下身，继续仔细绑好脚踝处的沙袋与另一条明显重上几倍不止的粗绳，忽然觉得连在身上的是整片灵岘山的重量——

在这一刻，一切思绪，无论惊惧或是期待，仿佛都被呼啸而过的风从木然的意识中剥离。

“帅哥，你别再拧了，我们检查过三遍，肯定已经拧到最紧了。”

“你放心吧，这两条绳子是双保险，保证能让你妹子平平安安落地。”

就连两个小哥带些笑意的声音，都像是从隔着无数层玻璃罩的远方传来，微弱到几乎听不真切。

但微微低头，正在与银白色钩扣较劲的两只修长的大手却在视网膜中成像得无比清晰，用力到骨节隐隐泛白，小臂紧绷出肌理分明的倔强线条。

然后，这双手，抬至她的头顶，将她额前凌乱飘飞的碎发轻柔捋顺——

“荆喆，等一下，向前看。”这声音低沉而坚定，如林间晨钟暮鼓般苍茫悠远。

羿予珩在这一刻投来的沉静目光，柔情似水，仿佛凝练着永恒。

蹦极台尽头延伸出一块一米来长的铁板，若是平地之上，至多不过三五步就能轻松跨过的距离。

可肾上腺素陡然飙升，双腿微微发软的荆喆，觉得自己一寸一寸蹭了十年那么久。

根本顾不上回溯迄今为止的人生或细数从今往后的冀愿，在她混沌一片的脑海中，仅有这三个字反复闪现：向前看。

向下只有万丈深渊，向前却是碧空苍山。荆喆忽然悟出羿予珩真正想要传达的话——

哪怕眼前终将无路可走，也要执着看向万物更加美好的那一面。

“来来来，回头和相机打个招呼，听听这么帅的男朋友还有什么话要说。”

一左一右紧紧护住她走到铁板尽头的两位小哥忽然叫了暂停。

荆喆颤颤巍巍地半转回头，僵硬扬起一个她无法判断有没有带上笑意的笑容。

羿予珩弯腰趴在蹦极台角落的栏杆上，对她用力点了点头。

和相机闪光灯的刺眼亮光一同镌刻在记忆中的——

“不怕。”

“好啦，”左后方的小哥协助她转回身，“准备好了吗？”

“五！”右后方的小哥高喊出倒计时。

她默默闭上双眼。

“四！”

她静静展开双臂。

“三！”

她用力地深呼吸。

“二！”

她对自己说，不怕。

“一！”

荆喆倾身向前——

她不怕。

就算接下来的十几秒中，上天有 n 种方法使意外降临，这个笃定说出“不怕”二字的男人，必定能想出 n+1 种对策护她周全。

共看明月皆如此

Chapter 13

“你们俩胆子也太大了吧？”

临近傍晚，六人在依山傍水的民宿中团聚的时候，听说两人竟然头脑发热跑去蹦了个极，其余四人纷纷瞠目结舌。

“有什么感觉？”沈沐歆迫不及待地问，“会不会很可怕？”

“那你现在感觉还好吗？”邵竹昀也难掩敬佩，“湃湃经过蹦极台的时候非要给我普及蹦极的可怕后果，吓得我赶紧把他拉走了……”

荆喆回想起落回地面的羿予珩在仔细确认过她安然无恙之后，突然话锋一转，淡定讲起“视网膜脱落”“压力性紫斑”“硬膜下血肿”，以及“颈椎脱位”，吓得为他解钩扣的工作人员光速躲到八丈远外的光荣事迹，对竹昀的“痛”无比感同身受。

然而，除去眼睛稍稍有些充血之外，重新安稳站到地面，荆喆只觉一身轻松——

“其实还好，真正跳下去之后，自由落体的失重感也就持续了两三秒，说实话心脏还不如坐过山车难受。适应了以后，除了感觉有狂风在脸上胡乱地拍之外，就是在自由飞翔了。”

“真的吗？”沈沐歆听得目瞪口呆，“说得我都有点动心了……”

“真的，”荆喆微笑着保证道，“现在想想，最可怕的反而是准备跳之前的几秒钟。”

勇敢跨过未知，坦然回望时，才能看清所谓路途险恶不过尔尔。

重要的，或许只是摆脱不断暗示“不行”二字的心魔，迈出与本能相抗衡的第一步。

一如人生。

沈沐歆跃跃欲试的期待火苗却惨遭扑灭——在座的两位医学生纷纷表示，不建议近视高达800度的俞景添冒险尝试这项运动，而邵竹昀巧妙地将“不敢去”的锅甩到了事先胡乱科普的男友身上。

眼看女友眼中露出隐隐失望，俞景添体贴转移了话题：“你们大中午的跑去蹦极，肯定没来得及好好吃午饭吧。晚上想吃什么？”

“我们看的攻略都在推荐一个农家乐，”邵竹昀立刻意会，打开手机，“评价高到像是雇过水军。”

“对对对。”提起“吃”，沈沐歆果然来了精神，“网上说那家的炖土鸡简直是一绝。”

荆喆凑到邵竹昀的手机前，默认了好友的推荐：“好像离得不远，走十来分钟就能到。”

“就知道你们得嚷嚷着去这一家，”陈湃坐在沙发另一侧，一副“我就在等这一刻”的老谋深算，“这种普通炖鸡多没新意，让珩珩给你们露一手。”

“羿予珩还会做饭？”邵竹昀和沈沐歆同时抬起头来。

“不会。”拆台第一名的某宝宝丝毫不给室友面子，双手环胸，闲适靠在沙发上。

陈湃倒吸一口凉气：“昨天晚上还特意回趟家弄来一堆刀片剪子镊子的是不是你？”

“我只剔骨，”早有准备的某宝宝不为所动，坚决维持着养尊处优的大少爷人设，“不负责做熟。”

在其余四人不明就里的注视中，不再和某人一般见识的陈湃掏出手机，点开了一张截图，然后递向荆喆：“你别看老羿这几年书读得不行，局解实验做得绝对比老师还漂亮。”

荆喆满脸疑惑地接过手机，沈沐歆和邵竹昀也抻长了脖子——

屏幕上是一则新闻截图，标题《涨姿势！医学生硬核炖鸡，靠扎实的解剖功底剔出完整骨架》，配图中的案板上趴着一只皮肉完好无损，不见一寸刀疤的整鸡，旁边是一具像是用魔法凭空抽出，按次序摆放整齐的骨架。案板旁边，上一排手术刀，中一排手术剪，下一排手术镊显得万分庄严神圣。

“荆喆，”陈湃坏笑着起身，悄然拉开与魔鬼的距离，然后冒着生命危险将戏台彻底搞垮，“羿予珩两天前就迫不及待地想要嘚瑟给你看了。”

三个男人自觉主动出门买鸡买菜的一瞬间，荆喆被沈沐歆用可达鸭疯狂扑倒在沙发上：“荆喆，羿予珩是个什么绝世傲娇小甜甜……”

“我又酸了！”邵竹昀也疯狂加入了吞食柠檬的阵容，“我和湃湃在一起快三年了，他那脑子从来都没往浪漫的方向转过一点弯……”

“说实话，你家陈湃已经很会了好吗！”沈沐歆添油加醋地展现出何为“没有对比就没有伤害”，“老俞这种会在生日送什么‘机械变焦远射续航 LED 手电筒’的工科闷葫芦才是真的让人无语凝噎。”

“不行，越想越气。”邵竹昀半真半假地抱怨，“之前陈湃永远只会说忙忙忙，可怎么羿予珩一谈恋爱，他也忽然冒出来大把时间又是接我回家，又是陪我爬山，又是给我炖鸡了……”

被压在可达鸭下动弹不得的老实人很想小声纠正一句“我们还没开始谈恋爱，这显然只是某猪蹄的追妹套路”，但想了想觉得实在有“得了便宜还卖乖”之嫌，极有可能被友尽，于是乖乖保持了沉默。

“真的，”沈沐歆也突然义愤填膺，松开了压住可达鸭的手，“我简直不敢相信，刚刚老俞竟然主动说他负责做菜。要不是羿予珩要解剖鸡，陈湃说他来炖，俞景添才不会想到亲手做饭给我吃呢。”

就在荆喆以为第二波“羡慕嫉妒恨”即将愈演愈烈地刺穿耳膜时——

“荆喆，你干脆别回学校了。你在的话，他们就能好好从羿予珩身上学学怎么做优秀的男朋友。”

荆喆脸上的姨母笑逐渐消散，移开趴在身上的可达鸭，默默坐了起来。

“呃，短时间内，我确实不会回去了，”本以为如实开口会是件艰难无比的事，可没想到天时地利人和的此刻，剖白竟然能够这样顺理成章，“其实，我是休学回国……看病的。”

沈沐歆和邵竹昀瞬间将闹心的大猪蹄子抛之脑后，各自端正坐好，洗耳恭听。

荆喆像竹筒倒豆子一样，将注意力缺失症和由它悄然引发的诸如拖延、逃避、散漫、懒惰等坏习惯在潜移默化中对她思维方式和处事态度的消极影响，以及这样根深蒂固的性格和态度使她在面对博士阶段需要精力集中、迎难而上的高难度课程时怎样痛苦不堪，而这样宣泄无门、逐渐累积的痛苦最终如何瓦解她的意志与信心，一点一点，客观平静、逻辑清晰地讲述了出来。

从最初的难以置信，到后来的若有所思，再到最后的开导劝慰，以最大的善意去倾听的沐歆和竹昀果真没表露半点敷衍或嫌弃，仿佛耐心陪伴着荆喆重新走过这一生。

不知不觉，三人促膝深谈至天色渐暗，对于三位男士的迟迟未归毫无察觉，直到陈湃一通神神秘秘的电话：“不然你们先随便叫点外卖垫垫肚子吧，我们这顿饭估计要做……很久。”

“不过，”挂上电话，像是忽然由男友联想起什么，邵竹昀微笑着开口，“我总算知道羿予珩为什么好好的肿瘤科大牛实验室不待，突然准备改做精神科医生了……”

“他选了精神科？”出乎邵竹昀的意料，震惊发问的却是脸色瞬间一白的荆喆。

“啊？你竟然不知道吗？”邵竹昀同样震惊回答，“湃湃没透露过你得病的事，只是简短提到羿予珩最后选了精神科的刘主任做博导。当时我还奇怪了半天……”

荆喆一时百感交集，努力消化了片刻才带些苦涩喃喃开口：“他只和我说过要换实验室和实验指导老师，还说这是医学生的常规操作，从来没提过选博导和选科……”

沈沐歆敏感察觉到荆喆的低落，快言快语安慰道：“我觉得他选择隐瞒肯定是怕你有压力或者怕你不同意，想来个先斩后奏而已。”

“我不是在怪他，”荆喆摇摇头，缓缓开口，“即便我现在已经是他的女朋友，他也有保留隐私和个人空间的权利。我只是觉得……如果他做出这个决定仅仅是因为我，实在有点草率，而且……”

“荆喆，”邵竹昀充满感慨地打断了她，“我想，羿予珩应该远比我们能够察觉出来的还要喜欢你吧。你不知道，之前那几年，他的状态和现在完全不同，虽然不能以‘死气沉沉’简单概括，但给人的感觉就像是具灵魂枯萎的行尸走肉。直到今天我才第一次觉得，他是个有血肉有喜悲的人。像陈湃和俞师兄，他们至多是在努力为我和沐歆而活得好，但羿予珩……好像单纯是在为你而活。”

荆喆微微一震。

“要我看，竹昀，你只说了真相的一半。”沐歆也笑着加入，“我们荆喆大小姐，这七年来一度被艰苦的生活折磨到放弃生的希望，但你看这一回国，一回到某人的怀抱，状态立马好到简直让人不敢相信患有抑郁症，这才叫‘枯木逢春’好吗。像这种没有彼此就双双活不成的琼瑶奶奶式痴男怨女，我只建议赶紧原地结婚……”

听到面红耳赤的老实人正准备拿什么堵住沐歆能说会道的嘴——

“我们回来了！”

三个男人满载而归，每个人手中都提了满满当当的袋子。

“辛苦辛苦。”竹昀率先从沙发上起身，小跑着迎了上去，“怎么去了这么久？”

“这么多咱们怎么吃得完？”随后赶到的沐歆险些被这铺天盖地堆满玄关的塑料袋绊倒。

荆喆慢吞吞走在最后，暗自庆幸刚刚的话题至此打住，弯下腰，准备提起几个袋子运到厨房。

俞景添示意荆喆不用帮忙，随口问道："你们偷偷干什么坏事呢？怎么灯也不知道开一个？"

"咳，我们聊天聊忘了嘛。"沐歆看了眼站在三人最后的某人，忽然坏笑着开口，"哎，羿予珩，问你啊……"

老实人不忍直听地默默转过身，无比后悔刚刚没有将堵嘴的计划执行完毕。

"听说你找女朋友，"沈沐歆引用起荆喆 N 年前的原话，语气无比期待，"要么会找'不需要费太多力气，低头就在视线范围内'……"

某直男莫名其妙地皱了皱眉，满脸困惑地打断道："找女朋友又不是捡垃圾，我为什么要费力低头？"

似乎有人忍俊不禁笑出鸡叫。

等一下！鸡叫？

玄关的灯被腾出手来的俞景添打开，三个惊到瞬间抱作一团的姑娘和陈湃手里拎的老母鸡面面相觑了半秒——

"你们去买了一只活鸡吗？？？"

"难道是要现场屠杀它吗？？？"

"这里是民宿哎！到时候怎么给人家收拾干净？？？"

在高分贝的尖叫声中，陈湃轻柔拍了拍母鸡的头："动物实验老羿也特别擅长。比如当时找蟾蜍的脊神经时，他那行云流水的剪蛙头，扎脊髓，然后剥皮……"

"停！"

这次是异口同声，分贝更高的抗议。

"放心吧。"陈湃的眼镜片闪过一缕邪光，"对我们学医的来说，收拾只鸡不是事儿。"

然而，等待炖鸡等到饥肠辘辘的竹昀还是提前叫了外卖，只因某两位双眼冒光的变态带着另一位好奇宝宝，慢条斯理将"炖鸡"的过程变成了气氛欢愉的"解剖小课堂"——

"这肩胛骨吧？"

"我觉得应该是某段胸椎。"

“看看这筋腱，雪白无瑕到反光……”

“你伤到了它的护心肉！它好痛！”

……

“湃湃，你们能不能稍稍加快点速度？”已经和荆喆与沐歆以两倍速看完五集电视剧，并分享完一份炒米粉的竹昀忍无可忍，扬声催促道，“照你们这么搞下去，咱们半夜之前能正经吃上饭吗？”

“我看电视旁边的柜子里还有好多桌游呢，”沈沐歆早已经将四周打量了好几遍，“本来还想吃完饭玩几盘阿瓦隆或者打打牌什么的。”

“沐歆，”陈湃满手血腥地扬了扬手中的镊子，“只要老羿在，这些你就别想了。反正大一军训结束之后，我们整个年级都没有愿意带羿予珩打牌玩桌游的。但凡是需要动脑、会分胜负的游戏，这货绝对全方位碾压式给你搞到毫无游戏体验，包你输到只想破口大骂或者摔门离席。”

只听像是奋力剪断骨头，恐怖至极的“咔嚓”一声。

然后，某人幽幽抬起头来，带着“本宝宝心里苦”的眼神看向荆喆，委屈巴巴辩解道——

“我又不是故意的。”

如竹昀所料，六个人累觉不爱，身心俱疲地将锅碗瓢盆和满室鸡毛清洁干净，终于把原本窗明几净的厨房恢复到“勉强能示人”的程度时，墙上的挂钟赫然指向将近凌晨两点——

至于这顿水煮无骨鸡肉配水煮混合蔬菜的“夜宵”算不算绝世佳肴，早已没人有闲心去回味。

几个人意识模糊地互道过晚安，各自钻进房间中准备洗漱睡觉——原本为了赶最早班动车，已经算是披星戴月起了大早，外加这一天的舟车劳顿、翻山越岭、辛苦劳作后，浑身上下只剩“累”字。

这家别墅式民宿专为喜欢搭伙旅游的年轻人设计建造，除去一楼巨大的客厅和开放式厨房与餐厅，楼上的四间卧室不分主次，都有独立的卫生间，因此沐歆和竹昀在选择住处时毫不犹豫就拍了板——两对情侣各住一间，剩下那对名不正言不顺的，一人一间，无须尴尬。

荆喆以最快的速度洗好澡，换好睡裙，为可达鸭喷上些惯用的淡香水，抱着它钻进了被子。虽然困意凶猛袭来，但头发尚未干透，她只好靠在床头，强撑着刷起手机。

荆喆刚在微博上随手点开某个“绝望家长辅导熊孩子写作业”的搞笑视频，一条新微信出现——

“洗完了吗？”

荆喆竟然从这几个字里读出了几分神清气爽——羿予珩这项“不太需要睡眠”的神奇技能让她羡慕不已，至少这一个多月以来，他无论是一点睡、两点睡，或是丧心病狂地熬到更晚，总能在六点五十分准时起床，并且睡眠时长并不影响大脑的正常运转。

“嗯，准备睡了。”

感觉自己是在靠意念回复的荆喆打了个呵欠，随手将“晚安”二字敲进了对话框，只等魔鬼道完晚安直接点击发送。

然而，一分钟，两分钟，三分钟过后，屏幕上依旧空空如也。荆喆不由得怀疑魔鬼大概是在打完那行字后被神秘力量瞬间拽入了梦乡，准备直接按下“发送”键——

突然，从某个角落传来万分诡异的敲击声，由弱渐强，节奏齐整。

恍惚间，荆喆以为自己穿越回了波士顿的破旧公寓——住在顶楼的她拥有一家住在更楼上的松鼠邻居，这家松鼠在管道上勤勉地磨牙或磨爪时发出的声音正是这样。

可屏气凝神环顾四周后，多少找回些神智的荆喆简直被自己蠢哭——即便是在困到失智的边缘，能错将敲门声当成闹鬼也是奇葩本葩。

她只好恋恋不舍掀起被子下床，软绵绵问道：“谁呀？”

“我。”羿予珩的声音淡淡响起。

哦，是魔鬼。

“来了。”荆喆加快速度走到门口，将可达鸭移到左手，右手挠了挠头发之后伸向门把——

谁？是魔鬼？

荆喆瞬间从头发丝清醒到脚指甲盖——等……等一下！她的内衣呢？这个吊带裙又算什么鬼？

“稍等！”

手忙脚乱地折返，穿好内衣，并在睡裙外胡乱套上一件干净的T恤之后，荆喆低头将这身行头审视了一遍，觉得有点不伦不类，于是果断抱起可达鸭作为遮掩，又在镜子前转了两圈，才重新将手伸向门把——然后，她再一次被自己蠢哭。

如果羿予珩只是来道“晚安”，根本没打算进门呢？

门被轻轻拉开一条小缝，一双晶亮的美眸对着门外的男人无辜地眨了眨——

“我刚刚在落地窗前发现几只虫子，”站姿笔挺的魔鬼语气生硬，目光闪烁，“所以来看看你需不需要灭虫服务。”

荆喆哭笑不得地将门打开时，被傲娇怪的拙劣表演蠢哭——

深更半夜，黑灯瞎火，困成老狗时，什么人会去特意检查窗边有没有虫子？

可羿予珩真的拉开窗帘，从落地窗的缝隙开始，谨小慎微地将房间所有边边角角检查了一遍，并且……成功剿灭了三只蚂蚁、两只潮虫，以及一只小蜈蚣。

借用卫生间慢吞吞地洗完了手，某宝宝慢吞吞地踱回房间，看着小可爱飞速将凌乱的大床理平整，慢吞吞地开口：“刚刚在落地灯旁边还看见一只，但是跑掉了。”

话既至此，已然困意全无的荆喆只好忍住笑意，指指床铺，默默配合着邀请道：“呃，请坐吧，也许等一等它就会重新出现了。”

柔和月光下，荆喆乌黑柔顺的秀发将将及肩，发梢处呈现未经染烫却自然内扣的精妙弧度。轻薄T恤下，石蕊红色的丝质睡裙包裹出纤细婀娜的身材，也衬得吹弹可破的肌肤如凝脂般白皙剔透。

软萌的表情难掩隐绰的妖娆，让人情不自禁……想要推倒。

羿予珩微微眯起眼睛，与某种瞬间引燃的欲望做起艰苦卓绝的斗争，老父亲般语重心长地开口：“大半夜不要随便给男人开门……”

小可爱再次震惊出一言难尽的【黑人问号脸 & 你怕不是在逗我 & 来张嘴吃药 .jpg】——

拐弯抹角请求收留的是你，突然黑脸不让开门的也是你，请问你觉得自己究竟属不属于男人？

然而，还没等荆喆开口——

“我坐地上就行。”他只是个纯洁的宝宝，才不要玩什么“床上的深夜禁忌”来挑战自制力。

老实人正准备像魔鬼一样靠着床沿，对着落地窗外繁星璀璨的夜幕在地上落座——

“垫点东西再坐，地上凉。”羿予珩将睡裤口袋里的手机放到一边，摆出了一副长谈的架势。

老实人乖乖从床上拿来一个多余的枕头，拍平整后静静坐了下来。

然而——

魔鬼的目光不由得落在那双线条完美、白玉无瑕的纤纤秀腿上，觉得它严重妨碍了大脑的工作，于是淡淡问道：“冷不冷？”

荆喆转过头，男人此刻面无波澜，玉树临风的侧影与记忆中那个目不斜视，疾步向前的少年缓缓重合，这一刻，岁月倏然温柔。

“我觉得还好。”她浅浅扬扬嘴角，在某人反应过来之前，抱紧怀中的可达鸭，柔声改口，“没事，抱着它，不冷。”

但遗憾的是，世界上有一种冷，和“妈妈觉得你冷”类似，叫作“宝宝觉得你冷”——

下一秒，男人叹了口气，直接起身走到衣柜前，取得同意后打开柜门，抱出备用毯子，坐回到她身边，“夺”过沾染了她身上果香味的可达鸭，二话不说将她从脖子到脚盖了个严严实实。

不等小可爱提出抗议，某人又对这只香喷喷的毛绒玩具产生了巨大意见——虽然是他本人买来取悦小可爱的没有错，但由于它不够自觉，贴小可爱太近，所以不能忍受。

"洗完澡不要抱玩具，脏。"卫生教育课再次猝不及防地展开。

荆喆预感到鸭鸭即将离她而去，但还是想尽微薄之力挽留一番："哪里脏了？"

"今天蹦极的时候，"某人果然面不改色，说得有理有据，"那个帮你保管它的小哥，之前肯定拎过别人换下来的凉鞋，并且没有洗手。"

"……"荆喆竟无法反驳，只能眼睁睁看着羿予珩心满意足地将可达鸭丢向身后的床上。

"不过，你怎么突然想起来要买可达鸭？"荆喆回想起笑到前仰后合的好友，忽然很想听他亲口说出"给你取暖"几个字。

"希望工程，听说过吧？"羿予珩转过头来，神情严肃。

"？？？"可老实人只收获了无穷无尽的迷惑。

"那天在夜市里，有人盯着抓娃娃机里那只可达鸭的眼神，"魔鬼眼中写满"认真"二字，再一次伸出手，用力揉了揉她的头顶，"就像是贫困山区食不果腹的小朋友突然见到一桌满汉全席，蛮可怜的。"

深夜里不要给任何猪蹄开门，这条忠告绝对是真理。

结结实实掐了魔鬼的肱二头肌，荆喆才正色开口："刚刚竹昀和我说，你准备留在精神科。"

"嗯。"羿予珩难得坦荡，没有丝毫停顿地回答。

"羿予珩，你……"

"荆喆，在我回答'为什么'之前，你先讲讲你在美国第一次见精神科医生的故事吧。"

"为什么？"荆喆不解。

"因为，"羿予珩靠向床沿，看向她的眸光一片温柔，声音放得很轻，"我想听。"

薄薄月华下，男人棱角分明的脸俊美如神祇。

帅到荆喆瞬间忘记某人几分钟前的猪蹄言论，如同陈湃发到群里的一个"面色潮红，鼻血横流，捂住胸口"的表情包——【糟糕，是广泛前壁 ST 段抬高型急性心肌梗死伴左心衰的感觉 .jpg】。

思考了片刻，荆喆倾身向前，双手抱膝，目光静静放在悠远星空——

"在美国，见精神科医生必须要心理医生的引荐才行。而我第一次看心理医生时，她听说了我的情况，几乎立即建议我找精神科医生开药。最开始我的确非常抗拒，因为总觉得开了精神类的药物，自己就是个板上钉钉的精神病人了。"

后背忽然一暖——男人细心地替她将毯子裹好，然后同样看向宁谧的夜空，专心做倾听者。

"但是，从某种角度讲，还是精神科医生救了我。第一次和她见面的时候，我把'无法自主进入学习状态'和'严重缺乏动力'这两个直接导致我废掉的问题告诉了她。她当即让我填了一个ADHD自测量表，计算完分数后告诉我，我的primary concern（主要问题）应该是注意力的问题，抑郁和焦虑反而是secondary（次要）的。"

荆喆稍停了片刻，深吸了一口气，不疾不徐地继续。

"后来我去读了那本大名鼎鼎的'Driven to Distraction'㉗，又到心理诊所做了正规的测验。拿到确诊报告的那天，那种感觉应该是'豁然开朗，如释重负'吧，好像从小到大困扰我的很多问题都迎刃而解。比如为什么做任何事都很难立刻进入状态，为什么对于枯燥或没兴趣的事就是坚持不下来，为什么有那么严重的拖延症，为什么很难制定或是完成计划，为什么活得像是游离在自己的生活之外。"

说到这里，荆喆自嘲地笑了一下。

"虽然心理医生说，不建议我给自己过度贴标签。但是，知道世界上真的存在这样一种有可能让人'没法努力，没法坚持'的病，终于让我和深藏心底那个别扭、懒惰、散漫的真实自我达成和解，也让我决定……原谅自己。毕竟，最初我完全不能接受，像我这样一个家庭幸福，生活顺利的人，怎么会突然再也学不进东西，然后

㉗ 中文译名《分心不是我的错》，作者爱德华·哈洛韦尔(Edward M.Hallowell)。

把自己搞到抑郁了呢。”

“也许，”羿予珩沉思了片刻，终于淡淡开口，“反而是一切太过顺利，才会没人关注这些。”

“是啊。”荆喆的声音沉重了几分，“当时看到诊断结果上那个智商 135 的时候，吓了我一跳。或许这说明，相比其他饱受这个问题的困扰而不自知的人，我很幸运，幸运到这样的‘聪明’让我一路轻轻松松走得比绝大多数正常人更远。可也正是这样的‘聪明’和单从成绩来看的‘优秀’，让我在父母、老师，甚至自己的放任和纵容中……迷失了很多年。”

“你的这个问题，和 ADHD 中那些‘hyperactive’（过于活跃的）的多动症小朋友正相反，不存在直观行为上的过度活跃或是不服管教，只是大脑闲不下来，在生活中确实很难辨别判断，”羿予珩若有所思地接口，“不过，你这个习惯性抠手的问题，倒是 ADHD 的表现之一。”

“嗯，我记得测试里还专门有题目和 finger picking 有关，”荆喆不好意思地笑了笑，“但是，难以辨别判断归根结底还是它没有得到普及与重视吧。我爸妈曾经试图矫正过我抠手的问题，却毫不奏效，最终也只当是个坏毛病而已，从没想过这也许是某种‘症状’。我后来想，如果更多的家长和老师意识到还有 ADD 这样的问题存在，早些干预，或许就会少一些最终发展到我这一步的人了……”

感慨完毕，荆喆才发觉，不知何时，男人由专注看景改为专注看她，眼中氤氲着温柔笑意。

“干吗？”盯得荆喆头皮一阵酥麻。

羿予珩微扬起嘴角：“你已经回答了你想问的问题。”

荆喆一愣：“可是……”

“医院里不同的科室的确有收入高低和辛苦程度的分别，”羿予珩微微停顿了片刻，“但治病救人这件事，没有哪个科比其他科更高贵。”

“羿予珩，你选精神科这件事，”荆喆认真地看向他，“你爸妈不会支持的吧。”

“荆喆，我选精神科这件事，”羿予珩敛起笑意，正色问道，“你会支持吗？”

“如果这是一件你认定有意义、想要做的事，我为什么会反对？”

“那我就得到了我需要得到的全部支持。”男人的双眸重回深幽，吐字坚定。

窗外隐约能辨出绵延起伏的山脊线，层层叠叠，与漫天星辰齐心协力托着一轮皎洁圆月。心跳却再难同步这份“素月分辉，明河共影”的幽静，荆喆的脸一寸一寸染上嫣红。

“荆喆，十八岁那年，我最终屈服于那个他们所支持的选择，这个选择是对是错，我不会再去纠结或思考，”羿予珩将语气放柔了几分，“但这些年我的确无数次设想，如果当初……”

“羿予珩，”她打断他的艰难措辞，像是已经读懂他的自责，通透而沉静的黑眸中倒映着整片浩渺银河，“这个世界上的事，从来没有如果。我想，即便真的有虫洞让时光旅行成真，我还是会在数学和物理中选择数学，还是会来读这个博士，还是会沿着曾经走过的每一步旧路，分毫不差地成为现在的自己。”

“哪怕注定要经历那些不愉快？”

“有人曾经和我说，有我这个问题的人，最好的结果是坦然接受，学会与它和平共处。既然我现在已经能够做到，那这些历经磨炼的过程，从另一个角度讲，也是生命的珍贵馈赠。”

荆喆对着眼前这张带着浅淡笑意的脸，坦然扬起嘴角——

而且，只有这一条路，能让我百分百确定，我会在那一天，那一刻，和这个人在艳阳下重逢。

可下一秒，魔鬼眼中闪过荆喆无比熟悉的戏谑光芒——

“哪怕这个人，会在另一条来路的高一结束前，对你说，从今以后，他陪你走？”

意志极不坚定的老实人被问得一怔——等一下！她似乎有点

心动……

“高中毕业以后，我再也没回去过。”羿予珩不再逗她，重新看向广阔苍穹，声音多少有些滞涩，“当初我私自改志愿，让清华[28]的招生老师和所有校领导勃然大怒。那个时候，我只铁了心想要报复父母，完全没去想这种背信弃义的行为给学校的名声造成了多坏的影响……”

“大二暑假回国的时候，我去看过老何，”见男人深陷懊恼，荆喆轻声开口，“你说的这些事，老何一个字也没有讲，他只是说，羿予珩永远是盛川四中和他最大的骄傲。”

数十秒的沉默。

“荆喆，我们下周四回去一趟吧。”羿予珩似乎轻叹了一声，肃然开口，像是等这一刻等了许久，“有件当初没来得及完成的事，我想从原点继续。”

“羿予珩，你是在邀请我吗？”荆喆伏在膝盖上，微笑着看向他。

“是……”某宝宝心虚地微扬起头。

“可为什么听起来像是我已经同意了一样呢？”她唇边的笑意不受控制地扩张。

“你不同意吗？”某宝宝一秒委屈成球。

荆喆慢吞吞地靠回床沿。

落地窗外的阳台上种满了她不认识的白色小花，一簇一簇，在夜色中怒放出生机勃勃的清辉。

她知道羿予珩半夜敲门的目的不过就是这句“邀请”，但是——

花好，月圆，人团聚的此刻，她不想他走。

“那你讲个故事吧，讲得我满意的话，我就同意。”

羿予珩轻笑一声：“好。”

然后几乎未经犹豫或思索地开口——

“既然……那么喜欢他，就找到他，当面告诉他你喜欢他，不

[28] 报考北京协和医学院在填报志愿时需填“清华大学临床医学专业”。

就行了嘛[29]。

“‘我不愿意这样做。’青豆说，‘我希望的，是某一天在某个地方偶然遇到他，比如说在路上迎面而遇，或偶然坐在同一辆巴士上。’”

听到“青豆”二字，荆喆不禁重新扬起嘴角。

“决定命运的邂逅。”

羿予珩像是早有准备，像是等这一刻等了许久。

“‘啊，差不多吧。’青豆说着，喝了一口葡萄酒，‘到那时，我要明明白白地向他倾诉：我一生中爱的人只有你一个。’”

羿予珩坚定的声音沉静而徐缓。

“于是你坚信这偶然的重逢必定到来，只是一味地等待这一天。”

被男人仔细掖好的毯子很暖，隐约从男人身上传来的气息也很暖，而这声音令人无比安稳，安稳到荆喆恍若重回儿时有母亲的童谣温馨相伴的夜晚。

那时她曾整夜失眠，困倦而疲乏的脑中混沌一片，却始终无法踏实闭上眼，只能木然靠在床头，看窗外的漆黑夜幕如何被朝霞缓慢渲染出诡谲变换的层次感。

然而此刻，仿佛有人以羽毛不断向下轻抚着越发沉重的眼帘。

“这样的话，你不是就要一个人度过今后的人生了吗？和世上唯一爱着的人始终无法结合。这么一想，你难道不觉得害怕？”

“青豆凝望着玻璃杯中红色的葡萄酒，‘也许会害怕，但至少我有一个喜欢的人。’”

羿予珩静静看向在身侧毫不设防，沉沉睡去的荆喆，眸中一片化不开的温柔。

看了不知多久。

然后，他伸出左臂，小心翼翼地将她楼进怀中，轻柔得像是工

㉙. 以下对话均引自村上春树《1Q84》，Book 1（4月 -6月）。

匠蹑手蹑脚触碰一件名贵瓷器。

可高度不太对，于是羿予珩整个人向下滑动了半分，腰部悬空，仅以肩胛靠着床坐得端正，确保她毛茸茸的脑袋能够舒服枕在他的肩膀上。

他将呼吸放得很轻，呓语一般，借《1Q84》中的青豆之口，将这七年来，他想对她说的话，一字一句，慎重讲完："孤独一人也没关系，只要能发自内心地爱着一个人，人生就会有救，哪怕不能和他生活在一起。"

待杂乱无章的心跳渐渐恢复正常，羿予珩戴上蓝牙耳机，在手机的音乐播放器中找出了那首曾经被他循环到烂的老歌，点击播放后将屏幕按灭，目光重回悠远的浩瀚星河。

七年前，在那间喧闹不已的 KTV 包房中，被众多男生怂恿着走上吧台的荆喆，安静地坐在高脚凳上，打着唱给所有人听的幌子，唱给他听的歌。

陈绮贞的某个演唱会现场，只一把吉他，一副天籁——

"天天想你 / 天天问自己 / 到什么时候才能告诉你……"

"天天想你 / 天天守住一颗心 / 把我最好的爱留给你……"[30]

㉚ 陈绮贞《天天想你》，原唱张雨生。

人间无地著相思

Chapter 14

第二天早上吃早饭和漂流的全程，有两个人明显呆若木鸡，心不在焉——

一个是因为熬了一整晚，瞪眼数了半个夜空的星星导致用脑过度而濒临死亡。一个是因为发觉自己竟然是从床上醒来，脑补出魔鬼把自己抱回床上并盖好被子的画面而濒临死亡。

“昨天晚上没睡好吗？”站在回程高铁的检票队伍里，沈沐歆看了看面色不佳的荆喆，关切问道。

“还好，”荆喆揉了揉不知为何有些酸痛，像是扭到过的脖子，“只是房间里有虫，睡得晚。”

“你这答案怎么和某人一模一样，”陈湃在背后听得一乐，“四个房间，就你俩的房间有虫？”

虽然用脑过度是事实，但关键时刻当转则转——魔鬼不慌不忙优哉游哉地回应道：“蜱虫，听说过吧？一旦被叮，不及时处理可能会得斑疹热、森林脑炎、肾综合征出血热，搞不好还会……”

“哥！”陈湃瞬间认怂，只差跪地求饶，“珩哥！”

但还是不幸晚了一步——

“湃湃，什么是蜱虫？”邵竹昀忧心忡忡地发问，“咱们屋子里到底有没有？”

然后，检票和上车的一整路，拼命解释和拼命发问的陈湃和邵竹昀承包了几人间所有的对话，而老实人默默得出结论——能和魔鬼“相安无事”地同宿舍五年，陈湃绝对是位敢于直面人生的真汉子。

列车缓缓开动，等到列车员检过票后，不过是荆喆低头登录游戏签个到再重新抬头的瞬间，羿予珩已然陷入昏睡之中。

荆喆哭笑不得地观察起这张英俊多于疲惫多于憨直的深沉睡颜，然后偷偷扬手在紧闭的眼前晃了晃，男人果然雷打不动，毫无反应——魔鬼能够一秒入睡的神奇本领，再次让她佩服到五体投地。

睡颜极佳，但这个肩膀歪斜，让人严重怀疑会在下一秒扭断脖子的奇葩睡姿……一言难尽。

荆喆静静伸出手，想要将羿予珩的脑袋“拨乱反正”，然而只伸到半空，担心把他吵醒，又默默收了回来。思考了片刻，她抓过可达鸭，小心翼翼地放进男人脖子与肩膀的缝隙间作为缓冲——

失败。不仅黄胖子瞬间掉落回怀中，男人的耳机也被一并刮掉。

荆喆手忙脚乱地接住耳机，叹了口气之后，只好重新坐正，以自己的肩膀托住可达鸭，轻轻垫在羿予珩的头下。

可高度不太对。于是，荆喆整个人向上移动了半分，努力将后背挺得笔直，确保他的脖子不会受到过度扭曲的戕害。

然后，荆喆将那只蓝牙耳机轻放进自己的右耳。

低沉的鼓声、吉他声与风笛声交织得天衣无缝——

“当天空暗下来 / 当周围又安静起来 / 当我突然梦里醒来 / 就等着太阳出来……”

“为何出现在彼此的生活又离开 / 只留下在心里深深浅浅的表白……”[31]

荆喆隔着这只胖胖的可达鸭稍稍转头——睡梦中的男人显然感知到出现在脸颊下的这片绵软，直接将玩具当成枕头，将整张脸埋了进去，甚至贪恋地蹭了蹭。

---

[31] 梁博《出现又离开》。

荆喆轻笑着摇了摇头，心中忽然柔软一片。

在这一刻，那些一度盘旋心间的困扰忽而冰消瓦解。

她这二十三年的人生，永远在瞻前顾后、纠结犹疑，被看似光鲜亮丽的履历纹饰掩盖的，是一颗怯懦不安的心。遇事永远退缩规避为先，没有拼死也想达成的目标，没有誓死也要捍卫的珍宝。

她曾担忧如果日后自己选择回美国继续学业，那么两人注定要异地多年的迷茫未来。

她曾惧怕这八年来的喜欢不过是种将对方神格化的执念，终归难敌现实的一地鸡毛。

可是，一如沐歆与竹昀所讲，他们是彼此的根系，枝叶相依。

现在，她想要竭尽全部的勇气，去实现这个不再问为什么，也不再想会怎样的愿望——

她和他走，哪怕未来天寒地冻、雨雪风霜，哪怕前路荆棘丛生、路远马亡。㉜

耳机里的男声继续唱——

“我们紧紧相拥 / 头也不抬 / 因为不想告别 / 就悄然离开……”

荆喆知道，羿予珩会选择下周四回四中，是因为，这一天距离那场告别，那个拥抱，整七年。

尽管越是有所期待，时间便越是事与愿违的慢，但星期四还是如约而至。

为了保护学生的安全，盛川四中的门禁极为森严，外人想要随意进入，一定会率先遭受保安的严苛盘查三连——你来干吗？你要找谁？你待多久？

在这之上，还必须要通过内线电话找到校内的联络人，确认所报属实后才能获准通行。

唯有八月初到中下旬这段时间，因为有众多还没领到校服的高一新生来参加分班考试集训，保安通常不会贸然阻拦看上去尚有学

㉜ 改自海子《枫》：“北国氏族之女 / 北国之秋住家乡 / 明日天寒地冻 / 日短夜长 / 路远马亡”。

生模样的年轻人。

荆喆和羿予珩趁着下午的分班考试集训结束，川流不息的校门口最热闹的时候，装出对高中生活无比憧憬的纯真模样，大摇大摆混了进去。

有一句话，但凡毕过业的人都深有体会——只要你一毕业，母校就会以迅雷不及掩耳之势开始大兴土木，华丽升级，突然变得高级、美丽，又宜人。

再一次像乡下人进城，对一切都感到万分新奇的荆喆对此深以为然——虽然她曾在三年前的暑假拜访过班主任老师，但这个校门却是真真切切七年未曾踏入。

“哎？初中楼拆掉重建过了吗？”

“哇！现在竟然有网球场了。”

“那个像胶囊一样的是什么？”

和荆喆的左顾右盼天差地别，羿予珩只是维持着双手插兜的酷炫姿态，目不斜视，满脸淡定。这副视察工作的老干部模样让荆喆莫名想到那天惊鸿一瞥中的那位中心医院院长，忽然有点想笑。

若说她只是四中的过客，那么在这里挥洒了六年青春的魔鬼，应该算“生是四中人，死是四中鬼”这个级别的校友，明明应该比她激动得多才是。

“羿予珩，还是有这么多小姑娘悄悄盯着你看，”她坏心试探道，“有没有找回青春的感觉？”

“所以，”魔鬼却无动于衷，“当时那些女生盯着我看的时候，你在想什么？”

“呃……”老实人竟然真的仔细回想了片刻，才慢悠悠说道，“爱美之心人皆有之……”

“哼。”某人以胸腔发声，将【本宝宝哄不好了.jpg】明明白白贴在脸上，同时将下半句“我也不能挖掉人家的眼睛”彻底堵死在荆喆嘴边。

老实人只能以满脸问号作为回应——果真是世界之大，无奇不有，竟然还有因为别人拒喝陈年老醋而一秒黑脸的人？

穿过中心花园，聒噪吵闹的高一新生人数明显大幅减少，安静出入眼前这栋高耸巍峨的砖红色高中教学楼的，都是将制服穿得一丝不苟的准高三学生。

安静肃穆的气氛也和方才环绕初中楼的轻松欢愉截然不同。

然而，学习压力并不妨碍欣赏帅哥的本能，迎面走来的一排女生向羿予珩投来窃窃注视。其中个子最高挑的一个先是不敢置信地愣了半秒，随即扬起一个极度惊喜的笑容：“予珩哥！”

羿予珩定住脚步，向来冷峻的眉宇间难得沾染几分暖色，充满意外地低头对荆喆开口：“徐叔叔的女儿，徐来。”

荆喆不由得好奇地看向这个魔鬼口中活泼伶俐的小妹妹——事到如今，她充分相信了所谓“娃娃亲”不过是自己脑洞开得太大。

只见女生和朋友耳语了几句，又笑着点点头算是告别，才迈开步子向两人款款走来。

徐来白皙的鹅蛋脸上的确埋着橘子主任的影子，她打量了二人一眼，两个浅浅的梨窝挂在微微扬起的嘴角：“予珩哥，你怎么会突然出现在这儿？”

“小丫头，好久不见，”羿予珩打过招呼，转而向徐来介绍道，“我高中同学，荆喆。”

徐来眼中闪过一丝暧昧的光，却没有对两人的关系妄加猜测，只是谨慎而友好地对荆喆开口：“学姐好，我是徐来。”

“很高兴认识你，”荆喆微笑着点点头，“暑假还要上课，很辛苦吧？”

“要高三了嘛，习惯就好。”徐来的语气倒是听不出抱怨，“你们是回来办什么事吗？”

“呃，没有。”老实人诚实回答道，“只是趁假期偷偷溜进来缅怀一下青春而已。”

“哦……”徐来带着看破不说破的笑意拖长了声音，意味深长地转向羿予珩，“予珩哥，看不出来你竟然是会缅怀青春的人。”

“小丫头，你数学老师是谁？”魔鬼从容不迫地勾起嘴角，“物理老师呢？”

徐来瞬间敛起笑容。

“四中的数学和物理老师基本都认识我，”魔鬼的语气格外轻松，“等一下我就去办公室打声招呼，让他们每天额外给你出几道难题怎么样？等你长大了也会缅怀这段青春的。”

“学姐，等下没什么其他事情的话，”徐来立刻耳聪目明地转向面相温和善良的荆喆求救，“我请你们在食堂吃晚饭好不好，教学楼还是别去了吧？”

荆喆对这位竟敢招惹魔鬼的小妹妹只有无限的同情与敬佩，瞪了满脸惬意的羿予珩一眼，连连保证道：“教学楼我们一定不去，不用你请客吃饭。”

“没关系呀，你们难得回来一趟，当然不能留遗憾，”徐来盛情邀请道，“我饭卡里有钱的。”

说不动心是假的——四中菜色齐全，物美价廉的食堂在诸多校友心中，是可以全方位碾压各种米其林星级餐厅的神圣存在。

见羿予珩只是微微挑眉，显然是在等荆喆做决定，而荆喆面露犹豫之色，徐来狡黠而体贴地补充道：“学姐，真的没关系，我……”

“徐小妹，老任正在火速赶来的路上……”

“私会陌生人，小心你家醋缸爆炸！”

两个将自行车骑成风火轮的少年风驰电掣掠过三人，一转眼只剩两团模糊的背影，徒留两句嬉皮笑脸的调侃在微风中回荡。

徐来无奈地叹了口气，才继续将话讲完：“我小时候不知道欠予珩哥多少根棒棒糖呢。”

“行，那我们就不客气了。”羿予珩看到荆喆眼底的期待，果断替她做出了回答，又顺势调侃道，“不过小丫头，你有了喜欢的人，你爸妈知道吗？”

“说到这个，予珩哥，我爸妈前几天还说要帮你物色相亲对象来着，”徐来偷瞄了荆喆一眼，古灵精怪地笑了笑，伶牙俐齿地反将男人一军，“你可要自求多福啦。”

刚刚的同情无疑是多余的，荆喆莫名想到了徐主任塞来的橘子，由衷喜欢上这个果真活泼伶俐的小学妹。

食堂的布局与七年前别无二致，甚至连窗口飘散出的炊烟味道都与记忆中分毫不差，唯有窗外更加粗壮挺拔的茂盛梧桐记载着时光的无情变迁。

只有准高三学生在校的缘故，荆喆记忆中时常拥堵到寸步难行的餐厅难得没有人满为患。

“哎？这里竟然开始卖奶茶了吗？”

荆喆在走道尽头一个毫不起眼的小小窗口前停下脚步，惊叹声引起了队伍中几个女生的诧异侧目。万幸的是，女孩子的注意力随着某英俊“潇洒本洒”的走近瞬间转移。

“是啊，反正我高一入学就有了，”徐来和队伍里几个相熟的女生打过招呼后，笑着接口，“这应该是全食堂生意最好的地方。学姐要不要试试看？”

“好啊。”荆喆跃跃欲试地抬头看向菜单，对着那行标明风味的小字解起密来，“我研究一下……”

“除了焦糖的会有点太甜之外，”徐来看上去经验丰富，认真尽起地主之谊，“其他味道都不错……”

“奶茶粉通常由奶精制成，含有大量反式脂肪酸。”突兀插入的清冷声音毫无人性地将方才的和谐美好搅得稀碎，“除了会造成脂肪堆积，血压血脂升高，还可能导致血栓、冠心病和老年痴呆症。”

“……”荆喆在这一瞬间失去了发声的能力，几个小学妹觊觎帅哥的眼神也突然无比复杂。

“看到菜单上那个抹茶的图例了吗？”魔鬼似乎对于环境的突变毫无意识，语气依旧平淡至极，“之前在呼吸内科实习的时候，绿脓杆菌感染加乳糜胸的胸腔积液抽出来之后，颜色一模一样。”

一个无辜的小学妹倒抽一口冷气，还有两个万分惊恐地看了羿予珩一眼，互相递去一个惊魂未定的眼神，索性结伴逃离了队伍。

“还有那个草莓味的，”羿予珩却不依不饶继续评价道，“脓肿切开引流之后，浇上双氧水……”

“喂！”荆喆生无可恋地看向魔鬼，自欺欺人地捂住耳朵。

“还喝吗？”魔鬼露出一个浅淡微笑。

和魔鬼对视两秒，荆喆默默松开手，闷声认输：“我放弃。”

“噗，学姐，医生都这样。”徐来在旁边笑出声来，“我爸也经常这么恶心人，其实根本不用理。”

“还有这个玫瑰味道的，看起来很像痢疾志贺菌的颜色，”羿予珩眯起眼睛，不为所动地幽幽回应道，“就是会引起肠道传染病，黏液脓血……”

“停！我确定不喝了。”荆喆恨不得直接伸手捂住魔鬼的嘴，尴尬地向着勇敢坚守在队伍里的小学妹们递去一个歉疚的眼神，准备转身走人。

徐来趁机拉拉羿予珩的衣袖，微微踮起脚凑到男人耳边，笑意未减地压低声音：“学姐好萌啊。予珩哥，原来你喜欢乖巧可爱这一型……”

话音未落，徐来被人从身后硬生生“揪”离了羿予珩身侧。

羿予珩瞬间阴沉下脸，警觉看向突然出现在徐来身后，面色不善的高瘦少年。

荆喆也是一愣——这张清俊周正，仪表堂堂的脸，她似曾相识。

“怎么还没回家？”少年却丝毫没有和羿予珩对峙的兴趣，只微微低头，伸手替徐来细心整理好领子，又轻敲了一下她的额头，兴师问罪的语气，“也不和我说一声。”

“你吓死我了。”徐来嗔怪地推了少年一把，“给你介绍，这是予珩哥，我爸妈同事的儿子，也是四中学长。”

少年这才将目光放到羿予珩脸上，冷淡中暗藏几分犀利与防备，像是在评估男人的危险系数。最终，男生还是维持着足够的风度，礼貌地开口：“学长好。”

二十三岁的羿予珩，固执活成的，
依旧是十六岁的荆喆理想中的模样。
《春风乍起》

似乎是觉得对方的反应十分有趣，又似乎是认定自己身为兄长有义务替徐叔叔严格把关徐来的交友状况，羿予珩没有介意男生的轻慢，难得主动地递出右手：“羿予珩。”

少年双眸忽然一凛。

徐来像是忽然想到了什么，溢满崇拜地补充道：“予珩哥曾经是状元，超级厉害的。”

少年脸上的散漫与敌意忽然消失殆尽，肃然站得笔挺。他回握住男人的手，万分崇敬地开口：“羿学长，我叫任清风，也是搞竞赛的，久仰大名。”

荆喆恍然——眼前的这个少年，正是前一阵频繁出现在新闻上，代表中国夺得国际数学奥林匹克竞赛总分第一名的金牌得主，难怪会觉得眼熟。

恍然的同时，也不由得对男生刮目相看——国际奥林匹克竞赛的金牌，是每个竞赛生梦寐以求的最高级别荣誉。

“你怎么会知道予珩哥？”徐来不敢置信地看看任清风，又看看羿予珩。

“徐来，”任清风耐心解释道，“还记得王主任提过的八年前那个很有天赋的竞赛生吗？羿学长初三就能进数学省队，高二更是同时进了数学和物理两个国家集训队，至今是竞赛界的传奇。”

“予珩哥，我怎么不知道你还搞过竞赛？”徐来瞪大了眼睛。

“那个时候你在国外，而且，都是过去的事了。”羿予珩说得轻描淡写，似乎不愿多谈，显然也已经将任清风的人与名字对上号，“我在新闻上看到过你，恭喜。”

“集训队的老师们至今还在遗憾，”任清风却没有半分欣喜自得，发自肺腑，甚至带几分唏嘘地谦逊感慨道，“如果当时学长没有放弃数学选物理的话，四中第一个拿 IMO 金牌的人应该是学长才对。”

荆喆如同晴天霹雳般看向羿予珩时，男人向来沉静的眸中竟然出现了一丝闪躲。

“还有这是予珩哥的……同学，”徐来的声音打断了荆喆的纷乱思绪，“荆喆学姐。”

任清风这才仔细打量起一直将自己低调隐没在对话外的荆喆，礼貌地点点头：“荆学姐，同样久仰大名。我上初一那年，布告栏张贴的喜报上，除了羿学长和考进清北的学长学姐，第三排就是你的名字，能进宾大真的非常厉害。”

少年记忆力惊人，毫无思想准备的荆喆被说得一愣。

原来，在她不知道的时候，她和羿予珩的名字还曾经同时出现在红榜上一次。

“不过没想到你们竟然是一对……嗷……”任清风带着笑意的结论还没说完便被徐来使劲戳了戳后背。

“不是女朋友……”徐来谨慎地看了荆喆一眼，小声纠正，“信口开河也是要坐牢的。”

他们这样实在让人忍俊不禁。

“不是女朋友？”任清风诧异地看了看满脸姨母笑的荆喆，又诧异地看了看面无表情的羿予珩，困惑地挠挠头，语气真挚到让人分辨不出下半句话究竟是鬼使神差还是故意为之，“那学长，你加油。”

“……”徐来彻底无语。

“……”荆喆笑意消散。

“……”魔鬼高冷依旧。

“抱歉啊学姐，看着真的很像。”任清风见无人回应，立刻耳聪目明地转移了话题，轻车熟路地站到奶茶窗口的队尾，“那为了表达歉意，我请你喝奶茶吧。你喜欢什么味道？玫瑰？抹茶？”

不由自主被四人的对话吸引，正站在一旁偷偷膜拜学长学姐的几个女生因为恰好听到了有关“胸腔积液”和“痢疾杆菌”的科普，纷纷憋笑到阵亡。

最终，荆喆还是捧着原味奶茶，一边跟任清风和徐来聊国外的见闻，一边心满意足地吃完了土豆烧肉盖浇饭。

“羿学长，今天刚好有数学竞赛集训，”任清风撂下筷子，诚挚邀请道，“你愿不愿意去队里传授下经验，顺带让小朋友们膜拜一下？我相信学长讲的话他们一定会听。”

羿予珩沉默了片刻，淡淡回答：“我在高三退役前其实也没有多大建树，和你取得的成绩完全不能相提并论。况且，我刚刚答应了徐来不进教学楼，也没准备什么鼓舞人心的演讲稿。”

“予珩哥，你尽管去找十个数学老师出最难的题，”徐来嚣张而顽皮地扬起嘴角，“我有靠山，完全没在怕的。”

“学长不在江湖，但江湖里有学长的传说。”任清风笑着揉了揉女生的头顶表示受用，不卑不亢地接口，“听说之前在开学典礼上发言的学生代表都来自高三，可某一年原定的高三同学突然生病，校领导临时决定派当时高二的学长上台救场。结果学长的即兴演讲没有一丝破绽，镇住了所有人。”

“这个我也听说过。”徐来笑眯眯地道，“在那之后，不仅传统改成了由高二的第一名发言，更有人把你的演讲记录成稿，沿用至今。予珩哥哪里是需要演讲稿的人。”

“当时的第一名并不是我，”羿予珩不动声色避开了正题，“如果按照这个标准，我只是代人完成任务而已。如果由她本人来讲，应该会比我更出色。”

荆喆的心重重一跳。

她自然听得出其中的拒绝之意，不由得转过头深深看了坐姿笔挺的羿予珩一眼，蓦然涌上一阵翻江倒海的心疼与苦涩，再没有心情去听任清风或徐来又说了什么。

在看似心平气和地说出“没有多大建树”几个字时，不知道羿予珩是什么样的心情。

明明数学才是他更擅长的科目，明明他高一一整年都在主攻数学竞赛，明明连老师都认定他有拿 IMO 金牌的实力，可他最终选择的竟然是物理，而她竟然到现在才知道。

如果她不是其中的缘由之一，他绝不会在方才的那一瞬间慌乱闪躲。

当初的羿予珩，竟然为了很可能永生都不会再见的她，任性舍弃了那条最光明的坦途。

可她何德何能。

这些年，羿予珩一定也遗憾过，后悔过吧，所以面对这样的请求才会选择逃避。

“手，”羿予珩轻唤回荆喆的思绪，目光落在她又一次抠在一起的右手拇指和食指上，俊眉微蹙，“你在胡思乱想些什么？”

“没。”荆喆慌忙将手放回餐桌下面，抬头与男人研判的视线相接的瞬间，鼻腔却猛然一酸——这个人，聪明如斯，怎么会做出那样得不偿失的傻事。

羿予珩见荆喆神色复杂，欲言又止地避开对视，心中当下了然。

小可爱显然误会了他拒绝任清风的原因。

今天晚上，和两个小家伙吃饭已经在计划之外，去集训队拜访就更是节外生枝，比起对着一群熊孩子发表演说，他有更重要的话想对她讲。

可权衡过后，羿予珩微不可辨地叹了口气，柔声开口：“荆喆，徐来在问你话。”

“学姐，刚刚我问，”徐来微笑接口，“你当时没能听到予珩哥的精彩演讲，会不会很遗憾？”

荆喆将徐来的问题咀嚼一番，才意识到这根本是道送命题。

如果她回答“会”，两个小家伙企图通过她来施压，“逼迫”羿予珩首肯的计谋便会得逞，可她不想这样做。但如果她回答“不会”，以魔鬼的傲娇程度多半会再次黑脸。

偏偏，似乎生怕她还不够左右为难，羿予珩悠然靠向椅背，双手环胸，高深莫测地微扬起下巴，表示自己在洗耳恭听。

“呃……”老实人只好模棱两可地回应道，“还好……”

“学姐，”早有准备的任清风露出一个运筹帷幄老谋深算的笑容，“类似这样的回答都不算数。”

反正横竖是死，荆喆索性心一横：“呃，不会。”

一秒，两秒，三秒的沉默之后，荆喆胆战心惊地看向身边的男人——

“抱歉，恐怕等下要劳烦你听讲了。”魔鬼果然无比阴森地扬扬嘴角，然后将面前早已收好的碗筷端在手里，直接从座位上站了起来，脊背笔挺地走向餐具回收站。

“噗……”徐来憋笑憋到呼吸不畅，“学姐，予珩哥平时竟然这么可爱的吗？忽然觉得小时候我们一群小伙伴都白白害怕他了。”

“……”荆喆依旧沉浸在“这与剧本严重不符”的极大震惊中，不知如何作答。

“不过……”徐来在准备起身之前，忍不住继续笑着调侃道，“学姐也好可爱。其实，你完全可以装作没听见任清风那句‘不算数’，彻底无视他的呀。”

“……”老实人后知后觉意识到这两个套路满满的年轻人或许能与魔鬼一战。

“就你精。”任清风清理好桌面，也站了起来，虽然是无奈的语气，眼中却盛满溺宠。

两人各自端着托盘，礼貌地向荆喆点点头才相携向着刚刚羿予珩消失的方向走去。

荆喆同样准备起身，可想到两个小家伙扔在椅子上的书包将会无人看管，又心乱如麻坐了回去。

正揣测着羿予珩改变主意的缘由，男人突然出现在荆喆身侧，微微俯身，以双手撑住桌面，似笑非笑揶揄道：“是等人上门服务呢吗？”

“没，”荆喆忽然有些不敢直视男人的眼睛，“我这就去。”

准备起身时，修长的大手已经先她一步拿过桌上的托盘，稳稳端好：“那现在免费的劳动力来了，你坐。”

“羿予珩。”她抬头轻唤他的名字。

“嗯？”他欲转身的动作一停。

“你真的要……呃，想去吗？”

羿予珩轻笑一声：“你不如问，如果你刚才回答的是‘会’，我又会怎么说。”

“怎么说？”

“我会说，”羿予珩停顿了片刻，戏谑而愉快地回答，“那我还是不要辜负这样的期待为好。”

然后，男人重新向着餐具回收站大步走去。

荆喆怔怔凝视着羿予珩颀长的背影，似是有蚁群绵密啃啮着心脏，一时感慨万端。

在察觉她的失神后，是羿予珩主动要求徐来重复了那个问题，而无论她会如何回应，他都做好了回答“我会去”的准备。这是他向她证明“你想多了，我没有心结，也不会逃避”的方式。

荆喆从未如此刻这般清晰地认定，羿予珩与她心心相印，息息相通——

他这样懂她，一个眼神便使她的所感所想无处遁形。

而他的宽慰与解释迂回曲折得一如既往，所幸她懂。

重新踏入灯火通明的高中教学楼，荆喆再次百感交集。

大厅的落地窗前新添置了一排生机盎然的绿色盆栽，与两侧乳白色的墙面相得益彰。浅灰色大理石地面一尘不染，洁净如新。

楼梯间内空无一人，静出了几分庄严，荆喆不由得放轻了脚步，仿佛她依旧是八年前第一次走进这里时怀揣欣喜与虔诚的少女。

徐来在六层与三人告别，荆喆则随着任清风和羿予珩走进了七层的阶梯教室。

时间尚早，教室里是不拘一格的喧沸吵闹，正谈天说地的队员看到来人，纷纷讶然，立竿见影安静了下来。

片刻之后——

“金牌得主，你还来干什么？”

“老祁、老许加小虎三个都满足不了你？”

“徐小妹知道你又飘了吗？”

几个明显年长些的队员二话不说对着任清风开嘲，可在看到羿予珩冷若冰霜的脸时，瞬间安分守己地转投小队员噤若寒蝉的阵营。

任清风显然从未见过这群人如此乖巧的一面，乐了一下才郑重其事地清清嗓子：“咳，给大家介绍一下，这位是羿予珩学长。”

死寂仅持续了片刻，刚刚的几个活跃分子眼中散发出膜拜的光芒，再次毅然开口——

“竟然是会呼吸的羿大神！”

“学长，能得到和你握手的机会吗？”

“他其实是想要学长的签名照。”

看到羿予珩脸上转瞬即逝的【这是什么迷惑行为 .jpg】，荆喆由衷地笑了。

教练员李老师准时走进教室后，羿予珩才从学弟们的热情包围中脱身。

正如任清风所说，这些学弟学妹对羿予珩的崇拜几乎毫无遮拦写在脸上。当男人沉稳地站上讲台时，教室里几乎是绣花针落地都能听清的静。

“也许有人希望我能提供些在竞赛里迅速提高成绩的秘籍或捷径，但很遗憾，我并没有……”

荆喆安静坐在前排的角落，右手托腮，听羿予珩信手拈来举出三十多年前某届 IMO 中某道难倒了所有评委的数论题，然后由此引出多练多想，灵活思考的重要性。

身边少男少女们求知若渴的信服眼神只让荆喆觉得与有荣焉——在他从容开口时，她几乎看到了那个在开学典礼上临危受命却方寸不乱的高二少年，游刃有余，熠熠发光。

“但是，”讲完刷题的必要性，羿予珩突然一停，视线淡淡扫过荆喆，隐隐勾起嘴角，“盲目的题海战术有时只会事倍功半，它可能让你陷入思维定式，忽略掉同一个类型的题目间微妙但巨大的差别。”

回忆霎时如潮水般涌来，漫天盖地的清晰。荆喆难以置信地微微睁大眼睛，但羿予珩已经不动声色转到了另一个方向。

这似乎是很多年前，她对另一个人说过的原话，一字不差。

那是高一上期末考试前的周二，对于日程安排向来迷糊的荆喆完全忘记物理竞赛集训已经结束，习惯性走向集训教室。

推门而入的瞬间，荆喆和二十来张全然陌生的脸面面相觑了片刻，还以为自己走错了地方，特意退出门外重新确认了地点，才又放心进门坐定——平时这里是对所有人开放的自习室，一般鲜少有人光顾，大约是临近期末考试，才会有这么多热爱学习的有志之士在此悬梁刺股。

直到集训开始时间已过，眼见身边低头学习的陌生同学纹丝不动，而队里的同学依旧杳无影踪，她才恍然意识到今天根本没有集训。

自习效率向来为零的荆喆当机立断准备撤退回家，但天不遂人愿——

“荆喆！你竟然会在这里自习？”

一句压低音量也难掩惊喜的招呼让所有人纷纷抬起头来，荆喆再一次成为焦点。

即便有可能对不上脸，但没有人不知道这个名字——这可是在期中考试将鼎鼎大名的羿神挤下第一名宝座的神仙。

来人是荆喆在分班考试时认识的 10 班小姑娘，此刻她眼中唯有“久旱逢甘霖”的狂喜，一路小跑到荆喆身边一屁股落座，小声请求道：“仙女姐姐，正好你在，我能不能问你道物理题？我请你吃糖！”说罢妹子真在书包中努力翻找起糖果来。

那时还没有“这样的萌妹谁能扛得住”这种说法，但荆喆情不自禁地停下了收拾东西的动作，温和而友好地轻声回应：“没事，你说。”

妹子掏出一管草莓味软糖：“你先吃。”才又迅速拎出一沓认真写过的卷子，翻到其中空空如也的一面指了指，“就是这道三年前的期末压轴题，我连参考答案都看不懂。”

荆喆也对这道题印象深刻——一个内部有弹簧和曲面的小车向右运动，车内小球被顶端的弹簧弹射后沿着光滑曲面向左下滚动，撞击粗糙地面上的滑块并使滑块撞击另一端的弹簧，最终求各种能和弹簧的最大压缩量。

她在解题时吐槽了好几遍出题老师怕不是个神经病，最终连续变换两次参考系才算出来。

正准备拿出纸笔开讲，坐在荆喆前面的两个女生转过头，以仰望救世主的诚挚小心翼翼询问道：“我们可以一起听吗？绝对不打扰你讲。”

还没来得及回应，荆喆又被身后的小伙轻轻戳了戳肩膀：“大神，能不能也加我一个？”

眼见坐得近些的同学纷纷朝着荆喆聚集，坐得远些的同学不由得抻长了脖子好奇打探起来：“什么情况？”

“年级第一要讲那道能杀人的物理题啦！”

荆喆只能看着原本稀稀拉拉遍布教室各处的几路人马争先恐后蜂拥而来，无奈又好笑地提议道：“不然我去黑板上讲好了。”

荆喆口干舌燥地讲完解法，又确认了大家没有其他问题后，在一片“哇，原来如此”的崇敬目光中放下粉笔走下讲台。

以为已经圆满完成任务，却万万没想到，她还没迈出三步便被团团围住——

“女神，还有这道数学题能麻烦你也讲一讲吗？”

“真的，你讲的比老师清楚多了。”

“你说题我也没少做，自认把这个类型的题都做烂了，怎么还是做不对？”

……

荆喆看了看将自己围得密不透风的几个莽撞小伙，见他们不约而同递来的问题出奇一致，想着讲一道题也是讲，讲两道题也是讲，默默叹了口气后还是答应下来。

“好吧。”荆喆说完又好心答疑解惑道，“其实盲目的题海战术有时只会事倍功半，它可能让你陷入思维定式，忽略掉同一个类型的题目间微妙但巨大的差别。呃，不过你们先别围着我了……”

几人点头哈腰，感激涕零地让出了通路，但重见天日的荆喆忽然发觉气氛骤然凝重诡异。

莫名其妙顺着大家的视线看过去，荆喆的心脏几乎跳出嗓子眼——

羿予珩竟然毫无预警出现在门口，比平日更加冷然几分的面无表情，站姿一丝不苟的笔挺。

此生虽短意缠绵

Chapter 15

整间教室不仅瞬间安静，气压也忽然低无可低——同样没人不认识羿神，但对于这位此刻从头到脚都散发着“生人勿近”的恐怖气场的神仙，常人是万万不敢贸然搭话的。

眼见两位神仙似乎要打架，荆喆身边几个忘恩负义的小伙屁滚尿流逃回了座位，留她一人呆立原地，与表情阴冷，显然心情不佳的羿予珩四目相对。

最终，荆喆轻咳一声，尴尬打破了死寂：“呃，今天没有集训……”

羿予珩向前迈出几步，坦然挑眉：“不是自习教室吗？”

“是……”荆喆只能老实回答。

只见羿予珩点点头，步伐平稳地走向刚刚站得离荆喆最近，提问最积极的男生，指了指他旁边的空位，礼貌询问道：“这里有人吗？”

瞬间压力山大的男生满脸惊恐地摇了摇头。

悠然落座之后，羿予珩好像才意识到过于肃静的气氛有些微妙，看了看黑板上的娟秀字迹，重新对着荆喆开口：“你在讲题？”

“嗯，不会影响你吧？”荆喆硬着头皮开口。

“不影响，”羿予珩不紧不慢从书包里拿出历史书，“你们继续。”

继续？荆喆肠子悔青了大半——在羿神面前讲数学题？《勇气》也不是这么个唱法。

托存在感过于强烈的某人的福，荆喆在讲题的过程中因为紧张折断了三根粉笔，出现了两次口误，甚至写错了一次算式。当她终于满身冷汗地在黑板上写完最后一笔，转身询问“听明白了吗”的时候，尽管台下的二十来张脸明显被困惑所笼罩，愣是没有一个人再多问一个字。

这一次，荆喆在诡异的静中顺利走回了自己的座位，连身旁的10班小可爱也只是朝她竖竖大拇指，指了指桌上的糖，又比了个“谢谢”的口型，迅速低头整理起笔记来。

鸦雀无声中，荆喆反倒不太好意思拎起书包直接走人，只得也装模作样地翻起……历史书。

在接下来的一个多小时里，1929到1933年空前严重的资本主义经济危机半点没往脑子里进，但羿予珩被身后女生怯怯戳了三次肩膀她倒看得一清二楚。

直到终于有两拨人先后离开，荆喆才趁机和小可爱道别，迅速溜出了教室。

从卫生间走出来后，荆喆万分惊诧地和羿予珩在楼梯口不期而遇——

“呃，好巧，”荆喆慌忙在毛茸茸的围巾上擦了擦刚刚洗过的手，“你也回家？”

“嗯。”男生低头看了眼女生围巾上晶亮的水珠，表情是一贯的淡。

“你怎么会突然来自习？”心中的疑问不由得脱口而出。

“我家楼下装修，施工很吵。”羿予珩简短开口。

“啊？会施工到这么晚？”荆喆的第一反应是这违反了《噪声污染防治法》，不合理。

“着急结婚。”羿予珩回答得斩钉截铁，不容置辩。

神的“着急结婚”——回忆至此，荆喆原本托腮的右手不得不改捂住嘴才避免了在周围一圈学弟面前轻笑出声的悲剧。

原来，早在那时，魔鬼已是魔鬼。

而其动机之隐蔽，道行之高深，若不是刚刚他得意忘形的自曝，恐怕再过两百万年她也参破不透背后的玄机。

“笑什么？”魔鬼本人已经完成演讲，在雷鸣般的掌声中走回她身边静静坐定。

“没什么。”荆喆害怕笑场，直接拒绝与他对视。

羿予珩无疑欠那位无辜小伙一句诚恳的道歉——她至今并不知道男生的班级或姓名，只记得那一晚被魔鬼选中成为同桌的他，在那一个多小时里，默默擦了不止五次汗，跑了三趟卫生间。

魔鬼似乎已经看穿她所想，却显然不以为意，甚至再次使用出心满意足的语气：“那准备走吧。”

荆喆看了一眼刚进行完总结发言，开始在黑板上写题的李老师：“现在怎么走？”

“等他们结束就更走不了了，”羿予珩目光平稳，“但我们似乎还有更重要的事。”

荆喆心跳不稳——她知道“更重要的事”指什么，而他的眼神无疑在说，他知道她知道。

告别了集训队的老师和同学，缄默无言的两人沿着楼梯一路向下，心照不宣地在三层同时顿住脚步——这是高一（14）班所在的楼层。

“去看看吗？”羿予珩轻声开口。

“嗯。”荆喆的声音几乎轻到难以觉察。

为了避免浪费能源，学校在暑假仅为高三所在的六层七层开了大灯，此刻阒无人声的走廊中只有一排位于地面的紧急出口指示灯散发着幽暗的蓝光。可对于曾经在这里往返过成百上千回的两人，不需要光亮也能轻车熟路找到教室。

羿予珩走到门口，用力拧了拧门把手：“锁了。”

荆喆透过门上的玻璃向里张望了片刻，除去一团漆黑外一无所获，只能略带失望地叹了口气。

她欲转身打道回府的瞬间，他突然开口叫她的名字，与七年前告别时同样的语气：“荆喆。”

“嗯？”黑暗将心跳声陡然放大，却也让脸上的燥热绯红隐于无形。

“就在这儿坐会儿吧。”他的声音似乎比平日低沉半分。

“好。”她的声音有些颤抖，却没有半刻犹疑。

荆喆正准备背靠教室外墙的储物柜坐下，羿予珩突然伸手解起衬衫纽扣。

本就大气不敢多喘的荆喆受到满点惊吓，下意识想要后退，但退无可退，后背“咚”的一声撞在柜子上——他们明明是健康清白的普通男女关系，在如此月黑风高的深夜，这算什么迷惑行为？

她顾不上肩胛骨传来的剧痛，匆忙别过头去——非礼勿视，阿弥陀佛。

“瞧你吓得，”被她的反应娱乐到，魔鬼的声音带着清晰的笑意，“地上凉，你垫着。”

“我能睁眼吗？”荆喆一时忘记应该感动还是感激，固执坚守着老实人的底线。

“游泳池没去过？”魔鬼无疑心情极佳。

“……”不一样。游泳池里赤裸上身的男人比较安全，但教学楼里赤裸上身的魔鬼就……

“拿着。”羿予珩无情打断了荆喆的腹诽，听声源的方向像是已经坐定，“来。”

荆喆做好了充分心理建设才战战兢兢睁开眼，然而，却只见羿予珩闲适靠在柜子上，合身的白色 T 恤勾勒出标版的身材，正对她邪魔地勾起嘴角。

自知被戏耍，但身为好脾气的老实人，荆喆似乎也只能气鼓鼓地嘟嘟嘴，乖乖接过男人递来的衬衫，板正叠了叠：“哪一面朝地你比较不介意？”

“反正都脏。”魔鬼不假思索，满不在乎地回答。

“……”虽然脾气好，但愤怒的小火苗还是隐隐燃烧了起来——哪有一边关心一边嫌弃的道理。

“从细菌的数量和种类来看，”羿予珩面不改色，坦然欣赏起她愤然作色却欲发作而不能的可爱，“没有任何证据表明食堂和阶梯教室的椅子会比这一小片地板更干净。”

懂得科学使人无趣——这解释非常合理，她心中的愤怒火苗被成功掩埋。

荆喆在羿予珩左手边静静落座。

两人之间不过四五厘米的距离，纷乱的心跳声在欲说还休的更阑人静中交杂融汇，努力适应了片刻，呼吸才不再是小心翼翼的急促。并不是第一次靠得这样近，但羿予珩身上传来的温度却从未这般真切，几乎将荆喆的右半边身体一并引燃。

距离那件“重要的事”和那些“重要的话”，终于一步之遥。

可男人难得迟疑地陷入沉思，清冷月华为他的侧脸染上一层朦胧的银白光晕，柔和而杳茫。

在紧张无措满溢胸腔之前，荆喆鼓起勇气率先开口：“当时，你为什么会放弃数学选物理？”

羿予珩却依旧沉默。

良久，久到荆喆开始有些惶惶然。

“2013的新年愿望：第一，身体健康，世界和平；第二，在九月的联赛里取得满意的成绩；第三……空缺。”

当男人终于不紧不慢沉声开口时，荆喆完全不敢相信自己的耳朵——这句话原封不动拷贝自她的圣诞心愿卡，而那张硬质纸片本应隐藏在千百张将许愿树点缀得五彩缤纷的卡片中间，匿名。

所以，在那个她和集训队小伙伴去吃卤肉饭的平安夜，数次拒绝一同前往的羿予珩不是真的有事，更不是像他自己胡扯的那样在“用功学习”，而是跑到大厅中那棵巨大的圣诞树下，一张一张仔细翻找着她的心愿。

可她明明记得，他对这个在年级中引发了热烈反响的圣诞许愿活动嗤之以鼻——

“羿神，你准备写什么放上去？”

“不写，这种活动明显就是骗骗女生而已，幼稚。”

这段被她无意间听到的对话，曾经让她暗自庆幸不需要费心去辨识他的心愿，节省了不少期末复习的时间。

因此，羿予珩花了多长时间耐心寻找，又是怎样仅通过字迹和内容确定这一张为她所写，荆喆无从想象。

“但凡她的愿望像其他女生一样再简单些，或许我都能在她出国前为她实现。”羿予珩将头靠在身后的柜子上，微微仰头，轻柔的语气中带着寸丝半粟的怀恋，“但是这个人，从来不走寻常路。我力所能及的，也只有第二条而已。”

当傲娇怪猝不及防打起直球，荆喆脑中蓦然一片空白。

“这么多年，我都在自欺欺人地试图证明我不喜欢她，借口和理由找了无数个，”男人将声音放得很轻，轻到几乎像是终于认命的叹息，“可伪命题是没办法被证明的。驳斥一个命题为假，一个反例就足够，我却能举出千万个。”

荆喆徒劳张了张嘴，只觉口干舌燥，彻底丧失了发声的能力。

“后来认识的女生里，有聪明的，有迷糊的，有洒脱的，也有严肃的，可再没有一个像她一样，聪明又迷糊，随性又正经，矛盾重重却非常有趣，”羿予珩自嘲地笑了笑，浅淡的笑意如同此刻漾进眼底的月色一般温柔，“也再没有一个像她一样，能客观平视这个真实的我。”

脑中像是塞满密密匝匝的隔音海绵，一字一字接收进来，一字一字吸摄进去，明明每个字都听得一清二楚，偏偏串联不出完整的句意。

“我曾经听说她在美国过得很好，我这辈子都再难企及的好，”羿予珩欲言又止地停了片刻，才又克制地继续道，“所以我本来想，如果在各自儿孙成群的七老八十岁还有机会再见，我一定要当面和她抱怨一番，是她在最开始就把我的择偶标准设定得太高，害我白做了好多年单身狗。”

荆喆如醉如梦地转过头，依稀辨得清男人唇瓣翕张，眉眼却仿若隔着缥缈水雾，这才发现目光所及竟然一片氤氲。

“你一定要把手抠到这样血肉模糊吗？”

带些责备与心疼的轻言细语中，羿予珩终于迎向她的盈盈泪眼，坚韧炽烈的目光如钻石璀璨斑斓。这双深邃明澈的眸中盛得下广袤无垠的星辰大海，但此时此刻，一心一意辉映出的，却有且只有她一人。

荆喆恍惚间看向自己的手，果然，右手食指指甲外缘在毫无知觉间被拇指掀开了一道裂痕，不痛不痒，却足够触目惊心。

慌乱低头欲掩藏证据的瞬间，几滴眼泪不受控制地淌下来。

直直落在轻覆于她手掌的大手上。

修长的手指缓慢而坚定地插进她的指缝之间，不容她退缩闪躲，严丝合缝与她十指相扣。

宽大的掌心温度滚烫，烫得荆喆一阵酥麻的战栗。

“好，那现在不能再抠了，乖乖听我说完。”不再压抑或逃避，羿予珩向来幽静的眼底终于灼然汹涌，贪婪将此刻的她镌刻进时光的分界线，“后来，这个人竟然自投罗网回到我身边。虽然终于发现我是魔鬼，但还是晚了一步，因为地狱之门向来有进无出。我现在觉得，等我行将就木的时候，能和孙辈炫耀一下当初把他奶奶坑骗进家门的丰功伟绩，也算不枉此生。”

五感尽失的荆喆全然没有意识到，微微颤抖着说出这番话时，这个于表面安之若素的男人，将她的手握得那样紧，紧到几乎带一丝宁将手指夹断也不会容她挣脱的狠戾决然。

惯用的右手动弹不得，荆喆只好伸出左手紧捂住嘴，与行将决堤的泪水倔强抗衡。

同样是十分喜欢，常人恨不能展露出十二分，他偏要处心积虑地藏匿十二分。

多傻，这个人。傻到她无从评价。

“荆喆，无论我当初选数学还是物理，最终有没有进国家队，有没有拿到金牌，在这两个学科上可能会有多高的造诣，都不会改变我最终要学医的人生轨迹。所以，进数学还是物理集训队，能在竞赛这条路上走多远，对于我其实半点都不重要。”

羿予珩微微俯身，抬起右手将她的左手摘下，小心翼翼抚上她一片湿泞的小脸，再以拇指不厌其烦地擦拭掉不断滚出的泪珠，专注的目光唯有缱绻的温柔。

“如果这样说，会让你好过一些吗？”

这个从楚楚可怜逐渐过渡到幽怨呆萌的眼神太过可爱，羿予珩微扬起嘴角，揽过她毛茸茸的脑袋轻按向颈窝。

“或者我应该问，如果这样解释，会让你觉得我其实并没有听上去那么傻了吗？”

明明是闷不吭声自虐到体无完肤，却敢摆出无辜受害的委屈嘴脸，再以不需要打草稿也能征服人心的高超话术，步步为营地赚到惭愧狂喜同情感动的眼泪还有……女朋友。

归根结底还是在欺负她是老实人。

多精，这个人。精到她无言以对。

荆喆记得这一小片皮肤的触感与温度，真真切切。

恰好七年前的背景太吵闹，恰好那时她太不从容，所以不曾听到他的怦然心动。

可心不说谎。而今，这具胸膛左心口传来的激昂搏动终于历历可闻，哪里有半分沉稳。

这个心跳为她加速的人，竟然是千万人眼中无法触及的羿神。

她或许应该矫情地大哭一场，为他七年前无谓的骄傲或怯懦，为他七年间缄默的牵挂与思念，也为这七年来，兜兜转转，她依旧是幸运地停驻在这颗心上的人。

但听着听着竟听入了迷，听出了春雪消融万物复苏的蓬勃，听出了莺飞草长春笋拔节的希冀，听出了岁月静好诸事遂意的安稳。

她罔顾眼眶依旧微红，默默将脸埋得更深，然后微微扬起嘴角——

曾经担忧害怕的所有，在这令人万分心安的心跳声中，溘然烟消云散。

终于如愿软玉在怀的某宝宝再次开口时，语气大有装乖卖惨之嫌：“荆喆，我自说自话这么久，不配得到回应吗？”

瞧，魔鬼是断然不肯吃亏的，这回应索取得多么理直气壮，直白顺嘴。

“羿予珩，你要想好，”她没有抬头，闷闷的声音带几分软糯的黏，“我是一个病人，有十多页的报告可以证明病情很严重的那种病人。”

“好惨，”他伸手揉揉她的头发，“我说我，摊上个病入膏肓的。”

鉴于这个人态度着实顽劣，荆喆不得不严肃起来：“注意力缺失症是神经系统的问题，只能矫正，无法根治……”

“好像我恰好学医，”羿予珩反而轻笑一声，“你要听更可怕的不治之症吗？”

在话题被莫名其妙转移之前，荆喆选择迅速回归重点：“还有无数研究和临床先例证明，有这个问题的人很难成为令人满意的配偶，极有可能导致婚姻不幸。”

“恕我孤陋寡闻，看不出ADD和婚姻不幸在统计学上的相关性。”

“因为我们这类人注意力容易分散，会经常性忽略伴侣的需求，责任感相对低下，遇到问题时又缺乏渡过难关的毅力与恒心，所以难以维持任何亲密关系……”

这种通常只在学术研讨会才得以一见的，一本正经的说教语气让羿予珩的心莫名融化了大半，忍不住贴近她耳畔，几乎像是轻哄：“不怕，你拥有毅力与恒心本人。”

“毅”“与”“恒”三个字，依次被微微加重。

“……”她一定是被这个意外发现的宿命感而不是他的突然亲昵冲昏了头脑，面红耳赤地呆愣了片刻后才喃喃接口，“我的意思是，也许我不会是一个称职的女朋友……”

“所以你老老实实祸害我一个就好，就别想着去坑别人了。”

“可是这个问题，还有抑郁症，都有遗传的可能性……”

“所以我会成为精神科医生以防万一，生一个治一个，生一窝治一窝。”

总觉得不继续挣扎一下会很不甘心——

“可是万一会影响孙子呢？孙子的孙子呢？”

“所以你高祖母姓甚名谁？生辰八字？既往病史？”魔鬼突然在这一刻将她轻柔推离怀抱，迫使她与他对视，然后再次邪恶地扬起嘴角，“多少岁开始有性生活？频率几何？”

荆喆的小脸立竿见影地变得更烫，微微瞪大的晶亮双眸，无声控诉着“你们医学生还真是名不虚传的污”，整个人瞬间向后挪动了半寸。

“所以你这就叫杞人忧天。”魔鬼对于这个反应无比满意，伸出食指轻刮一下她的鼻梁，才重新将她捞回怀抱固定好，心满意足安慰道，“你孙子的孙子甚至永远不会知道你是谁，同理，那么远的事我们根本管不着……”

话音未落，一句“人未到，声先至”的怒斥震耳欲聋惊散了所有温馨旖旎——

“这种事学校是一定要管的！你们俩，深更半夜在这里腻腻歪歪干什么呢？”

随着一道来自手机的强光不留情面地划过地面、墙壁，最终精准定格在两人身上，一个五大三粗的中年男人如同铁塔般威风凛凛杵到了两人面前。

男老师凶神恶煞的面相中带几分遮遮掩掩的狐疑，声如洪钟的训斥不依不饶——

“你们以为黑灯瞎火摄像头就拍不到了吗？”

突然降临的明晃晃的光亮刺得瞬间蒙圈的荆喆睁不开眼，下意识转头向着男人的肩膀避去。同样满脸蒙圈的羿予珩下意识抬起小臂，体贴地挡在她的眼前。

这有来有回自然流畅的两个动作，无疑为老师心中的昭昭罪名提供了如山铁证。浑厚的男中音咄咄逼人地响彻楼道——

“都站起来！”男老师目光炯炯，皱起了眉头。

“……”

两人默不作声狼狈站了起来。

“把手给我放开！”男老师看了眼两人依旧紧紧相牵的手，咳了一声，语气僵硬。

“……”

两人默不作声狼狈松开了手。

“你把衣服穿上！”男老师又看了看静静躺在地上的那件衬衫，满脸不齿地瞪了羿予珩一眼。

等一下！他们明明是健康清白的普通男女……朋友关系，虽然是在月黑风高的夜里，却没有做出任何有伤风化的迷惑行为，凭什么要像被捉奸在床的奸夫淫妇一样惨遭“喊打”？

可荆喆啼笑皆非的腹诽还没结束，羿予珩已经默不作声捡起了衣服，默不作声掸了掸灰尘，默不作声重新穿好，甚至默不作声系起了扣子——

这是个什么队友啊喂？

“你们哪个班的？”男老师中气十足地继续发问，“班主任是谁？”

见羿予珩专心系着纽扣，像是在无声忏悔，而荆喆只是小鸟依人地向男人身后躲去，低着头无意狡辩，觉得两人认错态度良好，男老师苛责的语气终于放轻了半分。

“你们这种我见太多了，不用给我扯东扯西，就算你们是好学生，不，就算以后你们有本事成为状元……”

荆喆偷看了面不改色的羿予珩一眼，再一次有点想笑。

说到激动处，男老师的声音再次提高了八度：“该说我还是一定要说！你们的年龄和身份，是和这些异性之间的亲密行为完全不符的！”

等一下！他们作为一对年迈到二十三岁才辛酸地开启初恋，会被七大姑八大姨催着相亲的苦命鸳鸯，年龄身份怎么和搂搂抱抱等亲密行为不符了？

“高一(14)班，”不紧不慢系完扣子的某人，不慌不忙淡定开口，“班主任吴慈仁，吴老师。”

荆喆难以置信地倒抽一口凉气——

莫非，这就是传说中的猪队友？

闻言，男老师迅速从怀里掏出一个破破烂烂的笔记本和一支签字笔，二话不说塞进羿予珩手里：“你们把名字在这里写一下。”

不等二人有所回应，男老师又语重心长补充道：“像你们这种情况，我必须向你们吴老师反应的。”

羿予珩意外顺从地接过笔和本，龙飞凤舞地写下了自己的名字。

“我事先警告你们啊，和吴老师商量之后，如果情节严重是要报到王主任那里的。”

羿予珩将“荆”字写了一半，却不知为何突然划掉，兴致盎然涂起了鸦。

荆喆一边被动接收着男老师有如魔音贯耳的唠叨，一边无语地看魔鬼将那一团黑越描越大。

“你们两个还是第一实验班的学生，更应该知道在高中阶段好好学习的重要性……”

看着看着，心跳却越发脱控——那一小片黑影，越发完整地呈现出心的形状。

“哎，你干吗呢？让你写名字你画什么画？”

羿予珩这才在心形之后随手写下“荆喆”二字，又停顿了片刻，确定她看到了这行突发奇想的告白，才匆匆几笔将中间的桃心改成椭圆，随手将笔揣进衬衫口袋，把本子递还到老师手中。

“羿子……这什么字……？荆……昔？”男老师费劲地辨认了片刻，瞬间改换了唠叨的主题，“不是我说，你这字语文老师看了得背过气去，这么写字以后可怎么参加高考？”

见羿予珩并无回应之意，男老师收好本子的同时抬头看了他一眼，却意外瞧见了安然插在男人衬衫口袋的黑色签字笔，不由得再次奓毛：“哎，你小子怎么还顺笔？拿回来！”

羿予珩一愣，低头反应了片刻，才讪讪将笔物归原主：“抱歉，我以为是我的。”

"什么毛病！"男老师摇摇头，看向羿予珩的眼神无疑在狠狠吐槽"你谈恋爱带个毛线的笔"。

荆喆却险些笑出声来——老师，在高一的时候，这个人貌似在硬笔书法比赛获过奖，也还不是偷笔惯盗。

"行了，你们别在这儿磨磨叽叽浪费时间了，跟我下楼然后回家。"

这位对于缉拿小情侣归案经验丰富的老师强行命令两人随自己走出教学楼，边走边继续献上喋喋不休的谆谆教诲——

"我得劝劝你们。

"咱们学校第一实验班有多难进你们自己最清楚，说是万里挑一也不为过。

"学校把最好的资源都投入到你们14班学生身上，可以说对你们寄予厚望。

"除了希望你们都拥有出人头地的光明未来，也希望你们有朝一日能成为四中的骄傲。"

临分别时，老师深深看了一言未发，像是深受触动若有所思的两人一眼，彻底软化了语气："你们肯定不是不懂道理瞎胡混的孩子，回去好好想想自己的前途，啊。"

"老师，我叫羿予珩，"男老师转身之前，男人默然站定，沉声开口，"如果需要上报，麻烦和王主任说一声，抱歉。"

"这么晚了，"男老师显然从未见过认错如此积极反省如此迅速的学生，忍不住惊诧地看了羿予珩一眼，"赶快回家吧。"

男老师行色匆匆的背影消失在办公楼门口，却将某种难以言说的尴尬凝重残留在空气中。

荆喆明白羿予珩是在为什么而道歉，小心翼翼问道："所以，你后悔改志愿的事吗？"

羿予珩沉默片刻，才习惯性将双手插进裤兜，缓缓踱开步子，淡淡开口："小时候父母发现我记忆力过人，带我去做智商测试，可就是那张A4纸，为我铐上了'天才'二字的枷锁。从那之后，似乎别人刻板印象里的天才是什么样，我就应该活成什么样。学竞赛也好，拿第一也好，在他们眼里，都只是我责无旁贷应该去做的事，却从没有人问过我想要什么。从小到大，我自作主张为自己选择的，只有放弃数学集训队和放弃去协和这两件事而已。但就是这两件事，让所有人都认定我离经叛道，自入歧途。”

说到这里，男人自嘲地轻笑一声，才波澜不惊地继续：“可我没后悔过。道歉是因为偷改志愿这种不负责任的行为给学校造成了严重的负面影响，这些年我也没有如老师所愿成为‘四中的骄傲’，却不是因为这个选择本身。即便去了北京，我多半还是会在毕业后回盛川工作，但如果没有留在盛川读书，我不会重新遇到你。”

羿予珩低头看向荆喆：“高一第一学期的期中考试，还是我第一次丢掉第一名。当时，我看着红榜上你的名字，同病相怜地想，这个人，活得和我一样身不由己吧。”

中心花园的树上传来阵阵虫鸣，连同微风拂过树梢的沙沙声响，连同若隐若现的繁星一片，将夏夜装点得热闹非凡，荆喆却觉得心中万分宁静。

荆喆简短思索了片刻，同样选择了一个异常平和的语气，带着隐隐的反思之意静静开口。

“其实我也想过这个问题。在抑郁最严重的那段时间，我反复质问自己，究竟为什么要读这个博士，然后才意识到，读博不过是这个社会为所谓‘好学生’框定的为数不多的选择之一。”她忽然想到初识邵竹昀时两人的那段对话，“之前也和竹昀聊起过她想要继续读博的原因。她在提到搞学术和做教授时，眼里真的充满神往的光，让我好生惭愧。与她相比，好像我当初的动机只是在逃避进社会找工作而已。毕竟，在所有人的认知里，我或者应该继续读博，或者应该进入某个世界多少强的知名大公司，选择非此即彼，几乎不存在第三种可能。”

荆喆再慎重组织了片刻的语言：“就像刚刚那位老师听到 14 班就认定我们懂道理，不胡混，注定有光明的前途一样，也许人活在世界上就会受到这些无形的条框所限制裹挟。但是病过那一场，体会过那种生不如死的绝望之后，我倒终于有了点和它对抗的勇气。比起一个十分努力十分抑郁的世俗意义上的成功者，我现在宁愿做一个十分放纵十分快乐的失败者。”

见她眼中熠熠生辉的豁然通达，羿予珩柔声开口：“荆喆，如果由我来说，成功本身也由这些条框所定义。对于那些福布斯榜上的富豪，净赚一个亿也未必是成功，可对于ICU里的那些重症病人，能够维持呼吸就是成功了。所以，并不存在世俗意义上的成功这个概念。”

荆喆微微仰头，朝他露出一个微笑：“那么求教这位天才，这句话应该如何措辞？”

“通常来讲，在真正想做一件事并付诸行动时，人会自发地感到满足与快乐，”羿予珩同样温柔地笑了，“所以，比起旁人眼中你应该成为的人，不妨勇敢做那个自己心中最想成为的人。”

“那……如果我决定放弃博士学位回国，一辈子在科技馆做志愿者……”

“那我也养得起……”土味豪言脱口而出后，想到距离成为一个勉强能挣到工资的住院医还有至少五六年的时间，被苯基乙胺、多巴胺和去甲肾上腺素同时占领头脑高地的某人瞬间冷静了下来，难得实诚地迅速改口，“以后总能养得起。”

忽然散发出“可爱”二字的魔鬼让荆喆清丽的笑意加深：“那现在再问你，医生是你想成为的人吗？”

羿予珩依旧没有正面回答，只是带几分感慨开口：“见到任清风的第一眼，我就知道他的人生轨迹和绝大多数优秀竞赛生一样是确定的。北大清华，或者你母校那种级别的美国大学，然后读到博士，毕业后或者成为数学系物理系的教授，或者去华尔街的对冲基金或投行，或者去硅谷做个相对安逸的高级码农。高中刚毕业的时候，我以为这些就是我想成为的人，甚至在进医学院之后自以为酷炫地反抗了几年。可后来慢慢发现，与其说是想，倒不如说它们才只是我在条框中应该成为的人。”

“我想，这一点上我和你不同。当快乐和意义不能兼顾时，你需要做那些能够带来快乐的事，而我会选择做能够产生意义的事，”羿予珩的眸中流出某种坚毅的光，“看到那些病痛不会让人快乐，但治病救人的意义非凡。尤其是在急诊的那两周里，我更加相信，亲眼见证一条奄奄一息的生命起死回生，再化险为夷，不是证明出一个定理或是挣到多少钱可以比拟的成就感，至少于我个人而言。既然找到了做一个医生的意义，这就会是我想成为的人。”

荆喆深深看了羿予珩一眼，目光溢满崇敬或欣慰，也带一点点愧疚：“可是，你原本也许可以像任清风一样拿到IMO金牌的……”

“金牌能卖多少钱？”羿予珩似乎兴趣大涨，“会让我一夜暴富然后养得起一个十分放纵的女朋友吗？”

“仅靠一夜暴富恐怕有点困难，”她笑，“但我会努力学着节俭。”

“真到那种山穷水尽的地步，我不妨带她回学校乞讨，”他也笑，“说不定碍于四中的名声和颜面，王主任会亲自出面接济。”

“所以，”荆喆看向男人在月光下英俊而温柔的脸，默默定住了脚步，“你真的没有任何遗憾？”

“这么说的话，”羿予珩只是继续向前迈步，坦然开口，“任清风唯一会让我羡慕的，就是在高中时搞定了喜欢的……”

“女孩子”三个字尚未出口，世间的一切声响戛然而止。

羿予珩难以置信地钉在原地，怔忡了片刻才心跳如雷地微微低头——

环在腰间的纤细手臂不是幻觉，所以，自后背传来的温软微痒的触感也不是幻觉。

插在裤兜的双手不知所措抽了出来，却又不知该如何安放，只得尴尬悬停在空中。

这一刻，仅剩汩汩热血奔涌向头顶的真实。

花有清香月有阴

Chapter 16

荆喆将脸轻埋进眼前修竹般笔挺而僵硬的脊背，缓缓交出所有重量，静静适应了片刻他的温度。

额头的位置恰巧与右侧肩胛骨上角平齐，硌得有些难受，于是她微微侧过头，重新找好一个相对舒服的位置，才带几分眷恋低低开口。

“羿予珩。”

男人清晰可辨地微微一抖。

“那张卡片上的第三个愿望，当时她写不出手，但从来都不是空缺。”

一字一句，荆喆说得那样慎重而认真。

“她希望，有朝一日，那个她喜欢的，闪闪发光的男生，也会喜欢上她。”

“喜欢”二字终于出口时，她莫名有些颤抖，他亦是。

“那时她无论如何都无法想象，后来，那个男生不仅替她在物理联赛取得了 more than satisfying（比令人满意更好）的好成绩，选择了一个会为人类健康奋斗终生的伟大职业，还……真的成了她的男朋友。”

荆喆轻轻闭上了眼睛。

“所以，他为她实现的，是全部的三个愿望。”

不再去分辨耳畔雷腾云奔的心跳来自谁，也不再去担忧这番发自肺腑的告白是否甜美。

得夫如此，无以为惧，无以为忧，妾复何求。

“她说，谢谢你。”

似乎经历了一个世纪那般漫长的等待，她终于听到他的轻唤，带着些微的笑意。

“荆喆。”

明明是听了二十三年的名字，可每每出自他口，永远悦耳动听。

“你抱得太紧。”

她充耳不闻，在他后颈下方偷印下一个吻。

“我没办法转身。”

她愕然一愣，不知不觉松开了手。

再下一秒，她被紧紧拥进一个滚烫的怀抱。

这一次，再没留一丝缝隙，也再没有半分犹疑。

紧到几乎让她窒息。

“荆喆，记得今天是什么日子吗？”

“嗯。”七年前那场盛大的告别宴，她的确永生难忘。

“所以，”魔鬼的语气却突然急转直下，“我是谁？”

荆喆莫名其妙反应了片刻，才忽然心领神会——这个人记性确实太好，这么一笔陈年旧账也能暗戳戳记上七年，并且，一秒都不肯多等地立刻翻出来清算。

“羿予珩。”她窝在他怀里乖乖作答，同时在心中默默计数，五。

“再说一遍。”果不其然，这大言不惭的语气无疑印证了她的猜测。

“羿予珩。”四。

“没太听清。”

“羿予珩。”三。

“再大点声。”

“羿予珩。”二。

“还差一次。”

“羿予珩。”老实人突然陷入了极大的自我怀疑——等一下，她凭什么要这么乖？

“不会再认错了？”某宝宝黑着脸，明目张胆开始兴师问罪。

“我只是故意猜错。”她用头轻撞他的锁骨以示抗议。

“没办法被证实的都算狡辩。”魔鬼将她的头牢牢按住，不为所动。

“当时发现第一个出现的竟然是你，我差点吓死，”她只好谄媚解释道，“但反应过来之后，觉得机会千载难逢，当然要猜错几次，借机多抱一会儿……”

“所以你原本希望谁第一个出现？”可惜魔鬼的脸倏然更黑，可叹她白费一番口舌。

“你。”貌似还是乖一点比较安全。

“哼。”傲娇怪一秒上线。

“所以，”话题既然至此，多听几句情话她也不亏，她软软地问，“你为什么会第一个来抱我？”

“我为什么会让别人先抱你？”但这气势汹汹的语气怎么没听出半点绵绵情意？

“那你为什么一句话都不说就走人？”她决定锲而不舍地努努力。

“有人连续五次全部猜错，我精神受挫，无话可说。”这篇是翻不过去了吗？

“那如果我当时没猜错，你会留到最后吗？”从理论来讲，以柔克刚应该管用。

“不会。”魔鬼继续黑脸中。

“为什么？”她学着像他一样不屈不挠。

“我为什么要看别人抱你？”

好吧，她错了，这不是“刚”，是金刚石，克不动克不动。

“那在被打断之前，你本来想说什么？”她发誓这是她的最后一次尝试。

“我没有要说话。”某宝宝的身体似乎僵硬了半分。

“才不信。”男人的嘴，骗人的鬼，这句话为你量身定做。

“那首歌你一共唱错了三个音，两句词，做歌手显然没可能，还是踏踏实实学习吧。”某宝宝决意让这个话题无法继续。

荆喆也只能痛心疾首地决定，换话题！

“那……你家楼下那位装修的邻居，”她迅速转换了思路，“后来按时结上婚了吗？”

“想去我家参观，你名正言顺，不需要这么拐弯抹角。”魔鬼揉了揉她的头发，满脸淡定地接招。

等一下！她是突然被打回老实人形态了吗？

“你应该好好感谢我，”魔鬼捏捏她写满“想要咬人”的小脸，反而理直气壮邀起功来，“要不是我解救了你，那天你恐怕还要讲一整个晚上的题。”

“那你当时到底为什么要来自习？”她再次充满期待地试探道。

“我就想看看，”魔鬼轻嗤一声，充满不屑，“那堆碍眼的男生还能再贴女同学多近。”

胜利在望——如果能把这句话里的“女同学”替换成“你”，她已经顺利达到了目的。

荆喆满心期待地捧起再次燃起的希望小火苗：“所以，那天晚上你先是假装自习，然后鬼鬼祟祟地跟踪我……”

“我只是光明正大地结束自习，”可魔鬼只是毫不留情，面不改色地将小火苗摁灭，“然后碰巧和你在楼梯口偶遇。”

“为什么我觉得你比听上去还傻？”她努力抬头盯着他的下颌线看了片刻，忍住了笑意，却没能忍住开口吐槽的冲动。

“我是谁？”从没有被别人用“傻”这个形容“侮辱”过的某宝宝又有小情绪了。

“我已经说过五遍了哎。”怎么回事，这个人？

“我是你的谁？”魔鬼语气突然阴森。

“男朋友。”她一边说出标准答案，一边悄悄将他抱紧。

然而魔鬼只是捏捏她的脸，不依不饶地丢出了红牌警告：“什么人会说自己的男朋友傻？”

“呃，”她灵光乍现，保命为先，“比如说……像我这样比傻还要不聪明的人？”

“哼。”有人用鼻腔说话上了瘾。

“那个，你能不能把胳臂稍稍松开一点点？我快要被勒到窒息了……”

“可我看你气道通畅，呼吸平顺，生命体征稳定，最多也就是窦性心动过速，问题不大，”提供了专业的诊断后，魔鬼得寸进尺地将下巴搁在她的头顶，“所以不行。”

荆喆只能在这具坚实温暖的胸膛里寻觅到一个最舒服的位置，彻底放弃了从魔鬼口中挖出绵绵情话的可能——又或许，所有他讲不出口的话，早已透过这清晰有力的心跳声，完完整整传达给她。

她微微转头，瞥到中心花园蔽日参天的梧桐树冠，突发奇想地问：“你说，如果我们高一关系更好一些，老何会来管吗？”

魔鬼答得格外迅速：“他拿什么理由来管？”

“呃，就刚刚那个老师说的那些，影响成绩或前途什么的……”

“那我会立刻听他的话。”

“……”她得尽快想办法从某人的“钳制”中脱身。

羿予珩忍不住扬起嘴角，将正在奋力挣扎的小可爱搂得更紧：“然后证明，他说得不对。”

“怎么证明？”她忽然想起这个人精通扭脖术，于是放弃无谓的反抗，重新在他怀里窝好。

“对照实验。”他说得无比愉快，“如果老何发现，有两个人自从分手之后总能稳定占据年级倒数第一和倒数第二，他自然会意识到自己的假说有误，然后修正这个出了问题的变量。”

听到她也微扬起嘴角——她毫不怀疑，魔鬼真能做出这种以交白卷来反抗老师的事：“我才不要陪某人发这种疯。”

“你不要啊，”某计划通丝毫不慌，“那也没关系。只要这个人一直稳坐倒数第一的宝座，老何、王主任，甚至刘校长迟早会轮番来找你谈话，劝你不要放弃他，直到你同意为止。”

“羿予珩，”她微笑着将脸深埋进他的胸口，闷闷开口，“这么说，明明是你先甩的我，却要所有人都跑来怪我害人不浅，最后还得由我来主动求你和好，是我理解的这个意思吗？”

某宝宝心满意足地肯定了小可爱的理解能力：“如果你不乖的话，是这样没错。”

“所以，”老实人趁机发出这个憋了许久的绝望一问，“你到底是个什么魔鬼？”

羿予珩轻笑了一下，将声音放得很轻：“你的。”

庸医，绝对是庸医——她明明气道不通畅，呼吸不平顺，生命体征不稳定，问题……很大。

“那……”终于能再顺畅呼吸时，荆喆继续问道，语气柔媚到像是撒娇，“如果高一的时候就在一起，我们会一直谈到今天吗？”

“这个世界上的事，”某人一秒变回不解风情的钢铁直男，将粉红色的梦幻泡泡戳破得干脆果决，“从来没有如果。”

绝对是故意的，这只猪蹄。

好吧，那她不问如果，只问现实：“那……我们会在未来的某一天分手吗？”

“原因是什么？”某人因为某个非常刺耳的词黑脸黑到……直接放开了她，脸上清楚摆着【本宝宝生气了，不可能哄好的那种 .jpg】表情。

本意只是想听到“不会”二字的荆喆自知失言，连忙投怀送抱地将他环得更紧，小脸在他温热的胸口轻蹭了片刻，将这段时间从他那里偷师来的这套“欲扬先抑”如数奉还——

“等我明年回波士顿，也许我们会异地很久。”

“我可以申请出国交换，可以去美国做博后。”

虽然语气凶狠到令人瑟瑟发抖，但内容……让人感动到猛男落泪——早知道这样的情境下魔鬼会自觉自愿讲起土味情话，她刚刚就不该在那堆旁门左道上白做那么多功。

“那如果有一天我惹你生气，气到根本哄不好……”

傲娇怪果然一秒扬起头，不惜以打脸为代价，干巴巴地打断道：

“我很好哄。”

“那……如果有一天，”她掩住笑意，压低声音，在作死的边缘小心翼翼试探道，“有个什么别的男人想要把我拐跑……”

“欢迎他来试试看。”阴森接口的同时，魔鬼果然开始伸手掰她紧紧抱住他腰部的纤细手臂。

如愿达到目的的荆喆并不反抗，顺势放开了手，从他怀中退后半步，将戏谑隐藏得滴水不漏，认真锁住他隐隐闪着寒光的眼睛，在乖巧中带几分黏腻，将某人一定会非常爱听的话缓缓问出口——

“那……如果，是你被别的小姑娘拐跑呢？”

羿予珩的眸中清晰闪过一丝由恍悟转为懊悔，最后终结于……邪魔的光。

然后，他微微蹲下身，以迅雷不及掩耳之势，一手环过她的柳腰，一手从大腿根后侧按住她飘逸的裙摆，直接将她抱离了地面。

“喂！”毫无防备下突然腾空，吓得她只能慌乱攀住他的脖子——等一下！偶像剧里明明没有这么演的，说好的浪漫公主抱呢？这是什么拔萝卜或者……扛米袋式抓举？

“羿予珩！”荆喆的小脸瞬间爆红，绵软无力地捶向男人肩膀，“这是学校里哎，放我下来啦！”

“叫宝宝。”某人抱着趴在肩上拼命蠕动的小可爱大步向前走去，心满意足提出交换条件。

半晌。

“宝宝……”如雷的心跳声中，如愿在耳边怯怯响起的软糯呢喃，隔着两层衣服都能感到她脸上可以摊鸡蛋的温度。

“那也不会放你下来。”魔鬼身心舒畅地将后半句话补充完毕，微微转头，精准地在她光洁的颈间落下一个轻柔的吻。

怀中的小可爱微微一颤，自暴自弃地放弃挣扎，无师自通学会了“如何柔顺挂在男友身上”。

“呃……”直接被魔鬼咚到中心花园尽头某个布告栏上的荆喆在大脑缺氧之际，问出了一个立刻蠢哭自己的问题，“你要干吗……”

“做个实验，”羿予珩一刻不肯再等地埋下头，俊眸眯出异常性感的弧度，深邃的眸底仿佛燃烧着能将整个世界覆灭的熊熊火焰，磁性的声音因为比平日低沉半分而略显沙哑，“看看如果我们偏要继续做些和‘年龄身份不相符’的事，刚刚那位德育老师会不会再出现一次。”

这双眸中盛大而危险的光芒让她脊背一阵发麻，小脸倏然晕染上恐怖的温度，她几乎完全丧失了发声或动弹的能力，只觉自己犹如被猛兽盯梢的猎物，插翅难逃。

“荆喆，你欠我三顿饭，记得吧？”他一寸一寸缓慢缩短两人之间的距离，细细欣赏着她在月光下泛着诱人潮红的小脸展露出越发无措的呆萌。然后，在唇与唇的距离不过两厘米，两人温热而紊乱的鼻息轻柔交汇处克制地停住，一字一句地开口，“从今往后，这个数字，还会涨到三百、三千、正无穷。在你能把它们还清之前，我没打算看别的小姑娘一眼。”

他和她都不知道，消除这最后两厘米的距离，究竟用去了多少时间。只知道，他滚烫的唇终于不容她退缩半分地印上她微微颤抖的唇瓣的刹那，时空仿佛扭曲坍缩——

八年的爱恋与思念有多重，这个几乎将彼此碾碎后贪婪吞噬的吻便有多凶。

“新头像太好看了【亲亲】。”

“讲真，你家老羿是真的帅【花痴】【闭嘴】。”

第二天一早，被魔鬼强制性换掉微信头像的荆喆在疲乏至极地睁开眼时，不出所料地收获了邵竹昀和沈沐歆的一致调侃。

“他一定要换成他自己【哭笑不得】。”

敲下这行字的时候，回想起羿予珩昨晚一系列会让人严重怀疑他究竟上没上过幼儿园的操作，荆喆的心情的确如同这个表情一般，甜蜜中氤氲着深深的无奈——

“我觉得有男朋友的人应该把头像换成男朋友以示恩爱。”

于是她的黑猫头像惨遭下线，改由他本人的照片替换。

“你看邵竹昀一直叫陈湃‘湃湃’，你也应该以‘宝宝’来称呼我。”

于是他在她微信中的姓名从“羿予珩”变成了“全世界最帅且酷的宝宝”。

“我觉得你手机的锁屏密码应该改成男朋友的生日。”

于是她手机的锁屏密码由他亲自改成了“1114”。

“我已经改好了游戏里的名字，看以后还有谁敢找你要碎片。”

于是她看到他将名字从“P-sym”改成了奇葩的“马尔可夫本人”。

“你看我的新微信头像好不好看？”

于是她看到了灵岘山那晚靠着他肩膀睡到毫无知觉被偷拍的自己。

“你快点去给我新发布的朋友圈点赞。”

于是她目瞪口呆地看到了这样一条内容——

“我家宝宝超厉害【得意】”，配图是……某宝宝珍藏了七年的高一下期末考试年级前十名红榜照片，红纸黑字的“第一名，高一（14）班，荆喆”和“第二名，高一（14）班，羿予珩”分外晃眼，而第三名及以后，都惨遭生硬的马赛克处理，宛若不曾存在过。

就是这条像是被盗号者发布的朋友圈，炸翻了许久不曾有人发声的14班微信群。

荆喆正是因为围观了得意忘形的某人惨遭声势浩大的“群殴”，以及某宝宝坚决不肯示弱的“回杠”才导致睡眠严重不足——

“水灵灵的鲜花插在了一坨什么东西上【鄙视】。”

“吉吉姐，咱们班这么多铁骨铮铮的正直小伙，你怎么就看上了这么个黑心魔鬼【扶额】。”

“我说吉吉姐这一年怎么杳无音信，是不是被他囚禁起来强行洗脑来着【挥手】。”

“羿神，你凭什么把我的名字马赛克掉，严重侵犯了我的姓名权【愤怒】。”

“吉吉姐，小弟斗胆奉劝一句，现在下贼船也许还来得及【机智】。”

而让所有原本在自说自话，义愤填膺的群众瞬间统一战线的，是荆喆曾经的同桌发的这句——

“羿予珩，我说你当时怎么连续三次不肯通过我的好友申请【流汗】。”

“强烈建议吉吉姐和这种小人分手【微笑】。”

“强烈建议吉吉姐和这种小人分手【微笑】。”

“强烈建议吉吉姐和这种小人分手【微笑】。”

……

而挑衅小能手耐心十足的逐一回复格式统一，毒气四溅——

“××× 从 2012 年 11 月 12 日至 2013 年 8 月 12 日一共和我家宝宝说过 × 句话，我记得一清二楚。不是不报，时候未到【菜刀】。”

其中，老何孤零零发来的“老师恭喜你们，祝你们百年好合，一生幸福”被万分惨淡地淹没在铺天盖地、疯狂刷屏的嘴炮里，没有引起任何人的注意。

“哈哈，他把你的头像换成了他，怎么他自己却换成了可达鸭【偷笑】。”

面对沈沐歆的追问，荆喆瞬间陷入更深层次的无奈——

在和高中同学大战了五百回合后，魔鬼沉寂了一段时间，再出现时，头像已经变成了捂住脑袋生无可恋的可达鸭。

“刚刚换成你的照片之后，跑来说你好看，色心大起的坏人太多，我换掉了。”

“说你帅的小姑娘也很多，我也换成可达鸭好不好？”

“不好，这么帅且酷的男朋友必须要展示出来让全世界羡慕嫉妒恨。”

荆喆还没来得及以老奶奶手速将【黑人问号脸 .jpg】点击发送，魔鬼发来一张他朋友圈的回复截图。

为了帮助荆喆迅速抓住重点，羿予珩将其中一条用浅黄色记号笔涂了出来——

羿院长：你成熟一点。

荆喆隔着屏幕都能感受到在一堆“×× 科 × 主任”正经八百的道贺之下无奈留言的老父亲有多绝望，轻轻笑了笑，正准备删掉对话框中的表情包，含蓄地表示同意，魔鬼又发来了——

“看到了吗？有人要我带儿媳妇回家。”

怎么都没想明白这个回复和“带儿媳妇回家”究竟有什么关联的荆喆最终还是将【黑人问号脸 .jpg】发了出去。

风和日丽的周末，荆喆还是被羿予珩拐上了前往“公婆”家的车。

工作繁忙的叶女士与荆先生在听说女儿曾反复提过的医生同学悄然升级为男朋友之后，同时露出了“难怪人家当时对你这么尽心尽力”的恍然。尽管尚未抽出时间与羿予珩正式见面，早已对他充满感激的两位家长充分认定羿予珩是个真诚可靠的好小伙，因此，在女儿提出要随男友拜访他的父母时，两人只是叮嘱了几句便痛快放行。

大约是受某人的洗脑太深，当时荆喆忍不住想要向父母炫耀一下自己的帅宝宝，悄悄暗示道：“你们都不好奇他长什么样吗？”

“就算又矮又丑又头秃，人家以后成了医生还不是有真本事？”可叶女士只是拿出了钢铁直女的不解风情，“再说，你还不是喜欢？”

“你不是早就迫不及待地把微信换成人家小伙子的照片了吗？我看了，挺精神，但是和你爸年轻的时候比，还差了那么一点点。”荆先生则一副“我什么大风大浪没见过”的淡定。

“我看她那照片里肯定是个什么现在流行的‘小鲜肉’，”叶女士显然也已经研究过女儿的新头像，万分笃定地接口，“是吧，荆喆？”

“原来是小鲜肉啊。”荆先生的压力肉眼可见地瞬间减小，“我说呢，看着确实不像是真男朋友。”

在叶女士和荆先生有关“到底是哪个小鲜肉”的热烈讨论中，感到万分挫败的小可爱无声退场，当即痛下决心，再也不要向别人盲目炫耀自己的帅宝宝了。

由于羿予珩在十八岁拿到驾照之后基本没上过路，而荆喆对国内瞬息万变的复杂路况不甚熟悉，自愿充当司机的是位和羿母相熟的医药代表，年纪比两人大不了几岁，热情善谈到荆喆难以招架，而某宝宝全程黑脸，默然不语——因为这样的“话多”将小可爱的注意力从他身上彻底分散走。

黑色奔驰在近郊平稳驶下高架桥，穿过鳞次栉比的高层住宅区，再绕过一望无际的森林公园，终于驶入毗邻这片天然氧吧，全盛川最寸土寸金的一片别墅区。

两扇精美的雕花大门自动向内开启，一闪而过的岗亭外，两位站姿笔挺的门卫似乎向着车内齐刷刷鞠了一躬。眼中的景致以铁门为界，云泥之别，仿佛连路肩的碎石都经过了精心的设计摆放。路旁苍松挺拔葱郁，夕阳在稠密茂盛的松针下半遮半现。

车子绕过一片修剪整齐的灌木丛，再绕过一座壮观的喷水池，向前继续开了几分钟，在一栋北欧简约风的浅灰色别墅前稳稳停住。和赶路回城里开会的药代小姐姐道过别，自车上走下的一瞬间，山间清冽的空气夹杂着隐隐松叶香气扑面而来，无比令人心旷神怡。

羿予珩敏锐捕捉到荆喆眼中一闪而过的惊惧与忐忑，将她紧紧搂进怀中，轻轻捏了捏她单薄的肩膀以表安抚，淡淡解释道：“我妈说，在医院旁边那个小破三居室里接待‘自己的’儿媳妇不合适。”

“呃……”几天过去，荆喆已经彻底放弃去纠正他口中的“儿媳妇”三个字，只是觉得心跳莫名不稳，“如果你早点说你家在这种地方，我或许能早点做更……充足的心理准备。”

“我其实也没怎么来过，”他轻笑，说得万分自然，“不过，回个家而已，不怕。”

禹女士特意提前一天回来，亲力亲为地将屋子打扫干净，早早微笑着迎在门口。

“阿姨好，”荆喆见状连忙受宠若惊地礼貌问好，“等很久了吗？”

“刚刚小刘给我打电话我才出来的，不久。”羿母扬起一个和蔼的微笑，示意两人进屋，“来，快进来吧。他爸爸刚出机场，还要再等等才能到家。你们一路上还顺利吗？”

“呃……”忽略那个话实在太多的小姐姐的话，“很顺利，也没怎么堵车。”

“抱歉啊荆喆，这边平时没人住，也没人打理，我得先来收拾收拾才能住人。”羿母示意两人换上提前备好的拖鞋，客客气气解释道，“他爸爸又忙，谁也没能去亲自接你过来。”

“呃，没有没有……”

“那我是去干什么的。”

和荆喆几乎同时开口的某宝宝语气不善。

羿母默默打量了儿子一眼，重新对着正在弯腰换鞋的荆喆慢条斯理说道：“还得再和你道个歉，全天下会把自己儿媳妇认成别人家儿媳妇的糊涂虫，我大概是头一号。”

从羿予珩口中听到“儿媳妇”三个字和从禹女士口中听到这三字，感觉截然不同。本来已经换好拖鞋的荆喆在害羞和慌乱之下，一时觉得说“没事”也不合适，不说话也不合适，只好继续弯着腰多磨叽了片刻——

“你别在意，”羿母却不慌不忙，温温柔柔地继续说道，“我要是不主动当着你旁边这个小朋友的面提这件事，他能记恨我一辈子。”

人高马大的小朋友像是腰部安了弹簧，自动开始低头换鞋，而荆喆直起身来，只见大美人偷偷向她眨了眨眼——见家长最尴尬的时刻显然已经过去，荆喆现在只觉得，她似乎发现了“精准吐槽某猪蹄”的总司令部。

果真，准备带荆喆参观熟悉这栋别墅时，禹女士慢悠悠开口的第一句话就将某人成功劝退——

“荆喆，这么多年，你还愿意和羿予珩在一起，我很开心。他这辈子干正事最认真的时候，也就是高一那一年了……”

“我去卫生间。”原本亦步亦趋黏在荆喆身后的某宝宝故作镇定地退出群聊，坚决不肯直面自己的黑历史。

禹女士这才笑了笑，指了指身后的沙发，和蔼邀请道：“你坐，我有话想和你说。”

荆喆带几分拘谨地落座后，平易近人的大美人缓缓打开话匣。两人从不痛不痒的天气入手，聊到了荆喆这些年的留学生涯，再聊回了荆喆的高中生活，最终顺理成章提起了羿予珩——

“他这个人，认死理。只要是他认定的东西，谁也不可能劝他改变想法，简直算得上冥顽不化。”

“嗯，我知道。”

“他还特别扭，白的非要往黑里说，顺带再绕上九转十八弯，不费点劲或动点脑确实沟通不了。”

“嗯，我知道。”

“很多人说智商太高的小孩情商容易出问题，因为人家脑子里处理信息和看待世界的方式可能和我们正常人不一样，所以，他待人接物也确实不太成熟，时常让人窝一肚子无名火。”

“嗯，我知道。”

“他骨子里很强势，说一不二这一点和他爸一模一样。羿予珩上高中的时候，这两个人可以随时随地因为任何一件小事吵起来，每天吵到我头昏脑涨。”

“嗯，我知道。”

“说实话，这么多年，他从来没交过女朋友，我和他爸是真的担心。别人看他都说，哎呀，这么帅这么聪明的小伙子，闭着眼睛都能挑到合适的对象。可只有我们知道，他这个人，其实难相处得很。”

见荆喆沉思不语，羿母又微笑着补充道——

“不够聪明，听不懂他说什么的不行，像他一样强势，总和他硬碰硬的不行，受不了他每天作，动不动挑他毛病的恐怕也不行。或许年轻时会有人愿意因为他这张脸好看而忍让他一时，但脸能帅几年？两个人想要长久走下去，总要有内在的相合之处。我还和他爸开玩笑一样说过，要是真有愿意理解包容又能懂羿予珩的小姑娘，人家这么好的性格，为什么不去找个更好相处的小伙子呢。”

见荆喆似乎红着脸低下头去，羿母温柔的笑容扩大，声音却多了几分苦涩——

“荆喆，羿予珩看人一向极准，也一向头脑冷静地知道自己想要什么。这么多年，他还是只认定你一个人，我想这意味着什么，你这么聪明，不需要我多说。因为我和他爸爸当年犯下的那个巨大的错误，导致你们错过了这么久，也导致他被你落下了很远。所以，我只能替他谢谢你，替我自己和他爸爸谢谢你，还愿意把他从自我放弃的边缘拉回来。”

“阿姨，”被这番话说得五味杂陈，荆喆感动地抬起头，“不是这样的，其实我回来是……”

“荆喆，你的病，羿予珩和我们说过。”羿母细细看向荆喆，眸中一片真诚，“你不用因为这件事特别感谢他，治病救人本来就是医生的职责。你也不用把它看得太重，或是给自己什么压力。我和他爸爸见过的各种重症病人和生死离别实在太多了，是发自内心地觉得，你的这些问题，充其量只算健康出了小状况而已。我们也都希望你能尽快摆脱它，开开心心地……”

话音未落，身后的大门被人用力推开——

“荆喆，当初我们会让羿予珩学医的原因，等一下，爸爸亲自解释给你们听。”

夜深人静的夏夜，林昏宿鸟喧。月光透过大敞的落地窗为屋内柔柔镀上一层银色的清辉，清凉的晚风轻卷起纱帘，在一尘不染的木地板上投射下缱绻斑驳的影子。

柔和台灯下，羿予珩坐在书桌前的转椅上，怀里窝着他沐浴过后散发着宜人果香的姑娘。

荆喆看他英挺的侧脸，伸手环住他的脖子，眷恋地唤他的名:“羿予珩……”

“嗯？”他将环住她的手臂收得更紧，微微低头，在她光洁的额头印下一个轻柔的吻。

“虽然你爸爸也承认这些理由有点牵强，”荆喆回想起晚饭时四人恳切的长谈，柔声开口，“但发生这些事情的时候，对他们，绝对是旁人永远无法体会的沉痛打击，他们……当时不知道得有多后悔，多无助，多自责。我想，你那个素未谋面的姑姑也好，外公也好，他们的在天之灵，看到你选择像父母一样成为医生，一定会非常欣慰的。”

羿予珩的双眸微微一黯——

“你有一个你无缘相见的小姑姑，长到五岁都健健康康的。可五岁半的时候，有一次高烧不退，我和你爷爷只能抱着她去医院打针。那个时候医疗条件差，医生和护士的水平也有限，没做皮试就开了一针青霉素。予珩，我是眼睁睁看着她休克，看着她进了抢救室再也没出来。在那之后我痛下决心要学医，我想，一个家里，至少得有一个懂医的，或许治不了所有病，但关键时刻能不被人害了命。

“你还记得你高二的时候，外公是怎么走的吗？糖尿病性心脏病引发的心梗。那个时候没敢和你说，老爷子其实不是一下就没的。他犯病的时候，你舅去了，也叫了救护车，但是……因为我和你妈都在手术台上，谁也没能接到电话，你舅又慌到不知道该做什么，错过了最佳抢救时机，才导致老爷子没能坚持到医院。我和你妈，两个医生，一辈子不知道救过多少人，但也只能眼睁睁看着最该去救的人走。当时我想，两个医生也不够，如果家里还有第三个医生，怎么也得有一个能在关键时刻接到电话，尽到该尽的孝。

“予珩，我脾气确实不好，有时武断了些，逼你学医也是后怕。当时那种情况下，你不分青红皂白和我们闹，闹得我心烦意乱，你越想较劲，我也越想较劲，结果搞成了这样。其实在你赌气选择留在盛川的时候，你妈妈就已经后悔了。这些年，她没少埋怨她自己，也没少埋怨我，说把好好的一个儿子毁得彻底。今天趁着荆喆在，你还愿意耐着性子听我说几句，我就借这杯酒，正式和你道个歉。以后你们的路，你们自己走，我绝不再插一下手。”

见男人面色凝重，沉默不语，荆喆知道他必定还在为父亲那番话而感慨不已——虽已时隔多年，但那样一位固执而强硬的中年男人竟然会放低身段，真的将“道歉”二字说出口，羿予珩怎么可能不为之触动。

荆喆看得很清楚，在沉默着碰杯的瞬间，这两个能将最精细的手术完成得干净漂亮的男人，手似乎都在隐隐发抖。

可是，她知道，羿予珩已经不再需要这句道歉，不是因为这件事早该了结翻篇，而是因为，这身庄严神圣、重于泰山的白袍，他终于穿得心甘情愿。

多好。

那个她在初见的瞬间就脑补出穿白袍会很好看的翩翩少年，终将在未来的每一天，身披圣洁白衣，踏着光明，向着需要帮助的人步伐沉稳地坚定走去，不是神仙，胜似神仙。

而她三生有幸，得以独据他和他的温柔，年深日久。

荆喆温柔凝视着这张英俊如初见的脸，看着看着，忍不住伸手描摹起他立体的眉眼：“羿予珩。”

听到她的轻唤，男人收起繁杂的思绪，静静回视她：“怎么？”

她看着他，扬起一个发自内心的微笑：“我忽然觉得自己好像很酷。”

他看着这张仿佛能将一切负面情绪肃清，令他万分心安的娴静笑颜，心中深深一动，终于彻悟那句“往事过往云烟”。

多好。

那个在他印象中笑得干净纯粹，无忧无虑的清丽少女，已经将这个春风般沁人心脾的笑容寻回。

而他三生有幸，得以私有她和她的笑容，百岁千秋。

他放任她的小手在脸上作威作福，抬手捏了捏她精巧的鼻梁，轻声问道：“酷在哪里？”

“羿神哎，”她将他心满意足的表情和语气学得惟妙惟肖，“我竟然轻轻松松追到了羿神。”

“是吗？”他挑眉，平静中带一丝故弄玄虚，“那你好像还可以更酷。”

没给她预留任何反应时间，羿予珩横抱着她起身——

“你还可以轻轻松松睡了他，轻轻松松嫁给他。”

少年的十个秘密

Extra 01

一

高中的男生聚在一起，除了讨论学习、动漫和球赛，不过就是身边的姑娘。

所以他知道，因她聪明漂亮又善良温柔，如同一缕春日的和风，喜欢她的男生很多。

比如他的同桌，比如他的几位好友，再比如他的大部分同班同学。

这些人侃起黄色大山时永远面不改色心不跳，唯独在提起她的名字时，总是瞬间腼腆。

听别人说起她的一二三四事时，他永远事不关己冷淡抛出这两个字：“幼稚。”

他也自然会被回怼：“羿神，你这种人，永远不可能懂心中有女神是什么感受。”

但其实他懂。

时常因为怀疑自己不够酷、不够好、不够努力、不能引起她的注意而感到挫败甚至自卑。

每每从其他男生口中听到她的名字时，想要直接将对方的嘴堵死或撕烂，无论是多好的朋友。

二

她经常在校门口不远处的麦当劳买早餐吃。

猪柳蛋堡或薯饼，加一杯咖啡。

之所以确定是咖啡不是热茶，是因为后来他也常去，在点餐的队伍里听到过很多次。

雷打不动，让他搞不清是这几样东西太好吃还是懒得想新花样。

他跟着点过几次，怎么吃都觉得没什么特别。

整天吃这些实在非常不健康，不仅会吃胖，还会吃笨。

所以，在语文课不限主题的课堂小演讲里，他特意选择的题目是——

论垃圾食品对健康的不良影响。

但她好像不以为意，所以他也只能继续去。

三

教室外的储物柜是密码锁，6位。

她的生日是3月14号。

他的生日是11月14号。

3加11还是14。

所以他把密码设定成141414。

别人问起他的时候，他面不改色地回答，因为是在14班，所以就顺手把14输了三遍。

四

物理竞赛集训队的教室里有个大书柜，里面放着学校提供的各种参考教材。

但几乎每个人都会自己买自己带，很少有人真的拿来使用，除了她。

小矮个够不到最上面一层，所以每次集训他到得最早，只为了把她经常用的那本挪到高处。

然后悄然占据离柜子最近的座位，等她客客气气前来求助。

“呃，羿神，能不能麻烦你帮我拿一下那本书？”

“哦。”

“谢谢你。”

“不谢。”

不过是这四句话，但深感被需要的他却可以心满意足一整晚。

五

高中教学楼有三个楼梯，一左一右，还有一个位于楼道正中。

高一（14）班正对中间那个最气派宽敞的楼梯。

但他上学时会选择从右侧的楼梯绕路。

因为水房在右侧的楼梯边上，而她每天早上都会去接水。

她却似乎更喜欢走左侧的楼梯。

所以放学的时候，他偶尔躲到男厕所里洗手，等她经过，再从左侧的楼梯下楼。

然后，他默默跟在她身后，看她一个夕阳下轻盈俏丽的背影。

六

有几个话痨小团体严重影响了课堂氛围，老何在高一下开学前调了一次座位。

他被叫去帮忙时，利用班长的职务之便将她换到了与他一个过道之隔的隔壁小组。

他个子高，只能坐最后一排，她个子矮，不可能坐得太靠后。

注定坐不成同桌或前后桌。

所以，这是他能想到的，离她最近，观察她最不受阻挡的安排。

深思熟虑后，她的两个旧同桌被他保留了一位，换掉了一位。

换掉的那位，话多人精神，并且曾经多次借给她作业抄，比如化学实验报告，害人不浅。

保留的那位，缄默寡言，害羞内向，总比再让她有机会和其他男生混熟要安全。

七

她不怎么用 QQ，但她在人人网上的所有状态和分享，他全部烂熟于心。

可他没去留过言，也没有点过赞，因为他从来不给任何人留言或点赞。

只和她一个人互动，犹如在狼人游戏里毫无征兆自爆是狼一样愚蠢且明显。

所以，想要给她留言或点赞，为了掩人耳目，他就必须要给所有人留言或点赞。

但他忙到没时间阅读别人的日志，没时间关注别人的分享，更没时间给别人留言。

她也几乎从未到他的人人网主页来访过。

起初他也曾一页页翻遍访客记录，独独期望能看到她的名字。

可只徒增失望懊恼，意兴阑珊之下，他索性不再探查。

八

她喜欢物理，所以他想学物理。

她喜欢村上春树，所以他认真研读了每一本村上春树的书。

她喜欢《萌芽》杂志，所以他在家门口的报刊亭默默收集了每一期《萌芽》。

她喜欢《柯南》，所以他买齐了柯南的所有漫画。

她喜欢五月天，所以他听过每一首五月天的歌。

他在小卖部买她喜欢的饮料，在食堂吃她喜欢的食物。

他甚至毫无知觉间学她在寒冬腊月挽起衣袖，露出小臂，最终惨遭父母的严厉批评。

九

四中的大考考场，严格按照上一次大考的年级排名划分。

上一次的年级第一，是第一考场的 1 号，以此类推。

高一下的期末考试之前，她得过一次第一，两次第二，所以坐在他前面一次，后面两次。

那次期末考试，他故意答错了一道历史选择题，一道地理选择题，两道政治选择题。

因为她在身后让他压力爆棚，如坐针毡，以至于他答数理化试卷的效率受到了严重影响。

他想将第一让给她，这样，下一次考试，他就可以坐在她身后，踏踏实实答题，踏踏实实看她。

但那时他毫不知情，有生之年，不会再有下一次了。

十

送别她的那一晚，他神思恍惚地从 KTV 提前退场，却不知道要去向何方。

只是机械性、漫无目的地走，不知不觉拐进几个街区外的幽静小巷。

盛川老城区特有的破旧平房，几户一院，墙不隔音，隐隐听得到犬吠与电视剧吵闹的对话声。

前一夜下了雨，积水却没有排清。路灯明明灭灭，而路面坑洼不平，踩在上面一脚深一脚浅。

鼻腔中仿佛还回荡着她身上若有似无的香甜气息，但终于，这丝清甜幽幽散尽。

空气里仅剩泛着霉的潮热味道，令他憋闷到几乎喘不过气来。

发现自己终于步履维艰时，他在某间院落的石阶前，缓缓坐了下来。

他从裤兜里掏出手机，点进相册，茫然盯着最后一张照片看了许久，看到几乎失焦。

大办公室布告栏的红榜上，第一名，高一（14）班，荆喆。

心脏忽然像被人狠狠勒住一般绞痛了片刻，他知道自己非常后悔。

刚刚的三个多小时里，他曾有无数个机会，像别人一样，将镜头对准她。

但可笑的自尊心作祟，他认定若是偷拍被人发现会很不酷，所以连手机都没有拿出来过。

后悔的不仅仅是没有在最后留一张她的照片，还有，没能和她好好道个别。

原本想说的话……

“哟，iPhone 4S！”

“小伙子，蛮阔气的呀。”

隐隐的酒气中，他从几乎覆住所有光亮的两片黑影中抬起头来，没有拿手机的左手紧握成拳。

“看你长得白白嫩嫩，打破相可就不好看了。”

“只要把手机乖乖交给叔叔们，马上就放你走。”

他毫无惧色站了起来，空洞而阴鸷的目光让面前两个脑满肠肥、流里流气的中年男人皆是一愣。

其中穿着大黄色T恤，身材更壮硕的那位不由得顿住了伸向他手机，想要直接抢夺的脏手。

他年满十六岁通过空手道黑带入段考试的那天，教练反复叮嘱，所谓“道”，修身养性也。

实战对抗时面对对手要保持恭敬谦卑，即便有护具防身，也要懂得控制力道与分寸。

更不可与手无寸铁的普通人没轻没重地发生冲突。

诸如此类的道理他都懂。

但是，不是在这一刻。

不是在这个他满腔离愁、懊悔与恼火恰巧无处排解的时刻。

只觉沸腾着燃烧的热血瞬间涌向头顶，少年桀骜的眸中倏然寒光四溢，不动声色向左后侧撤步。

原本真正想要说的话——

不要喜欢上别人，不要找男朋友，在美国等我几年。

等不再需要担忧分离时，让我堂堂正正站到你面前，堂堂正正追求你。

他紧咬住后槽牙，再一个上步，气势迫人地抬起右腿，奋力对着男人的下腹一个膝击。

几乎使出了十成十的力道，动作一气呵成，疾如闪电。

但是，这番话好傻，一点都不酷。

所以，还是改成——

你衣服上的这只棕熊很可爱，像是春天的熊。[33]

闷哼一声的男人失去重心，弯腰跌撞后退时，他扬起左臂，朝着那张油腻而惊慌的脸挥去。

避开了眼睛，却是结结实实的后手直拳，快到男人根本来不及哀号或闪躲，直直向后栽倒在地。

但是，如果她听不懂，这么说不仅不酷，简直傻到家。

可这么喜欢村上春树的她一定会听懂。

然后呢？然后他多半会收到一张好人卡，还是傻到家。

毕竟，刚刚她最先想到的五个男生里没有一个是自己。

所以，还是改成——

祝你诸事顺利，身体健康，心想事成。

然后，他一个凌厉迅捷的转身，向另一位头脑和身体都已彻底宕机的大叔精准送上一记后回踢。

潇洒的动作干净利落，行云流水，虽然最后一刻收了力，架势却带着毫不留情的恨意。

但是，这么说像个中老年话痨，还是不酷，还是傻。

所以，还是改成——

保重。

他不依不饶倾身上前，借势揪过大叔的衣领，左掌一个手刀弧

㉝ 引申自村上春树《挪威的森林》的一段对话：“最最喜欢你，绿子。”“什么程度？”“像喜欢春天的熊一样。”

“春天的熊？”绿子再次扬起脸，“什么春天的熊？”“春天的原野里，你一个人正走着，对面走来一只可爱的小熊，浑身的毛活像天鹅绒，眼睛圆鼓鼓的。它这么对你说道：‘你好，小姐，和我一块打滚玩好吗？’接着，你就和小熊抱在一起，顺着长满三叶草的山坡咕噜咕噜滚下去，整整玩了一天。你说棒不棒？”“太棒了。”“我就这么喜欢你。”

线劈下——

“饶命啊！”

中年男人双膝一软，无助的嘶吼破了音，惊恐的眼泪瞬间喷涌而出，鼻涕中渗着清晰的血色。

他的左手最终还是在半空中悬停。

他松开揪住男人衣领的右手的那一瞬，男人如同一摊烂泥，呻吟着跌向地面。

前后不超过十五秒，他甚至不需要放下或收起右手中的手机，以双手同时“出战”。

然后，他低下头，直接按下手机录像功能的回放键——

“看你长得白白嫩嫩，打破相可就不好看了。只要把手机乖乖交给叔叔们，马上就放你走……”

再按下暂停，他居高临下冷冷开口：“我不走。你们尽可以报警，咱们看看是谁进去。”

两个中年男人屁滚尿流站了起来，哆哆嗦嗦地相互搀扶着，颤颤巍巍的背影一瘸一拐消失在巷口。

他深吸一口气，重新坐了下去，将脸深深埋进微微颤抖的双手中。

可是最终，就连“保重”二字，都没能对她说出口。

真㞞啊，他想。

从此羿予珩痛恨夏天。

少女的十个秘密

Extra 02

一

高中的女生凑在一起，除了讨论学习、明星和八卦，无非就是身边的小伙。

能够成为话题中心的男生，永远只有两种——

要么帅到可以让人无视成绩品行，要么牛到可以让人忽略身高长相。

因此，恰好将以上两点完美融合的他拥有一整所学校的迷妹。

尽管，只要是异性，他谁也不理。

“谁会不喜欢羿神呢？”她的好友曾经发出这样深切的感叹。

她只是笑了笑，内心赞同，却没有鼓起勇气开口附和。

毕竟，她远没有校花级花各种花那样美丽动人，也远不如那些天天来送东西的小姑娘心灵手巧。

况且，他也并没有因为她考过年级第一而多看她一眼。

二

她喜欢吃的早餐有很多种，比如生煎、饭团、灌饼，或者麦当劳。

但他经常在麦当劳神出鬼没，所以她也就逐渐放弃了前几种。

第一次在麦当劳看到他的时候，他点了猪柳蛋堡和薯饼。

她干脆按他的菜单点了下去，再也没换过花样。

虽然猪柳蛋堡对她而言分量过大，她永远会剩下小半个。

让她疑惑不解的是——

尽管他自己在语文课上满脸严肃地讲出“垃圾食品有害健康”，可她还是会在麦当劳看到他。

所以她还是会去。

三

教室外储物柜的密码，她偷偷改成了141414。

他的生日是11月14号。

她的生日是3月14号。

11加3恰好还是14。

她想，如果不巧被别人发现，她可以说，因为是在14班，直接把14输三遍会很省事。

四

有一次物理集训，总是丢三落四的她忘记带教材，便跑到教室里的书柜去借用学校的书。

可她需要的那一本恰好在她踮脚也够不到的最高层，她只好尴尬向旁边的一群男生求救。

没想到竟然是他随手替她拿了下来。

从那以后，但凡是他坐在离柜子最近的位子上，她就会光明正大找他帮忙拿书。

不在乎是哪一本，只要在最上层。

虽然除去“哦”和“不谢”，永远面色冷峻的他一个字也不会多讲。

但她乐此不疲地去，然后因为能够趁机欣赏到那只修长好看的手而阳光明媚一整晚。

五

大概是为了躲避悄然跟踪他的各类女生，他从来不走楼道正中最宽敞的楼梯。

尽管这个楼梯才是回班的最短路线。

他喜欢走右侧的楼梯上学，所以她每天早上端着水杯去水房接水。

放学的时候他总是先闪进卫生间，而男厕所在楼道左侧，所以她走左侧的楼梯回家。

虽然向男厕所里探头探脑十分变态，但只要他在，女生都会这么做。

所以她也熟练掌握了如何优雅而不动声色地在半秒内偷窥他一个认真洗手的侧颜。

六

每每有考试结束，她会被老何叫去帮忙登分，然后拿着批好的卷子回班等待课上讲评。

她会在路上翻出他的卷子，欣赏片刻他工整的字迹，再将它偷偷插到自己卷子的上方或下方。

这样，老师点名分发试卷时，他们必定会一前一后，几乎同时走上讲台。

苍天有眼，他的座位和她的正隔着一个过道，所以她总是等他经过后再慢吞吞起身。

然后名正言顺跟在脊背笔挺的他身后，看夏季校服隐隐拓印出他肩胛骨的形状。

领到卷子后，再跟随他走回座位，听下半学期才被换到身边，一紧张就会口吃的同桌问——

“你们又……又都考……满分啊？”

虽然他和她都不会作答，但她可以暗自窃喜，“你们”二字所指代的对象，确凿无疑是他和自己。

七

他拥有所有社交网站的账号，却几乎没有更新过任何状态。

她知道每天到他的人人网主页观光的小姑娘多到“门庭若市”，她的足迹会被迅速盖过。

但因为访客记录有迹可循，保险起见，她还是选择对他隐身。

她每天都会抽空去查看，对其中寥寥数条干巴巴的内容如数家珍到可以直接写进作文。

然而，除去看到又有哪些女生留了言，哪些女生送了礼物之外，往往不会有新收获。

班中哪些男生对她有好感，她或多或少能从他们冒泡的频率有所感知。

但令她感到酸楚的是。

她的绝大多数状态日志或分享其实都只为他一人所写所留，他却一次都未曾回应。

八

他喜欢数学，所以她努力学数学。

他看美式橄榄球比赛，喜欢费城老鹰队，所以她看 NFL。

以至于，后来读本科时，她义无反顾选择了位于费城的宾大。

他喜欢加内特和加内特所在的凯尔特人队，所以她看 NBA。

以至于，在后来收到博士项目的录取时，她义无反顾选择了凯尔特人所在的波士顿。

他喜欢陈奕迅，所以她听过每一首陈奕迅的歌。

他在校服内几乎只穿黑白两色的衣服，所以她开始喜欢纯黑与纯白。

他戴耳机只戴右耳，所以她也习惯性只戴右耳，然后被父母批评这样听歌会导致单耳失聪。

九

她即将出国读书已是板上钉钉的事，但父母和老何都叮嘱她要低调，所以她谁也没说。

本可以在最后一次期末考试里胡乱摸摸鱼，她却拿出了头悬梁锥刺股的认真来复习。

原因无他，她想再拿一次第一。

毕竟，他印象中最漂亮、最可爱、性格最好、出现频率最高的女生一定不是她。

所以，如果能够以“好像是拿过第一”的印象被他永远记住，她也会非常知足。

期末考试的全程，他就坐在面前，她却没敢抬一下头。

她害怕多看这个挺拔俊逸的背影一眼，她便会无心答题，难过到落下泪来。

十

和大家告别的那天，带着浓浓离愁的喧嚣和狂欢黯然落幕后，她最后一个走出 KTV。

月明星稀的夏夜没有一丝风，扑面而来的，只有令人窒息的潮湿闷热，她准备打车回家。

KTV 在一座大型商场里，而在商场门口直接打车的人排成了让她望而却步的长龙。

所以她向前走了几个街区，直到新老城区交界处某个路口的出租车专用泊车点。

这里的车流量不算大，前面又还有零星几拨人，估计还要等一阵，她便低头看起了手机。

点进相册，再点开最后一张合影，看着看着，她的眼眶突然一阵酸涩。

一群亲昵搂在一起，笑得无比明媚灿烂的少男少女中，独独没有一声不吭消失在包厢中的他。

在之前的三个半小时里，她明明有无数个机会，偷偷拍一张他的单人照。

但怯懦之下，她想着，反正最后一定会有合影，合影里一定会有他，所以连手机都没有拿出来。

她其实已经没什么好遗憾，毕竟那个拥抱已经够长，够暖。

虽然，还是想好好和他道句再见。哪怕此生再也不见。

她退出相册，准备打开短信页面，身后突然传来了几声断断续续，痛苦至极的粗喘和呻吟。

嗅觉一向灵敏的她甚至从一阵隐隐飘来的汗臭和酒气中闻到了……血腥。

她和队伍前面的阿姨一起回头。在阿姨倒吸一口凉气的低呼声中，她同样吓得一惊。

两个像是霜打过的茄子，相互支撑才能勉强站稳的中年男人摇摇晃晃停在了她的身后。

其中穿大黄 T 恤的那位，痛苦佝偻着腰，用手捂住肚子，肿得比馒头还高的左脸青紫一片。

另一位哭丧着花猫脸，风干的泪痕中隐隐掺着血，右半边脸甚至残留着清晰的泥鞋印。

六目相对的瞬间，两个男人看了眼她手中的 iPhone，簌簌发抖地将彼此搂得更紧。

她也在那一瞬间产生了诸如“干脆换个地方打车，这两个人看上去很危险”的想法。

但如此惨兮兮的二人，怎么看都只是酒后滋事斗殴却惨遭团灭的普通中年大叔而已。

战斗力为零，滑稽中带着让人忍俊不禁的可怜，一点也不可怕。并且，显然急需尽快挂急诊。

因此，在本该是她上的那辆出租车静静停在面前时，她善意地侧过身，后退两步。

“你们先上吧，我不急。”

紧随痛到完全说不出话的黄 T 恤“瘫”进车里，花猫脸大叔朝她张了张隐隐淌着血的嘴。

大约是被一脚踢掉了牙，带着哭腔的声音含混不清，嘶嘶作响，完全分辨不出任何明确的音节。

不知是在向她道谢还是求救。

她微微叹了口气，弯下腰，字正腔圆地帮着二人向司机说了一句：“麻烦去中心医院急诊。”

终于等到下一辆出租车，她在后座坐定，重新解锁手机，点进绿色的短信图标。

向下滑动了好一阵，才翻出和他的对话——

上一次因为组织年级的合唱比赛和他发短信，已经是两个半月前。

公事公办的对话终结于他发来的一个单字，“好”，孤零零不带一丝温度和感情。

能够用来自我安慰的，也只有“反正他对所有女生都是这样”这句话。

她踟蹰了片刻，字斟句酌编辑起来——

“羿神，谢谢你今天来送我，高中生活一切顺利，希望能有朝一日在美国再见。”

输入完这句话，她的手停了很久。

然后，在某一瞬间的激昂冲动之下，她又心跳加速地敲下了——

“如果那个时候你恰好单身，也可以考虑我一下下。”

然而不出一秒，她做贼心虚一般将不知从何而起的第二句迅速删除。

默默平复了一下忽然疯狂的心跳，双颊微微发烫的她又将第一句话稍作更改——

“羿神，谢谢你今天来送我，未来一切顺利，天天开心。”

可是，准备点击发送之前，她还是怯怯收回了手。

她曾听说女生发给他的闲杂信息只有石沉大海这唯一一个凄凉下场。

思前想后，她灵机一动将这句话进一步改成了——

“谢谢大家今天来送我，祝未来一切顺利，天天开心。”

她想，如果装作是群发的样子，即便被完全无视，看起来也应该没那么傻。

她又将屏幕上的这句最终版本反复看了好几遍，越看却越加犹疑不定起来——

他会一言未发地提前离场，只说明他其实根本不在乎道不道别这种小事。

而像他这样无论走到哪儿，无论做什么都会闪闪发光的人，未来怎么会不顺利呢。

她陷入隐隐的纠结之中——

如果不发送这条短信，会有一丝丝遗憾。

可如果发送这条短信，却意料之中地没有收到任何回应，只会非常非常难过。

几分钟后，她还是给自己成功洗脑——

既然已经拥抱过那一下了，她不该遗憾的。

最终，她一字一字删除了对话框中的所有内容，默默退出短信页面，将手机放回了背包。

可将目光放在灯火斑斓下飞速向后掠过的街景上的那瞬间，还是忍不住微红了眼眶。

不想让眼泪流下来，所以她深吸了一口气，拼命仰起头眨了眨眼。

真是懦弱，她想。

夏天是离别的季节，所以荆喆不喜欢夏天。

专业这件事

Extra 03

第一次去羿予珩的宿舍参观时，荆喆被这栋外表看上去像是建造于九十年代，可内部装潢至多归属七十年代的陈破砖房震惊到目瞪口呆，瞬间觉得自己公寓楼上的松鼠邻居变得可爱友好了起来。

正值暑假和阳光明媚的下午，宿舍楼里几乎空无一人。

学期中各种男士内衣短裤满天花板争奇斗艳的盛景消失不见，然而，低矮昏暗的走廊中隐隐剥落的绿色墙皮和看起来不太牢靠的宿舍门板还是让荆喆神魂未定问出了这个问题：“你们平时就生活在这种环境里吗？”

羿予珩牢牢将小可爱搂在怀中，淡定回答：“天将降大任于斯人也。”

荆喆生出由衷的敬佩与同情，正准备开口夸赞这种吃苦耐劳、不畏艰险的优良品质，两人斜前方的楼梯口走下来一个矮胖小伙。

显然小伙原本准备继续下楼，但看到两人，坏笑着定住脚步——

“哟，老羿，这就是传说中全宇宙第一厉害第一美丽第一聪明第一可爱的你家哈佛宝宝？”

荆喆还没从这一串让人一秒【小朋友你是否有很多问号 .jpg】上脸的羞耻形容中回过神来，身旁的魔鬼已经眼疾手快地收拢手臂，将她牢牢圈进了怀中——跌进男人的胸膛时，她的额头直直撞在了他的锁骨上，隐隐作痛。

“不许你叫宝宝，”魔鬼的声音得意扬扬，“也不给你看。”

被男人的手臂锁到动弹不得的荆喆很想直接钻进脚下的地缝中——虽然这些天她已经彻底放弃去鉴定这个人的真实年龄，但这种猝不及防的操作实在令人想要对苍天喟叹……

“你个有剧毒的阿拉伯妇男。放心，我不看。”

已经有人快言快语地替她完成了吐槽，深表赞同的荆喆正准备做点什么挽救一下自己这个背朝对方，极不礼貌的形象，然而——

“光天化日之下带妹子回宿舍，倒是蛮有创意。那我就不打扰了，小心床不结实。”

不给她挽救形象的机会，矮胖小伙匆忙的脚步声已经消失在楼梯口。

宿舍内部倒是窗明几净，宽敞至极——宽敞到，竟然绰绰有余容得下四张破旧木桌，四个破旧木椅，四张破旧单人木板床，四个……奶奶家才会有的破旧木制五斗橱。

地板……还是黑灰色的纯水泥。

破旧到不禁让人怀疑，究竟是怎样的勇士才能敢于直面惨淡至此的人生。

“呃，你们真的是太不容易了。”谨慎地环顾四周之后，荆喆得出了结论。

“所以，为了表示安慰，”魔鬼准备从书桌下拉出椅子让她就座的动作一停，“你应该过来抱抱。”

“你再三保证你是来学习的。”小可爱狐疑地……向后悄悄挪移了半步——孤男寡女之际，泰迪精当前，她不得不保持警觉。

本已张开双臂却惨遭嫌弃的某人将“本宝宝有小情绪了”完美融进了行动里——

椅子也不给小可爱了，羿予珩直接往上面一坐，眨眨无辜的大眼睛，点点头：“我是来学习的。”

通过表情和反应，荆喆判断出魔鬼心情尚佳，于是放心开口：“呃，那你学，我坐……”

“你准备坐哪儿？”魔鬼双手环起了胸，再眨了眨无辜的大眼睛。

“比如陈湃的椅子？”小可爱指指旁边摆着竹昀照片的书桌，提议道。

“其他男人的椅子，不准坐。”魔鬼即刻驳回了该请求。

“呃，那再比如你的床上？”哄小孩荆喆还算擅长，所以她配合着改口。

“学医的人一般都很反感有人穿着睡衣以外的衣服和床接触，脏。”魔鬼说得义正词严。

“呃……”小可爱只能再四处张望了片刻，正准备对五斗橱痛下黑手——

“这个柜子，我另一个室友把柜门靠散架过一次，还是我亲自重装上去的。”魔鬼已经先她开口。

的确，四个摇摇欲坠的五斗橱上都没摆放任何东西，魔鬼倒也不像危言耸听。

“所以你看，”羿予珩心满意足地拍拍自己的大腿，“整间屋子里，这里好像是你唯一的选择。”

某宝宝开始学习还不到半个小时，注意力缺失症患者已经充分意识到，幸好高中时没有和他在一起，不然她的成绩必定会受到巨大的负面影响——这个人，实在是太烦了。

“宝宝，你在看什么书？”

“我正在 Kindle 上面找。”

“找到了吗？”

“呃，还没有。”

“你现在找到了吗？”

“Stephen King 新出了一本书，我准备试试看。”

“它叫什么名字？”

“If It Bleeds.”

“讲的是什么？”

“我刚刚开始看。”

"你看到第几页了？"

"呃，18。"

"那它讲的是什么？"

……

如果以上对话相对连续且完整地发生在某一段时间内，倒也没有任何奇葩之处，但问题在于魔鬼的提问像是散落在时间轴上的断点——

仿佛进行过精准预测，每到她刚刚开始进入"专注"的状态，他就必定会开口发问。虽然一次只提一个问题，却也足够让她的注意力跑偏，然后，她不得不屏息凝神花时间重新调整回刚刚的状态。

可如果她选择拒不回答，魔鬼就会可怜兮兮地复读"宝宝"二字，效果如同紧箍咒。

并且，由于她侧着身窝在他的怀里，魔鬼忽然兴之所至时，还会毫无预警地低头，以唇突袭她的额头、鼻翼，或者脸颊，加剧了读书时的不稳定因素，严重扰乱了她的心神与思绪。

尽管只是在看闲书，效率却低到让人肌无力。

但注意力不存在任何问题的魔鬼显然丝毫不受影响，神清气爽，聚精会神地盯着笔记本电脑屏幕，一边以左手用鼠标划出重点，一边用右手在本子上记些笔记，文献一篇接一篇研读到飞起。

三番五次的抬头抗议均以被直接封住双唇而失败告终后，荆喆也深深体会到什么叫作"本宝宝有小情绪了"——将近两小时的时间里，手机上的电子书才看了不到150页，她觉得很不可以。

荆喆索性放弃了看书的念头，痛下决心投入"反扰乱魔鬼的心神与思绪"这项雄心勃勃的事业中。

"宝宝，这是哪里呀？"她放下手机转过头，轻吻上魔鬼的脖子。

"颈部。"魔鬼的语气理所当然，然而正在奋笔疾书的右手微微一停。

"……具体是颈部的哪里？"她内心窃喜，再吻一下以明确方位。

“……上斜角肌。”魔鬼低头亲了亲她的头发，重新写起字来。

“这里呢？”她换个地方吻，也换个地方问。

“上斜方肌。”魔鬼停下了操纵鼠标的左手。

“这里呢？”她将认真学习的精神发扬光大。

“胸锁乳突肌。”魔鬼放下了右手中的笔。

“这里呢？”这个会跳动的她知道，颈动脉。

“颈动脉窦……”魔鬼将目光从电脑上放到了她的脸上。

眼见魔鬼如此轻易地丢盔弃甲，小可爱心花怒放，正准备再换个位置——

“有种叫颈动脉窦综合征的病，”魔鬼目光深幽，平缓地开口，“是说有的人颈动脉窦非常敏感，稍受刺激便会血管扩张，心率减慢，血压骤降，然后导致头晕耳鸣，乏力晕厥，甚至心跳骤停。”

“……”小可爱的动作不由得一停。

“不是大事，即便我有，我家宝宝也很懂急救，”魔鬼指指自己的脖子，盛情邀请道，“请继续。”

等一下！她是又被打回老实人形态了吗？

然后，在极度不甘心所激发的熊熊斗志之下，小可爱怒换方向——

“那这里呢？”她嘟起嘴，精准吻上男人的喉结，想想觉得还不过瘾，又轻咬了一下。

“挑衅。”羿予珩答得平静而迅速，左手在笔记本键盘上按住“Ctrl”，再按下“S”键。

“啊？”完全没听清这两个字的荆喆以为这是喉结的学名，愣了片刻，好奇地追问，“叫什么？”

下一秒，她身下的温暖肉垫已经切换至直立的形态，当然，稳稳抱着瞬间慌如老狗的她——

“啊？”魔鬼学她反应慢半拍的呆萌语气，邪魔一笑，然后转过身，弯腰将她丢向一旁的床上，微微抬高了声音，“我说，这是挑衅。”

然后，还不及抗议坚硬如钢的木板床对肩胛骨和尾椎骨的摧残，荆喆只感觉一片带着极高温度的黑影直直覆了下来——

“好硬。”她一边推他，一边挣扎着向后躲去。

“嗯，”某人回答得大义凛然，“我确实还没到需要服用PDE5抑制剂的年纪。”

“这是什么？”好学宝宝的注意力被成功吸引的瞬间，完全落入了魔鬼的怀抱。

魔鬼递去一个异常平稳的眼神，将手臂收得更紧了些。

“我是说床，”荆喆的小脸腾地烧红，小声嘟囔了一句，捶他，“流氓……”

超速翻车怎么办？不慌。他敏捷地翻过身，将她轻柔压在身下——

毕竟，没什么是堵住小可爱的嘴解决不了的问题，如果还是解决不了，就……多堵一会儿。

“羿予珩。”

“嗯？”

“不能穿睡衣以外的衣服上床……”

“不穿也可以。”

“羿予珩。”

“嗯？”

“如果你室友等下突然回来……”

“都不在盛川。”

“羿予珩。”

“嗯？”

“那个颈动脉窦综合征……”

“你显然没有。”

“羿予珩。”

“嗯？”

“你再继续种草莓下去，我要怎么见人？”

“那就不要见。”

“？？？”

“正好去买几件领子高一点的衣服，我看你这些袒胸露乳的破T恤不爽很久了。”

“？？？”

“这样的穿着打扮和我国基本国情严重不符，我觉得你应该入乡随俗，立刻做出修正。”

“？？？”

“种高了不行，那我往下。”

“？？？”

“第四肋间隙，怎么样？”

“？？？”

一秒，两秒——

“羿……”

“嘘，乳腺触诊可以协助诊断乳腺良性疾病，还能初步筛查乳腺癌，我很专业的。”

七夕快乐

Extra 04

不到两周的暑假过后，勤奋刻苦的某宝宝自觉主动提前回到了工作岗位上。

因此，这个恰好在八月底又赶上周一的七夕节，两人只能在羿予珩工作结束后相聚。

正值下班晚高峰，路面上堵得水泄不通，她习惯性选择了虽然拥挤却便捷的地铁。

而从科技馆到中心医院这条路，荆喆已经走得轻车熟路。

还没走出地铁站口，浓郁的玫瑰芬芳已经扑面而来——前后数位兜售玫瑰的商贩，望眼欲穿地盯梢着出入地铁站的男人或情侣。

但凡有符合这两个条件的，都会被疯狂阻拦，经受一番巧舌如簧的热情推销。

独自一人走出地铁站的荆喆并不属于目标人群，可她还是不由得停住了脚步，随手买了一捧九支拿在手里——尽管提前为羿予珩准备好的礼物是个新手机，但她认定玫瑰也会让他非常开心。

和玫瑰花一样会让他开心的，还有地铁站不远处这家小店里的冰沙。

两人曾三番五次地经过，三番五次地提起，三番五次地没能吃上。

平时羿予珩在实验室的时间更多些，今天难得在科里，因此荆喆第二次踏进精神科病房所在的住院部大楼。

心境却如此不同。

走出电梯，荆喆在庞大的寂静中走向那张熟悉的椅子，静静坐了下来——她曾经坐在这里，茫然不知所措地举着手机，一遍遍输入再删除羿予珩的号码，犹豫了不知多久。

荆喆将手里的玫瑰和冰沙放在旁边的空位上，从挎包中拿出手机，拨通了“全世界最帅且酷的宝宝”的电话——那时，她无论如何不可能相信，短短两个多月后的当下，她竟然可以微笑着，毫不迟疑地按下这串意义非凡的数字。

“到啦？”男人的声音难掩愉快。

“嗯，我在外面的大厅里。”荆喆的笑意扩大。

“好，等我一下。”羿予珩同样笑着回答。

荆喆拿出化妆镜，迅速补好口红，确认过妆容完美无瑕之后，捧着花束和冰沙站了起来。

一条修身的半正式小黑裙，一双同色尖头小高跟，一条镶着碎钻的彗星项链，一只正红色链条包，全身上下的搭配简洁而优雅。

从两个病区出入大厅的病人及家属纷纷向她投来惊艳的注视——被大剌剌欣赏得有些不自在的荆喆想，原因只能是死气沉沉的病房里极少有人拥有这样大张旗鼓欢庆七夕的喜悦心情。

通向 1 区病房的玻璃门开合了七次之后，荆喆等来了她英俊潇洒的男模医生。

依旧是板正合身的白大褂，依旧是笔挺从容的走姿，依旧仅以左手插在长方形口袋里，但这一次，羿予珩看到她的一瞬间，扬起了一个货真价实的温柔笑容。

一步，两步，整七步之后，他静静停在她面前，微微俯身，火速窃走一个蜻蜓点水的吻。

“有点美，”他在她唇畔轻声留下评价，温热的鼻息扫过她微红的小脸，“要抱抱。”

“但我手里拿着给你的礼物。”她的笑意加深，后退半步，扬扬手中的玫瑰和纸碗。

“还有礼物啊，”他的笑意跟着加深，接过玫瑰，轻嗅了一下，放到了荆喆身后的椅子上，又接过已经融化了大半的冰沙，仰头尝了一小口，放在玫瑰一边，然后，朝她张开手臂，“要抱抱。”

“白大褂很脏的。”她记得他那时说过的原话，坚决做一个讲卫生的好宝宝。

羿予珩无话可说地呆愣了半秒，微微低下头，开始……动手解起原本系得一丝不苟的纽扣来，将四颗扣子全部解开后，修长的双手又特意将衣摆向外拽了拽：“里面的衬衫不脏。”

然后，某计划通心满意足又无比执着地重复起这三个字：“要抱抱。”

荆喆拿这种溢满螺旋爆炸式可爱的操作毫无办法，乖乖上前一步，双手从大敞的白大褂里面环住男人的腰，在男人左胸口上方的衬衫布料上偷偷留下一个淡淡的口红印。

然而，还没等他收拢手臂——

“小羿医生和女朋友可真甜啊。”围观了两人互动全程的病人一号带着姨母笑幽幽飘过。

“我刚还说这姑娘真好看，”病人家属一号带着姨母笑迅速接口，“原来是小羿医生的女朋友。”

“羿予珩，不好好写病历，干吗呢？”年轻的白大褂一号带着姨父笑，风一样刮进了2区病房。

“予珩，离下班可还十分钟呢。”抱着厚厚的文件走出玻璃门的白大褂二号带着姨父笑摇了摇头。

“在科里不老老实实系好衣服，像什么话，罚钱。”这个熟悉的男中音让原本无比鸵鸟地将小脸埋在羿予珩胸口，决意不听不看的荆喆一秒内重新立正站好。

“刘主任好……”荆喆一边红着脸向恰巧迈出病房的刘主任礼貌打起招呼，一边慌忙将羿予珩的白大褂向回拉了拉，企图遮住上面的口红印记。

“荆喆，这大七夕节的，还得你送他花啊？”刘主任瞥了眼椅子上的那束红玫瑰，调侃道，“我看这钱得罚双倍。”

某宝宝一秒委屈，重新将纽扣系好，严正抗议道：“我也送。我准备送她 99 朵作为惊喜。”

这一瞬间，啼笑皆非的荆喆确凿无疑读懂了刘主任脸上无比微妙而复杂的表情——

这是谁的傻学生，赶快来人带走，反正我不认识。

羿予珩速战速决消灭了冰沙，跑到病房一楼小卖部买了一瓶罐装酸奶，速战速决喝完后仔细清洗好玻璃瓶，将荆喆买来的九朵玫瑰花小心翼翼插了进去。

在一众同事充满艳羡的围观之中，他心满意足地将花摆在了办公室的桌子上，又将玻璃瓶前后挪动了七次，反复确认了它的落脚点在最显眼的位置才心满意足地停手。

然后，他心满意足地搂过小可爱，心满意足挥别身后的一片柠檬精——

“我要去换衣服，带我家宝宝吃饭了。”

从医院到餐厅的一路上，荆喆从一身黑色正装，帅到中年男司机也忍不住回头多看了几眼的某宝宝……一言难尽的反馈中，充分感受到“钢铁直男究竟有多好取悦”——

“看到他们刚刚羡慕嫉妒恨的眼神了吗？”

“他们的女朋友才不会给他们买花。”

“他们也没有荔枝味的冰沙吃。”

“我家宝宝天下第一好，所以要抱抱。”

被男人不由分说强行纳入怀中时，坐在后排中间座位的荆喆确凿无疑在后视镜中捕捉到了司机大叔春光满面的笑容。

靠向男人肩膀的那一瞬间，荆喆忍俊不禁地扬起嘴角。因为他的欢喜而欢喜，也因为，她忽然想到之前和沐歆聊起他时，自己那句大错特错的“羿神这个人，实在算不上接地气”的评价——

此人此刻此副心满意足，得意扬扬的样子，很像一只恨不得将全世界的地统统犁翻的土拨鼠。

作为盛川市唯一一家米其林三星餐厅，这家以主厨姓氏简单命名的法餐以两样东西名扬天下：以海鲜为主的精致美食，以及别出心裁的“星空天花板”。

身置其中时，身边巨大的落地窗外是一望无垠的星空，头顶高悬着的也是瑰丽璀璨的梦幻星河。

七夕节的特供菜单是由一道前菜、五道主菜和一道甜品组成的 Prix Fixe Menu㉞，不需要再单独点餐，因此荆喆和羿予珩落座后，讲一口蹩脚中文的法国服务员小哥只递来了两份酒单。

荆喆平时甚少喝酒，在红酒单下点了她唯一有信心正确发音的“Cabernet Sauvignon”㉟，没想到竟引来了小哥的盛赞——热情似火的法兰西小哥出于亲切与好奇地问了句荆喆是否学过法语，又礼节性夸赞了荆喆的衣着打扮。

然而，待这位很会谈笑风生的小哥转身走人后，荆喆对面的快乐土拨鼠一秒变身黑脸傲娇怪。

“小姐，你学过法语？”某人阴阳怪气地学起刚刚小哥的塑料发音。

“……”荆喆当即决定收回“钢铁直男很好取悦”那个评价，“我班上有个法国人,在波士顿见第一面吃饭时我看她点了这种酒，特意和她学了几遍。”

“男的女的？”魔鬼的脸瞬间更黑，黑如……锅底。

荆喆停了片刻，看着突然犯起禹女士口中的“作病”的帅宝宝，不知为何就是想笑：“羿予珩，如果你高中的时候就这么可爱，说不定我当时会鼓起勇气主动追你哎。”

“这个人，男的女的？”魔鬼眯起眼睛，岿然不动，坚决不为糖衣炮弹所惑。

“女的。”在七夕这样的美好日子里，荆喆没打算和“小孩”一般见识。

㉞ 指固定价格固定菜品的菜单。

㉟ 中文为赤霞珠。

得到这个令他身心舒畅的答案后，傲娇怪扬起脸，破天荒透露出自己和“酷”死磕的心路历程：“不是有人自己在择偶标准里写什么‘帅加酷才是王道’的吗，现在又来怪我不够可爱。”

言外之意，本宝宝又委屈了。

“所以，我在人人网上的那些日志，你都看过呀？”

“没有。”

好吧，她自己睁眼看中的宝宝，当然得自己睁着眼哄。

终于将某人哄到平心静气之后，刚刚的服务生小哥重新出现在视线范围内。

待他徐徐走近，和龙嵩叶鱼子酱一起出现在荆喆眼前的，还有一大捧娇艳欲滴，散发着沁人心脾的诱人芬芳的红玫瑰——

显然每一朵都经过精心的遴选，这 99 朵玫瑰挑不出任何形状和大小的区别，也没有任何色差，密密匝匝包裹在极具质感的亮黑色欧雅纸中，花束底部一条桃红色丝带系成漂亮的蝴蝶结，质量远非路边商贩临时兜售的那些能够比拟。

尽管惊喜不再是真正的惊喜，荆喆的心跳还是不受控制地疯狂飙升。

她看向右手撑住下巴，满脸淡定的羿予珩，露出了一个远比土拨鼠微笑更加蠢萌的欣喜笑容。

“荆小姐，这是羿先生送你的七夕节礼物，祝你们用餐愉快。”

从笑得格外暧昧而灿烂的服务员小哥手中接过沉甸甸的花束时，荆喆的手似乎有点颤抖。

“荆喆，七夕快乐。”看她发自内心春光明媚的笑容，他的心中同样一片晴朗。

开胃菜的空盘被撤下，忽然觉得饥饿感席卷而来的荆喆翘首期待起第二道黄鳍金枪鱼片——这也是这家餐厅的招牌菜之一。

然而，让她难以置信地瞬间忘掉饥饿的，是缓缓在两人面前站定的小哥怀中的第二捧玫瑰。

还是纯粹统一的红，还是以黑色欧雅纸束好，还是以桃红色丝带系成蝴蝶结，还是……99 朵。

“荆小姐，羿先生说刚刚的那束是十六岁的七夕节礼物，现在祝十七岁的你七夕节快乐。”

荆喆以左手紧紧捂住了嘴，只觉胸腔中瞬间升腾起无数细微的甜蜜气泡，盈满愕然，盈满激动，盈满狂喜，也盈满酸楚，它们争先恐后，叫嚣着想要冲出鼻腔，冲出眼眶。

她怔怔看向依旧满脸淡定的羿予珩，忘了言语，忘了动作。

但她听到他一字一句，认真地说——

“荆喆，七夕快乐。”

七道菜，七束花，七句温柔而坚定的“荆喆，七夕快乐”，仿佛将七年的时光裂缝一针一线幽幽缝合。

是二十三岁的羿予珩在说，抱歉，我来晚了。

也是二十三岁的羿予珩在说，但是，也还不晚。

他还来得及补偿，来得及在青春被岁月无情消磨之前，倾尽他之所能，紧握住她的手。

而迢迢前路尚宽广，遥遥未来尚漫长。

他们还有一个七年，两个七年，十个七年的时光去并肩挥霍。

在她泪眼蒙眬地收下第七个 99 朵，属于二十二岁的七夕礼物时，他抬起右手，像之前数次那样，轻柔地为她拭去泪水，捏了捏她的鼻梁，戏谑地微扬起嘴角——

“好了，不哭了。我哪有那么傻，提前剧透的惊喜还叫惊喜吗？”

趁着小可爱脸上乖巧可爱的“仓鼠呆萌”尚未消散，羿予珩从提包中拿出今年的礼物——

“是你自己说要学着节俭的，这个不许再摔坏了，不然我只能去卖肾了。”

荆喆看到一个未拆封的手机盒子静静躺在洁白无瑕的桌布上。

“你把自己的手机屏幕摔成那个样子，”她低头拭去眼角残存的泪水，再抬头时，依旧湿漉漉的眸中仿佛镶嵌着晶莹剔透的钻石，“还来管我？”

“我只是一时手滑，”傲娇怪再次微扬起头，“但你一定是惯犯。”

“那你怎么不换？”小可爱抛出灵魂一问。

“看到我住的那鬼地方了吗，”某人却振振有词，“我已经充分磨炼出了吃苦耐劳，艰苦朴素的……”

第二个未拆封的盒子静静出现在餐桌上，和第一个同样的型号，同样的颜色，同样的参数。

“羿予珩，七夕快乐。”

难得见到魔鬼不敢置信地呆愣原地，她忍不住微笑着补充道——

“不怕，你的肾数量不够的话，我还有。”

后记 愿你成为自己的“毅与恒”

最初和可爱的编辑大大讨论“应该写个什么样的故事”时，首先确定想写的其实是“注意力缺失症”这个尚不太为人知的问题，随后设定出了深受它所困扰的女主，最后才慢慢构思出了本文中百分百为女主而存在的男主。

百分百到“羿予珩”这个有些奇怪的名字就是简单粗暴地取自“毅力与恒心”几个字。

因为很喜欢“惊蛰”这两个字组在一起的读音和这个“春雷惊百虫，万物皆复苏”的节气，就把它作为祝福直接送给了女主，也象征着她从万里冰封中渡出一条春暖花开的路。

人生路漫漫，难免会在这里或那里遇到些坎坷。

然而有些苦难，到底唯有自渡。

羿予珩和荆喆不是彼此的摆渡人，只是漆黑夜空中为对方指明方向，安神定魄的灯塔。

愿有缘读到最后的你一路顺遂，平安喜乐。

可如若女主曾经的灰暗心情注定会在人生的某一段引起些共鸣，愿你成为自己的“毅与恒”。

永远相信。

永不言弃。

只向前看。

感谢编辑欧欧给予的最大程度的自由、谅解和宽容。

感谢写这篇文的过程中提供过建议和帮助的所有人。

最后，非常感谢耐心看完全文，陪伴故事中的人物走完全程的你。

阿回卅